Prince of genius rise worst kingdom ~YES,treason it will do~

토바 토오루
Toru Toba

Illustration
파루마로
Falmaro

천재 왕자의
적자국가
재생술 2

괘국하자

그래,

「나와 함께 제국을 빼앗지 않겠어요?」

어스월드 제국 제2황녀
로엘미나 어스월드

웨인 일행이 그 방향으로 눈을 돌리자,
교실 입구 부근에 소녀 한 명이 서 있었다.

+ 글렌 +

+ 로와 +

「여기는 몇 번을 와도 훌륭하네요.」

©Falmaro

CONTENTS

Prince of genius rise worst kingdom

YES,treason it will do

©Falmaro

천재 왕자의 적자 국가 재생술

Prince of genius rise worst kingdom ~YES,treason it will do~

토바 토오루
Toru Toba

Illustration
파루마로
Falmaro

2

NORTH SEA
북해

NATRA KINGDOM
나트라 왕국

거인의 등뼈

폴터 황야

왕도 코드벨

금광산

살뛰드

ANTIGAT AUTONOMOUS TERRITORY
어스월드 제국 가이런 주
(앤트가덜 자치령)

카바린 왕국

거인의 등뼈

CAVARIN KINGDOM

EARTHWOLD EMPIRE
GAIRAN STATE

어스월드 제국 가이런 주

제 1 장 | 그래, 정략결혼하자

브노 대륙.

거인의 등뼈라 불리는 대산맥에 동서로 분단된 그 대지에는 크고 작은 여러 국가가 난립해 있다.

그중에 대산맥의 골짜기를 깎아 내고 개척한 북쪽 끝자락에 작은 나라가 있었다.

나라 이름을, 나트라 왕국이라 한다.

가을의 기운이 스며드는 시기는 수많은 나트라 왕국민들을 우울하게 만든다.

짧았던 여름이 끝나고 곧 긴 겨울이 찾아오리라는 것을, 냉기를 머금은 바람이 친절히 가르쳐 주기 때문이다. 그 바람을 맞은 왕국민들은 몸서리를 치고 혀를 차며 겨울 준비를 시작하는 것이 통례이다.

하지만 올해 가을은 달랐다.

여름의 햇살이 약해지고 초가을이 얼굴을 내밀기 시작했음에도 백성들의 얼굴은 밝고 활기에 넘치고, 나트라 왕국 전체에 열기가 남아 있었다.

그 이유는 여름 전에 이웃나라 마덴의 침공으로 시작된 전쟁 때문이었다.

나트라 국왕이 병상에 있는 와중에 지휘를 대신한 사람은 왕태자인 웨인 살레마 아바레스트.

그는 멋지게 마덴군을 격퇴하고, 그뿐 아니라 마덴에 역공을 가해 금광산을 탈취했다.

마덴은 광산을 탈환하기 위해 3만이나 되는 대군을 일으켰지만 웨인은 수천의 병사로 멋지게 광산을 지켜냈다.

나트라 왕국의 역사에 남을 이 쾌거에 왕국민은 크게 갈채하며 왕태자를 칭송했다.

이 승리의 열기가 지금도 아직 식지 않아 사람들로 하여금 추위를 잊게 만들고 있는 것이다.

그것은 이곳, 왕도 코드벨도 마찬가지였다.

"이야, 역시 왕태자 전하셔."

"폐하가 쓰러지셨다는 말을 듣고 한때는 어떻게 될지 걱정했는데……."

"전하는 다정하시면서도 한편으로는 강하셔. 전하가 계시면 이 나라도 평안하겠지."

특별히 귀를 기울이지 않아도 이런 대화가 여기저기서 들려온다. 그만큼 지난번의 전쟁이 사람들의 마음에 인상을 깊게 남겼다는 뜻이지만——.

'백성들은 계속 들떠 있을 것 같네……'

마대를 들고 대로를 걸으면서 그런 생각을 하는 한 소녀가 있었다.

투명한 하얀 머리카락과 불타는 듯한 붉은 눈동자. 마치 인형 같은 용모지만 그녀는 진짜 인간이다.

그 이름은 니님 랄레이. 무엇을 숨길까, 그녀는 온 나라 사람들이 화제에 올리고 있는 왕태자 웨인의 보좌관이다.

'어디까지나 이웃나라와의 전쟁에 한 번 이겼을 뿐. 그걸로 우리 나트라의 국력이 배가된 것도 아니고, 여러 외국의 위협이 사라진 것도 아닌데.'

니님의 사고를 비관적이라 할 수는 없다. 니님도 승리는 기쁘게 생각하고, 그 결과 주군인 웨인이 민중에게 존경받는 것도 기쁘다. 하지만 국정을 다루는 자로서 과도한 성공보다 미래의 위험을 우려하는 것은 당연한 일이다.

'게다가 웨인의 평가가 편향된 것도 신경 쓰여.'

웨인의 인품에 관한 이야기는 다양한 형태로 민중에게 전해져 있지만, 대부분 공통적으로 어진 군주라는 측면이 있다.

모든 병사의 이름을 기억하고 한 명 한 명 다 격려했다더라. 학대당하던 광산 백성들을 몸소 해방시켰다더라. 거짓과 참이 섞여 있기는 하지만 어쨌든 웨인은 마음이 다정하다는 것이 백성들의 평가다.

그게 나쁜 것은 아니다. 나쁜 것은 아니지만── 때때로 기울어진 평가는 폐해를 낳는다는 것을 니님은 알고 있다.

'그런 부분을 웨인은 어떻게 생각하고 있을까.'

이다음에 물어보자.

니님은 그렇게 결심하고 발걸음을 빨리했다.

그녀가 향하는 곳에는 왕궁이 보였다.

거기서 왕태자 웨인이 니님의 도착을 기다리고 있을 터였다.

나트라 왕국 왕궁인 월라온 궁전은 초대 국왕인 살레마 왕이 지휘하여 건설한 유서 깊은 건물이다.

그러나 어차피 2백 년 가까이 된 건물이다. 거듭된 개보수공사로 최소한의 외관과 기능성은 유지되고 있지만 슬슬 새로 지어도 좋지 않을까──하는 이야기가 수십 년 전부터 기회가 있을 때마다 의제로 올라오고 있었다.

하지만 지금은 실행에 옮길 기색은 없었다. 그것은 유서 깊다는 점이나 사용하는 측의 애착보다는 예산 상황이 어렵다는 멋없는 이유였다.

그 역사 깊고 남루한 궁전 회랑을 소년 한 명이 관리를 몇 명이나 이끌고 걷고 있었다.

그자가 바로 웨인 살레마 아바레스트. 나트라 왕국을 건국한 초대 국왕의 이름을 미들네임으로 받고, 그 초대 국왕의 재래라고까지 일컬어지는 인물이다.

"전하, 이전부터 진행되고 있던 트리트 강의 물길 공사가 무사히 완료되었습니다."

"본류와 지류의 수량은 어떤가?"

"이것이 계측한 수치입니다만 모두 상정한 범주에 들어있습니다. 계획대로 본류가 범람할 가능성은 크게 줄어든 것 같습니다."

"낙관하지는 마라. 삼라만상을 제어할 수 있다고 착각하면 대체로 호된 꼴을 당하게 되지. 계속 감시하거라."

"예, 그리하겠습니다."

관리 한 명이 고개를 숙이고 한 발 뒤로 물러서자, 배턴을 터치하듯 다른 관리가 웨인에게 말했다.

"그 트리트 강에 관해서입니다만, 지류로 나뉜 강을 둘러싸고 현지 부족이 다투고 있다는 보고가 들어왔습니다."

"유역 관리는 파견한 대리관에게 일임했을 텐데. 진정될 것 같지가 않은가?"

"황공하오나 말과 권위만으로는 그들을 다루기 어렵다고 합니다."

"어쩔 수 없군. 라클룸에게 군사를 이끌고 가서 조용히 만들라고 전하라. 그러나 유혈사태는 극력 피하라. 그리고 현지 정보를 조사해 상세한 보고서를 제출하도록."

"옛!"

웨인의 지시는 거침없고 적확하다. 위엄과 관용을 겸비하고 국정을 처리하는 그 모습은 지각 있는 관리에게 이상적인 왕태자이며 진정으로 모시는 보람이 있는 인물이리라.

"전하, 카바린과의 국경을 지키는 바칼 장군에게 보고서가 도착했습니다. 승인을 받고 싶은 사안이 몇 가지 있다고 합니다."

"훑어보고 답신을 적어 두겠다. 그리고 카바린과 마덴군 잔당의 분쟁은 아직 계속되고 있겠지?"

"예. 왕족의 생존자를 옹립하여 끈질기게 반항하고 있는 모양입니다."

"상황이 어떻게 굴러갈지 모른다. 양 진영과 외교 창구를 만들어 둬라. 밀정의 수를 늘리고 감시를 강화하는 것도 잊지 말도록."

"예. 바로 처리하겠습니다."

그렇게 가신들과 대화를 하다 보니 회랑 끝에 집무실 문이 보이기 시작했다. 웨인의 목적지다.

"전하, 늦었사오나 지난번 전쟁의 결산과 그에 따라 재편성된 각 부서의 예산액이 나왔으니 이것을 봐 주십시오."

웨인은 받아든 서류를 몇 초간 쳐다보았다.

"숫자에는 틀림이 없나?"

"없습니다."

"……잘 알았다. 나는 집무실에서 보고서를 살펴보고 있겠다. 무슨 일이 있으면 오라."

웨인의 말에 관리들은 발을 멈추고 절하고, 웨인은 집무실 안으로 들어갔다.

"……후우."

혼자가 된 웨인은 서류를 책상 위에 놓고 크게 기지개를 켜고

한 번 숨을 내쉬고는.

"나라 팔아 치우고 튀고 싶다아아아아아아아아!"

외쳤다.

"큰일 났다…… 국고에 돈이 전혀 없잖아……. 뭐야 이 게……. 물론 마덴이랑 전쟁하느라 꽤나 무리했지만, 이렇게 까지 줄었다니 진짜냐고…….."

전율하는 낯빛으로 책상에 놓은 서류를 응시한다. 거기 기재 된 무자비한 결산 액수는 위정자를 부들부들 떨게 만들기에 충 분했다.

하지만 그때 웨인은 퍼뜩 생각했다.

"……아니 잠깐, 진정해. 잘못 봤을 가능성도 있어. 잘못 본 거야. 분명 그럴 거야. 그랬던 게 틀림없어. 한 번 더 확인해 보 면 숫자의 자릿수가 두 개나 세 개 정도 늘어 있을 거야……!"

웨인은 내팽개쳤던 서류를 쭈뼛쭈뼛 손에 들었다.

그리고 한껏 팔을 뻗어 서류를 몸에서 멀리 떨어뜨리면서 페 이지를 슬쩍 손가락으로 넘겼다.

잘못 본 게 아니었다.

웨인은 책상에 푹 엎드렸다.

그때 문을 열고 마대를 든 니님이 모습을 나타냈다.

"……왜 놀고 있어, 웨인."

책상에 쓰러진 웨인을 보자마자 니님은 어이없다는 목소리를 냈다.

하지만 돌아온 것은 대담한 웃음소리였다.

"후하하하하. 니님이여, 이것을 보고도 그렇게 말할 수 있을까……!"

"이건…… 아아, 전쟁 비용 결산이 나왔구나."

니님은 서류를 받아 들고 훑어보았다.

"……응. 우리가 시험 계산했던 대로네. 몇 번을 봐도 심각한 수치야."

각오는 하고 있었지만 역시 전쟁에는 돈이 든다. 원래 나트라는 유복한 나라가 아닌 만큼 영향이 크다. 마덴의 영지를 빼앗고 금광산을 탈취했다 해도 원금을 회수할 때까지 연 단위의 시간이 걸리리라.

"그래서 이 비용을 토대로 각 부서의 예산을 재편성한 서류가 이것인데…… 왕실비가 있잖아."

"그래, 왕족이 사적으로 쓸 수 있는 예산이야."

말하자면 왕족의 용돈이다. 하지만 당연하게도 국가의 대표인 왕족의 용돈이라면 그 금액은 일반적인 평민의 용돈을 쉽게 뛰어넘는다.

뛰어넘을 터인데.

"이번 분기 내 몫이 이거야."

웨인은 품에서 작은 천주머니를 꺼내 뒤집었다.

책상 위에 금화가 딱 한 개 굴러 떨어졌다.

"……이것뿐이야?"

"이것뿐이야."

웨인은 신음하듯이 말했다.

"아니이~. 마덴한테서 나라를 지키고, 금광산도 빼앗고, 난 상당히 저예산으로 전쟁을 했다고 생각하는데, 보수가 금화 한 개라니 기운 빠져어~……."

흐늘흐늘 책상에 늘어지는 웨인을 곁눈질하며 니님은 서류를 훑어보았다.

"달리 깎을 수 있는 곳은 없었어? 군사비라든가."

"잃은 병력이랑 장비를 보충해야 해서 오히려 군사비는 부족할 정도야. 더 이상 줄였다간 쿠데타로 죽어."

"그럼 진행하고 있는 사업을 몇 가지 중지하는 건?"

"안 그래도 군부에 편중되었다고 여겨지고 있는데 이 이상 내정을 정체시키면 문관들이 암살자를 파견해서 죽어."

"그럼 단순하게 세금을 올리는 건."

"백성이 반란을 일으켜서 죽어."

웨인의 대답을 듣고 니님은 "좋았어." 하고 고개를 끄덕였다.

"깨끗이 포기하자."

"으어어어어어어어어어!"

웨인은 몸부림쳤다.

그런 주군의 모습에 약간 안쓰러움을 느낀 니님의 뇌리에 떠오른 생각이 있었다.

"……그래, 그럼 웨인, 반대로 생각해 보는 건 어떨까?"

"반대로오~?"

"극빈국이면서 전쟁을 했는데도, 웨인은 아직 금화 한 개만큼의 여유를 가지고 있다고 생각하는 거야."

"……."

웨인은 팔짱을 꼈다.

"확실히 그런 식으로 볼 수도 있군."

"그렇지? 만약 다른 사람이 지휘했다면 틀림없이 적자가 났을 거야."

이것은 니님의 솔직한 감상이었다. 웨인 말고 다른 사람이 지휘했다면 지금의 결과는 없었으리라.

그러자 기분이 좋아졌는지 웨인은 서서히 가슴을 펴고 거창하게 숨을 내쉬었다. 기분 탓인지 니님은 웨인의 콧대가 올라간 것처럼 느꼈다.

"뭐, 확실히? 이 나라에서 나보다 권위, 인망, 능력을 가진 녀석은 없다고나 할까? 그런 내가 쬐끔 실력을 발휘했으니까 이런 결과도 당연하다고나 할까?"

웨인은 거들먹거리는 동작으로 금화를 가지고 놀기 시작했다. 니님은 약간 짜증이 났지만 풀이 죽은 채로 있어도 귀찮으므로 이대로 두기로 했다.

"그 말이 맞아, 웨인. 말하자면 그 금화가 바로 웨인의 능력을 증명하는거지."

"오오."

"웨인이 아닌 누구도 손에 넣을 수 없는 국가의 무게!"

"그렇지!"

"다른 사람들 눈에는 한 개로 보여도, 거기엔 천금의 값어치가 있는 거야!"

"이봐이봐 니님 양, 좀 칭찬이 과한 거 아냐~?! 나 우쭐해 버린다~?!"

"어머, 난 사실을 말했을 뿐이야."

"그렇지요~! 이야~ 괴롭다 괴로워~! 내 재능이 장난 아니라서 괴로운데~!"

니님은 미소 지었다.

"그건 그렇고, 유학 시절에 빌려줬던 금화를 돌려받을게."

"흐아아아아아아아아아아아아?!"

금화를 빼앗긴 웨인은 소리쳤다.

"넌 악마냐?!"

"정당한 권리야."

"타이밍이란 게 있다고 생각하는데요?!"

"이자도 받았으면 좋겠어?"

"어서 가져가십시오, 니님 님……! 어깨도 좀 주물러 드릴까요……!"

웨인은 창자가 끊어지는 심정으로 금화를 보냈다. 이자 면제는 자존심보다 우선된다.

"대신이랄 건 아니지만, 자, 이거. 줄게."

그렇게 말하고 니님은 마대에서 종이에 싸인 음식을 꺼냈다.

"백곰정(亭)의 토끼 고기 파이야."

"우와, 이건 오랜만인걸. 그 가게 아직 하고 있었구나."

백곰정은 성 아랫마을 일각에 있는 작은 음식점이다. 어린 시절의 웨인과 니님이 이따금 몰래 다녔던 과거가 있다.

"오오, 이 두꺼운 파이 생지, 너무 많이 넣은 향초, 퍼석퍼석한 토끼 고기…… 바로 그때의 맛이군."

"솔직하게 맛없다고 말하든가."

"과거를 떠올릴 때, 사람은 시인이 되는 법이지."

파이를 먹으면서 웨인은 천천히 창밖을 보았다.

"그런데 최근에는 아랫마을 시찰도 좀처럼 못 가네."

"그것만큼은 어쩔 수 없어. 군주 대행은 시간도 부족하고, 안전을 위해서 적정한 숫자의 사람을 움직여야 하는걸."

"옛날처럼 나와 니님만 갈 수는 없는 건가."

"암살당해도 좋다면 단둘이서 나갈 수도 있지만."

"아무래도 그건 좀 아니지."

웨인은 지금 나트라 왕국에서 가장 화제의 인물이지만 그가 방해된다고 여기는 인간도 적지 않다. 그런 인간은 웨인에게 냉대받고 있는 관리, 총명한 명군보다 다루기 쉬운 암군을 원하는 귀족, 나트라 왕국의 약진을 바라지 않는 여러 외국 등 다양하다.

물론 웨인의 존재를 기꺼워하는 사람들이 그 몇 배나 되지만, 애석하게도 그림자라는 것은 곁에 숨어 있다가 빈틈을 보이면 목을 조르는 법이다.

"성 아래의 상태는 어땠어?"

"축제 분위기는 조금 더 이어질 것 같아. 우리 나트라에는 좋은 소식이 좀처럼 없으니까 어쩔 수 없다면 어쩔 수 없을지도 모르지만. 다만 웨인이 몹시 정 많은 성품이라고들 말하는 게 걸리는 점이야.”

“그거 말이지~.” 하고 웨인이 떨떠름한 얼굴을 한다.

“백성에게 사랑받는 건 좋지만, 얕보이면 성가시단 말이야.”

웨인이 한 말은 니님이 우려하던 내용과 같았다.

백성에게 인기를 얻어 기뻐하지 않는 위정자는 없으리라. 인기란 곧 지지이며, 지지율이 높을수록 나라를 움직이기 쉬워지기 때문이다.

하지만 위정자는 백성에게 사랑받는 일은 있어도, 얕보이는 일은 있어서는 안 된다.

한번 우습게 보여 버리면 백성은 법치를 경시하여 멋대로 악덕을 쌓게 되고 나라가 여러모로 어지러워지기 때문이다.

그래서 위정자에게는 고도의 균형 감각이 요구된다. 백성에게 사랑받으면서도 백성에게 경외를 받도록── 말로 하면 쉽지만 그렇게 하지 못해 멸망한 나라는 너무 많아 일일이 셀 수도 없다.

“나로선 이대로 얕보이지 않고 분위기가 진정됐으면 좋겠어. 반대로 가열될 것 같다면…….”

“같다면?”

“……압정을 펼칠까!”

“이것 보세요.”

“압정, 혹정, 폭정, 학정…… 오오, 시체여 쌓여라! 백성의 비탄과 원망이야말로 나의 안녕일지니!”

“그리고 마지막에는 말 그대로 목이 날아가는 거지. 위정자가 해도 되는 농담이 아니야, 웨인."

"니예~."

웨인도 아직 한 번의 성공을 거두었을 뿐, 지위가 반석에 오른 것은 아니다. 모처럼 오른 자신의 인기에 안이하게 찬물을 끼얹는 짓은 피하고 싶었다.

"뭐, 당장은 경과를 지켜보지. 시정에는 주의를 기울여 줘."

"조처해 둘게."

"그럼 그런 느낌으로—— 나는 놀러 간다!"

"기다려."

의자에서 일어나려던 웨인의 소매 끝을 니님이 붙잡았다.

"무슨 잠꼬대를 하는 거야. 아직 일이 남아 있잖아."

"……훗, 그렇게 말할 줄 알았지. 하지만 니님, 잠깐 생각해 봐. 애초에 내가 이렇게 바쁜 건 이상하다고."

'이 녀석이 무슨 소리를 하는 거지' 라는 눈빛의 니님에게 웨인은 말을 이었다.

"알겠어? 우선 내 생각에, 국가란 백 명의 전문가인 ^{스페셜리스트} 가신들과 한 명의 만능가인 ^{제너럴리스트} 주군으로 성립되는 것이야."

"허어."

"국가는 농업, 축산업, 건설업, 운송업, 군사업과 다양한 사업을 안고 있지만 군주가 그 모든 것을 주도하고, 궁리하고, 발전시킬 필요는 없어. 그건 그 사업에 특화된 가신이 하면 돼."

"과연. 계속해 봐."

"그럼 군주의 역할이 뭐냐고 한다면, 사업 방침 결정과 감사

(監査)야. 사업이 발전할 방향성을 결정하고 필요한 예산을 분배하고 부정의 유무와 사업이 건전히 발전하고 있는지를 감시하지. 그러기 위해 군주는 국가가 보유한 모든 사업에 정통할 필요가 있지만, 그건 부정과 실수를 간파하기 위해서이지 사업 그 자체에 손을 대기 위해서가 아냐."

"납득할 부분은 있네."

"그렇지? 그러니 내가 사업의 연구개발이나 진척으로 고민하는 건 이상하다고! 원래 내 일은 각 부서에서 올라오는 보고서를 확인하고 결재하는 것뿐! 그리고 오늘 치는 이미 끝냈어! 즉 나는 지금부터 자유 시간! 어때, 이 완벽한 논리가!"

"잠꼬대는 끝났어?"

"니니이이이이이이이이이이이이임!"

웨인은 외쳤다.

"뭐야, 내 논리에 무슨 문제가 있다는 거야!"

"그럼 먼저 묻겠는데, 그 전문가라고 할 정도의 인재가 우리 나트라에 몇 명이나 있어?"

"…………."

웨인은 슬쩍 눈을 피했다.

니님은 그 얼굴을 두 손 사이에 끼워 자신을 보게 했다.

"저기, 그게 뭐냐…… 한 손으로 꼽을 만큼은 있어…… 있었으면 좋겠다고나 할까……."

"그럼 남은 부분을 누군가가 메꿔야 하겠지? 만능가님."

"응, 뭐…… 그건 그런데."

"참고로 의도적으로 말 안 한 것 같은데, 외교도 군주의 업무 중 하나야. 지위가 걸맞지 않으면 대화의 테이블에 못 앉는 일도 드물지 않은걸."

"응, 뭐…… 그것도 그런데."

"그리고, 좀 더 말하자면 이다음에 신임 어스월드 제국 대사와의 회담이 기다리고 있잖아. 우리 나트라에서 그쪽과 격이 맞는 상대라고 하면."

"알겠어! 알겠다고! 하면 되잖아, 하면!"

웨인은 자포자기하며 말했다.

"아 진짜, 왜 가슴 큰 전임자는 돌아가 버린 거야!"

"웨인이 차서 밀쳐낸 거잖아."

"그 말대로야, 이런 젠장!"

어스월드 제국. 동서로 분단된 브노 대륙 동부에 위치하며 최근 파죽지세로 영토를 확대한 동쪽의 패자지만, 그 중심인물이었던 황제가 수개월 전 급서해 지금은 커다란 혼란에 빠져 있다.

그 제국의 대사로 얼마 전까지 이 나라에 주재하고 있던 사람이 피시 블런델이라는 여성 대사였다. 하지만 웨인과의 외교 흥정에 패하여 실각하고 직위에서 해제되어 귀국하고 말았다. 그리고 최근에 겨우 제국에서 새로운 대사가 파견되어 오늘 첫 회담 자리를 마련하게 된 것이다.

"참고로 새로운 대사는?"

"테오르드 탈름 대사. 장년 남성이야."

©Falmaro

"기운 빠져~."

"경력은 주로 제국 대사를 따라 각국을 돌아다녀서 세상 물정을 잘 아는 사람이야. 덕분에 연줄은 외국이나 속주의 요인들한테만 있고 본국에는 전혀 없는 것 같아."

"미인 지인은?"

"없어."

"완전 기운 빠져어어어어어."

"대사로 임명된 건 이번이 처음인 것 같네. 하지만 본인은 나이도 있으니 본국에 돌아가고 싶다고 주위에 흘리고 다니는 듯해. ……웨인, 제대로 들으라니까."

"듣고 있어."

건성으로 손을 흔들면서 웨인은 한숨을 내쉬었다.

"하아, 언제쯤 편하게 은거할 수 있을까."

전망은 아직도 보이지 않고, 과제만 산더미처럼 쌓여갈 뿐이었다.

"질라트 금광산은 대륙에서도 일급의 금 산출량을 자랑했지만 유감스럽게도 지금까지 서쪽에 주로 유통되었습니다. 이 일은 섭정 전하도 이미 아시겠지요."

회담이 시작되자마자 테오르드는 이 말을 꺼냈다.

"그 금광산을 동맹국인 귀국이 손에 넣은 것은 실로 천우신조라고밖에 말할 방법이 없습니다. 우리 제국에서 금의 수요는 매우 높죠. 부디 산출되는 금을 매입하고 싶습니다.”

그의 어조는 강하여 열렬한 의지가 그대로 말에 깃들어 있는 듯했다.

실제로 그것은 착각이 아니었다. 제국의 주(駐) 나트라 왕국 대사 테오르드 탈름에게 이번 나트라 왕국 왕태자와의 회담은 몹시 중요했다.

그가 제국의 외교관이 된 지 15년 남짓. 단적으로 말해서 그늘에 가려진 외교관 인생이었다.

어차피 평민 출신이고 스스로도 수완가라고 말하기는 어려웠다. 그래서 일손이 부족한 각국 대사관에 보충 요원으로 할당되어 대사를 따라다니면서 잡무를 하고, 용무가 끝나면 또 다른 대사관으로 돌려지는 일의 반복이었다.

그리고 그런 한편으로 실력주의를 표방하는 제국이라는 이름 하에 자신보다 젊고 유능한 사람이 잇따라 약진해 나가는 것이다. 창피하다는 마음을 품은 적도 한두 번이 아니었다.

그러나 마침내 기회가 찾아왔다. 선임 피시 블런델 대사가 실각해 그 빈자리에 자신이 발탁된 것이다.

물론 이 일에는 제국의 내정이 불안정한 와중에 유능한 인재를 국외에 두는 것이 아까웠다는 측면이 강했다. 상사에게도 쓸데없는 짓 말고 조용히 있으라고 엄명을 받았다.

‘——하지만, 이번만큼은 따르지 않겠어!’

제국의 폭풍이 지나가면 자신은 해임되고 다른 대사가 새로 파견되리라. 그때까지 공적을 세워두지 않으면 또 보충 요원으로 되돌아가게 된다.

테오르드는 이미 40대다. 슬슬 외국을 돌아다니는 생활이 힘들어졌다. 게다가 본국에는 가족도 있다. 그런데도 1년에 만날 수 있는 건 한 번이 될까 말까.

'가족을 위해서도 공적을 세워서 본국 근무로 들어가야만 해…….'

그래서 뭐 이렇게 개인적인 사정이 동기가 되어 테오르드는 나트라 왕국 왕궁으로 향해 웨인과의 회담에 임한 것이었다.

이유가 무엇이든 높은 동기를 가지고 업무에 임하는 것은 결코 나쁜 일이 아니다.

다만 문제는 그의 업무 내용이 눈 감으면 코 베어가는 외교의 장이며──.

'아이고, 콧김이 거칠어졌구만.'

노골적으로 눈을 번쩍이는 테오르드의 심정쯤은 그를 상대하는 웨인에게 손에 잡힐 듯이── 아니, 잡힐 것까지도 없이 명백하다는 점이다.

'그렇게 쉽게 카드를 드러내다니, 약점을 찔러 달라고 말하는 거나 마찬가지잖아.'

외교란 자국의 이익을 둘러싼 거래다. 외교의 성패 하나로 수천, 수만 단위의 국민에게 영향이 미친다는 것을 생각하면 사소한 정보라 해도 가벼이 취급할 수 없다.

하물며 이렇게나 솔직하게 자신의 요구를 밝히면, 그 요구를 하게 된 배경과 경위, 요구가 통했을 경우와 통하지 않았을 경우의 행동 등이 쉽게 예상되고 대책을 세울 수 있다.

애초에 이번 금광산 건은 나트라의 상황을 생각하면 제국 측에서 요구할 필요가 없다. 지금의 나트라는 서쪽과의 연결이 약하고 동쪽은 제국령과 인접해 있다. 웬만큼 심하게 가격을 후려치지 않는다면 언제가 됐든 나트라 쪽에서 자연히 거래를 타진하게 된다.

'그런데도 밀어붙여서 성급하게 거래를 성립시키고 싶은 건가. 본국에 돌아가고 싶어 한다고 들었는데, 꽤나 공을 세우고 싶어 안달이 나는 모양이군.'

웨인은 마음속으로 냉정하게 분석하면서 입을 열었다.

"대사의 제안은 참으로 고맙네. 눈부신 황금에 마음은 끌려도 그 빛이 우리 나라의 겨울을 밝혀 주는 것은 아니니 말이야. 나로서도 백성을 직접 도울 수 있는 것으로 바꿀 수 있다면 그보다 좋은 일은 없다고 생각하네."

"그러하시면."

"하지만."

웨인은 금방이라도 달려들 듯한 테오르드를 제지했다.

"지난번 마덴과 우리 나라의 격전에 관해서는 들었으리라 생각하네. 그로 인해 피해를 본 것은 사람만이 아닐세. 주요 전장이 되었던 질라트 금광산으로서의 기능이 크게 손상된 것이 현실이지."

거짓말은 아니다. 그 전쟁에 이기기 위해 갱도를 몇 개나 무너뜨린 것은 사실이다. 그 밖에도 운반로와 광부의 주거지 등이 파괴되어 복구 작업은 지금도 계속되고 있다.

"덕분에 채굴 환경이 만반이라 할 수 없어 현재는 휴지 중이지……. 본격적으로 가동하고 나서 어느 정도의 채굴량을 내다볼 수 있을지 어림할 만한 수치도 아직 나오지 않았네. 이런 상황에서는 귀국과의 거래는 어려워."

"으, 으음……."

이건 조금 거짓말이다. 복구 작업과 병행하여 채굴은 재개되었고, 기대되는 채굴량과 수지의 시험 계산도 이루어졌다. 거래 체결까지는 안 가더라도 그 전 단계까지 이야기를 진행할 수는 있으리라.

그럼 왜 거짓말을 했는가 하면, 거래 체결이 대사에게 큰 공이 되리라는 것을 알기 때문에 오래도록 교제할 수 있는 대사에게 넘기고 싶어서다.

주재 대사는 타국과의 중요한 가교 역할이다. 하물며 이만큼 제국과의 연결을 강화할 수 있는 거래가 앞으로 몇 번이나 있을지 알 수 없다. 그렇게 생각하면 언제 해임될지 모르는 자투리 대사와 쉽게 거래를 하는 것은 저어된다.

'블런델 대사가 남아있었다면 손해를 보충해 줄 겸 거래 이야기를 할 수도 있었겠지만, 이 사람은 좀 그래.'

본인인 테오르드가 들었다면 분해서 죽었을지도 모를 평가다. 하지만 외교관 자리에 앉은 이상, 비록 연령이 열 살 이상 차이가 난다 해도 입장은 대등하다. 능력만으로 평가가 내려지는 것이다.

"그럼 섭정 전하, 재가동 예상은 언제쯤 알 수 있겠습니까?"

"아직 뭐라 말할 수 없네. 우리에게도 중요한 거점이니 만반의 체제를 구축할 생각이네만, 그러기 위해서는 역시 시간이 걸리니 말이야."

"하지만, 그렇다면……."

"뭐, 걱정할 것은 없네. 귀국과의 관계가 중요하다는 것은 잘 알고 있어. 채굴이 재개되면 가장 먼저 교섭 자리를 마련할 생각이네."

끈질기게 물고 늘어지려 하는 테오르드를 슬쩍 받아넘기며 웨인은 작게 미소 지었다.

그 후로도 회담은 이어졌고, 테오르드는 어떻게든 실마리를 만들려고 했지만 웨인이 설렁설렁 넘기며 언질을 주지 않아 결국 그는 의기소침한 모습으로 어깨를 떨구고 말았다.

'……달리 끄집어낼 만한 것도 없어 보이고, 이제 적당히 넘기고 마칠까.'

카드가 떨어지면 승부도 끝난다. 더 이상 이야기해 봐야 서로 이익이 없으리라.

"대사, 혹시 몸 상태가 좋지 않은가? 그렇다면 예정보다 빠르지만 회담을 마무리해도……."

"아, 아니요, 문제없습니다!"

테오르드는 자신이 약한 모습을 드러냈다는 것을 깨닫고 황급히 자세를 고쳤다.

"그저…… 예, 젊으심에도 깊은 견식을 가지신 섭정 전하께 한 사람의 인간으로서 감명을 받았을 뿐입니다."

웨인은 가볍게 웃음소리를 냈다.

"제국의 유능한 관리가 그리 말해 주니 조금 쑥스럽군. 미숙하지만 어깨에 힘을 주고 있었던 보람이 있군 그래."

"미숙하다니…… 직업상 저는 지금까지 왕족분들을 몇 분이나 만나왔지만, 섭정 전하께는 각국의 주군과 다름없는 총기를 느꼈습니다."

"비(妃)도 맞지 않은 젊은이를 상대로 그것은 과한 칭찬이 아닐까, 탈름 대사."

웨인이 쓴웃음을 흘리면서 별생각 없이 대답하자 문득 테오르드의 눈이 크게 뜨였다.

"그러고 보니, 섭정 전하께서는 결혼은……?"

"응? 아아…… 가신들은 후보를 찾고 있는 듯하네만, 지금은 내가 반지를 선물할 상대가 정해지지 않았네."

웨인은 어깨를 으쓱했다.

"혹여 내가 시정의 처녀를 연모한다면 야담(野談)이라도 하나 생길 터이네만, 눈앞에 어른거리는 것은 기껏해야 서류의 산 정도야."

"……그러셨습니까."

테오르드는 곰곰이 생각하는 표정을 내비치며 고개를 끄덕이고 나서 작게 웃었다.

"결혼은 좋은 것입니다, 섭정 전하. 인생을 윤택하게 해 주지요."

"그러나 영고성쇠는 세상의 섭리라 하지 않는가?"

"시들었을 때조차도 함께 즐거워할 수 있는 상대를 반려라 하는 것입니다."

"……과연, 그리 들으니 나쁘지 않다는 생각이 드는군."

그 후로도 웨인과 테오르드는 계속 대화를 나누었고, 마침내 예정된 시간이 다 되어 회담은 막을 내렸다.

결국 이 회담에서 양국 사이에 새로운 약정이 맺어지는 일은 없었다. 젊은 왕태자와 신임 대사의 상견례. 결과만 보면 그저 그뿐인 내용이었다.

하지만 의외라 해야 할까. 회담이 바랐던 대로 잘 되지 않았음에도 테오르드의 얼굴에는 실의가 아니라 한 줄기 광명이 비치고 있었다.

'……금광산은 무리였어. 하지만 이쪽이라면 가능성이 있다.'

테오르드는 머릿속에 계획의 도면을 그리면서 빠른 발걸음으로 왕궁을 떠났다.

웨인은 떠나가는 테오르드의 등을 창 너머로 쳐다보고 있었다.

그런 그의 곁에서 니님이 말을 걸었다.

"……그런데, 저거 놔둬도 괜찮겠어?"

"저거라니?"

"탈름 대사 말이야. 눈치챘잖아?"

니님은 희미하게 씁쓸함을 내비치며 말했다.

"저 대사…… 제국에서 웨인의 결혼 상대를 찾을 생각이야."

"그런 것 같군."

그렇다. 그것이 바로 순식간에 생각해 낸 테오르드의 계획이었다.

객관적으로 보면 웨인은 젊고 온후하고 재기 넘치는 왕태자다. 심지어 독신이다. 세상의 여성들에게 이만한 상대는 그리 많지 않을 테고, 소개한 상대가 멋지게 웨인의 비가 되면 테오르드의 신임이 두터워질 것은 틀림없다.

"고육지책이라곤 해도 꽤나 대담한 수를 생각해 내는데."

쓴웃음을 짓는 웨인. 그러나 진정 두려워해야 할 것은 웨인과 니님이다. 두 사람은 테오르드의 생각을 완전히 간파했을 뿐 아니라 그 이후까지도 이미 고려하고 있었다.

"뭐, 실제로는 어렵겠지만. 니님도 그렇게 생각하잖아?"

"……그렇겠지. 타국 왕족에게 소개한다면 평민은 논외야. 남작이나 자작 정도의 자녀라도 무례해. 적어도 백작위 정도는 필요할 텐데 저 대사에게 그런 연줄은 없을 거야."

"게다가, 제국법으로는 귀천상혼이 허락되어도 귀족이 외국 왕족에게 시집가려면 황제의 인가가 필요할 거야. 바로 그 황제가 공석이면 어쩔 방도가 없지."

귀족의 결혼에 제한이 있는 것은 드문 일이 아니다. 특히 외국 유력자와의 혼인은 국내 귀족의 파워 밸런스 붕괴나 외국의 간섭 등을 유발할 수 있기 때문에 신중해진다.

　오히려 인가를 받을 여지가 있는 제국은 관대한 편이다. 신분 격차가 큰 대륙 서부에서는 외국인과의 결혼을 완전히 금지하거나 평민과 귀족의 결혼 등을 예로 들 수 있는 귀천상혼을 허가하지 않고, 출신이 대등한 결혼밖에 인정하지 않는 나라도 많다.

　"하지만 만약의 경우가 있어. 사실은 대사가 유력한 귀족 중에 지인이 있어서 황제 자리가 빈 것을 핑계로 밀어붙일 수 있는 정치력을 가지고 있을지도 몰라."

　"그렇게 힘 있는 귀족이 제국이 쪼개질 것 같은 이 시국에 타국의 왕족에게 참견을 할까? 결혼 적령기의 딸이 있다면 국내로 눈을 돌리겠지."

　"음…… 제국에는 가망이 없다고 단념해서, 라거나."

　"그럴 일은 없어. 제국이 가라앉기 직전이라면 모를까, 지금의 제국은 쪼개지는 일은 있어도 가라앉는 건 훨씬 나중이야. 폐업 준비를 하기에는 너무 일러."

　그렇게 단언한 후 웨인은 씨익 웃었다.

　"그런고로 나는 제국의 누군가와 결혼 같은 건 안 할 테니까 기분 풀어."

　"……딱히 기분이 나빠지진 않았어."

　"네, 거짓말~. 거짓말입니다~. 엄청 기분이 나빠졌는데요~! 이야~ 니님 양도 참 부끄러워하긴 귀엽구마아아아아아파아파아파?!"

"예전부터 웨인의 팔 관절을 늘릴 수 있을 것 같은 기분이 들었거든……."

"안 늘어나거든! 팔꿈치가 한계거든!"

니님은 화난 모습으로 웨인의 팔에서 손을 뗐다.

"안 부끄러워했어."

"알았어, 미안해. 니님은 부끄러워하지 않았고 기분 나빠지지도 않았어. 평소처럼 슈퍼 미인에다 초절정으로 귀여워. 이러면 됐어?"

"됐어."

"된 거냐……."

만족스럽게 끄덕이는 니님을 보고 약간 부르르 떨면서 웨인은 정신을 가다듬었다.

"아무튼 그 대사가 내 지위에 어울리는 결혼 상대를 데려올 수 있을 리가 없고, 만에 하나 데려와도 나 스스로 결혼할 생각이 없어. 참고로 말하자면 결혼할 마음이 없는 건 나트라 귀족이 상대여도 마찬가지야."

이 말에 니님은 약간 눈을 크게 떴다. 소란의 와중에 있는 제국에 손을 대기 싫다는 건 이해할 수 있지만 나트라의 귀족이라도 거절하겠다니 무슨 생각일까.

그때 니님은 퍼뜩 깨달았다.

"설마 웨인……."

목소리에 전율을 담으며 그녀는 말했다.

"……남색가야?"

"가슴 만진다?"

"한 번 만질 때마다 손가락 하나야."

"대가가 좀 너무 크지 않습니까, 슈퍼 미인에 초절정 귀여운 니님 양?!"

"이유를 말해 주면 깎아 줄게."

지독한 바가지라고 생각하면서 웨인은 대답했다.

"딱히 그렇게 복잡한 이야기는 아닌데? 단순히—— 난 기회가 있으면 언제든지 이 나라를 팔아 치울 작정이니까 말이야."

"…………"

니님은 눈가를 손으로 덮었다.

"상대 입장에서 보면 미래의 왕비가 되려고 왔는데 그 계획이 완전히 어그러지는 거잖아? 아무리 그래도 그건 미안하잖아."

"……그런 식으로 배려할 수가 있다면, 나라를 판다는 생각에서 멀어지는 게 먼저라고 생각하는데?"

"아니, 반드시 매국할 거야. 책임과 의무에서 벗어나 유유자적 해피 라이프를 보내겠다고 난 결심했으니까!"

"……아, 그래."

"자 이렇게 이유를 말했는데, 지금은 가슴 얼마야?"

"손가락 두 개."

"올랐잖아?!"

니님은 거창하게 한숨을 쉬었다.

"어휴…… 이럴 거면 차라리 그 대사가 결혼을 거절할 수 없는 상대를 데려와 주길 기도하고 싶어지네."

"그렇게 딱 좋은 상대를 찾을 수 있겠어? 내기해도 좋아."

"그럼 만약 찾게 되면 코에 삶은 감자를 집어넣을 거야."

"오~ 좋아, 해 주지. 어차피 찾을 수 있을 리가 없으니까."

웨인은 승리를 확신하며 웃음소리를 냈다.

"찾았습니다."

"엑."

지난 회담으로부터 몇 주 후.

두 번째 회담 자리에서 테오르드는 입을 열자마자 그렇게 말했다.

"찾았다, 함은……?"

웨인이 쭈뼛쭈뼛 되묻자 테오르드는 약간 당혹감을 내비치며 대답했다.

"외람되오나, 지난 회담에서 섭정 전하께서 아직 독신이라고 듣고 양국의 우호를 위해서도 섭정 전하께 좋은 혼담이 없는지 제국에서 찾고 있었습니다."

"과연, 그것 참……. 적어도 미리 말해 주길 바랐네만."

"죄송합니다. 그러나 걸맞은 여성을 찾을 수 있을지 어떨지 저로서도 단언하기 힘든 부분이 있었기에……."

뭐 그랬을 것이다. 스스로 찾는다고 밝혀 버렸다가 못 찾았을 경우에는 얼굴을 들 수 없다. 아무래도 지난번 회담 때 그 정도의 리스크는 질 수 없었으리라. 웨인도 알고 있기 때문에 깊게 추궁하지 않았다. 게다가 지금은 그런 것이 문제가 아니다.

"알겠네. 그에 관해서는 불문에 부치지. 그래서…… 찾은 것인가."

"찾았습니다."

"……."

웨인은 보좌관으로서 옆에 대기하고 있는 니님에게 문득 눈길을 주었다.

그녀는 생긋 웃고 있었다. 감자를 코에 욱여넣는 미소였다.

온 힘을 다해 거절하자고 웨인은 생각했다.

"우선 탈름 대사에게는 고맙다는 말을 해야겠군. 어찌되었건 나를 위해 노력해 주었으니. 하지만 나는 나트라 왕가의 일원이네. 대사가 찾은 사람이 어떤 여성인지는 모르나 비로 삼으려면 이쪽 나름대로 엄격한 조건이 있지."

웨인은 위협하는 듯한 어조로 말했다.

그러나 테오르드는 물러나지 않고 고개를 끄덕였다.

"물론 알고 있습니다. 그럼에도 뭐라 말씀드려야 할지…… 문제는 없으리라 생각합니다."

"흠……."

웨인은 테오르드의 모습을 관찰했다.

문제없다고 하는 걸 보면 첫눈에 마음에 들 거라는 자신이 있는 것이리라.

그러나 그렇다고 해도 어쩐지 묘하다. 지난 회담 때의 테오르드를 떠올려 보면, 조건에 맞는 여성을 찾아서 회담에 임했으니 필시 기세가 등등할 텐데 오늘은 어딘가 안절부절못하고 있었다.

'찾은 여성은 조건은 나쁘지 않지만 뭔가 문제가 있다⋯⋯는 말인가?'

머릿속으로 가늠해 보면서 웨인은 입을 열었다.

"탈름 대사, 아까부터 어쩐지 침착하지 못한데. 혹시 그대가 찾은 여성에게 뭔가 우려해야 할 점이 있는 것인가?"

"아, 아니요! 만에 하나라도 그러한 일은 없습니다!"

테오르드는 당황해서 목소리를 올렸다.

"용모는 단정하며 성품도 실로 숙녀의 귀감이십니다. 그러면서도 평범한 저라도 알 수 있을 만큼 날카로운 예지를 가지신 분입니다. 섭정 전하와 잘 통할 것이 틀림없다고 확신합니다. 하지만⋯⋯."

테오르드가 말꼬리를 흐렸다.

상대는 용모와 성품이 좋고 머리도 좋다. 그럼에도 테오르드가 이렇게 반응한다는 것은――.

"그렇다면, 출신은 어떠한가?"

"＿＿＿＿＿."

테오르드의 어깨가 희미하게 떨렸다. 적중했다고 웨인은 생각했다.

아마 니님의 조사대로 테오르드에게는 유력 귀족과의 연줄이 없었으리라. 그래서 가문의 격이 낮은 몰락귀족 언저리에서 어떻게든 끌어내 온 것일까.

그렇다면 거절하는 것은 쉽다. 웨인은 여유 있게 말했다.

"조금 전의 말을 되풀이하네만, 나는 나트라의 왕족이네. 대사가 찾은 사람이 어떤 여성인지는 모르나, 전제를 두자면 이쪽도 이쪽 나름대로 격 있는 가문의 여식이 아니면 상대로 삼을 수가 없네."

웨인은 신분의 벽이라는 정당한 이유를 들었다. 이렇게 되면 상대편은 손을 뗄 수밖에 없을 것이다. 승리를 확신하며 멀어지는 감자의 모습을 뇌리에 떠올리고 있는데, 테오르드가 입을 열었다.

"그것이, 그 점도 문제없습니다."

"엑?"

예상 밖의 대답에 웨인은 눈을 깜빡였다.

"다만 뭐라 말씀드려야 할지, 상대의 신분에 주시해야 할 점이 있다는 것은 확실하여······."

"······무슨 말인가? 문제없다고 말하는 것을 보면 남작이나 자작은 아닌 듯한데, 어딘가 유명한 백작가의 영애라도 찾아온 것인가?"

"······."

테오르드는 입을 다물었다.

그러나 그 침묵이 자신의 말이 적중했기 때문은 아니라는 걸 웨인은 꿰뚫어 보았다.

그렇다면 왜 침묵하는가. 거기까지 생각하고 웨인은 깨달았다.

아까부터 테오르드의 안절부절못하는 모습은, 스스로에게 부과한 조건을 달성하지 못해서 불안하거나 초조한 것이 아니다.

　분에 넘치는 큰 성과를 얻고 말아 쩔쩔매고 있는 필부의 모습이었다.

　"탈름 대사. 설마라 생각하네만…… 백작보다 위인가?"

　"……예."

　"……후작인가?"

　"……아니요. 더."

　"……공작?"

　"……그보다 하나 더, 위입니다."

　"……기다리게, 그 말인 즉슨."

　얼굴이 굳어지는 웨인에게 테오르드는 고개를 끄덕이고 긴장과 불안이 뒤섞인 모습으로 말했다.

　"이번에 섭정 전하와의 혼담에 입후보하신 분은 우리 어스월드 제국 제2황녀…… 로웰미나 어스월드 황녀 전하이십니다──."

　이리하여, 이 예상도 못했던 혼담에 의해 겨울을 앞둔 나트라에 새로운 열풍이 휘몰아쳤다.

　후세에 현왕대전(賢王大戰)이라 불리는 이 시대.

　그 핵심인물 중 한 명인 웨인 살레마 아바레스트의 제2막이 시작되려 하고 있었다.

　왕후귀족(王侯貴族)에게 결혼은 정치적인 거래 중 하나다.

　어째서냐고 의문으로 여기는 사람도 있으리라. 확실히 결혼은 인생에서 중대한 이벤트다. 그러나 결혼함으로써 양자 간에 물리적인 속박이 생겨나는 것도 아니고, 결혼했다는 사실을 당사자와 그 주위 사람들이 공유할 뿐이다. 그것이 어떻게 정치 문제가 되는 거냐고.

　그러나 바로 그 점이 중요하다. 그 사실의 공유가 상황을 바꾼다. 바꿀 이유가 되어 준다. 험악했던 두 가문도 자식들끼리 결혼하면 악수를 나눌 이유가 생긴다. 그렇게 되면 당면한 다툼은 없을 거라고 백성들은 안심한다. 그러면 농업과 상업에 전념할 수 있어 경제가 활발해진다── 농담 같은 이야기지만 왕후귀족의 결혼쯤 되면 이런 일이 실제로 일어날 수 있는 것이다.

　이는 전적으로 수많은 사람들이 결혼은 중대사라는 인식을 가지기 때문이다. 그것이 바로 결혼에 이러한 실리를 생겨나게 했고, 나아가 정략결혼이라는 개념마저 만들어낸 것이다.

　──그런 연유로, 뜻밖에 닥친 웨인과 어스월드 제국 황녀와의 혼담을 위해 웨인을 필두로 하여 중신들이 모두 모여 회합을

가지게 된 것은 극히 당연한 일이었다.

"좋은 일이 아닙니까."

회합에서는 대체로 이번 건을 호의적으로 받아들이는 모습이었다.

"제국의 황녀 전하라면 우리 웨인 전하의 상대로 더할 나위 없습니다. 이 결혼이 성립되면 우리 나라와 제국의 동맹은 보다 굳건해져 더욱 큰 번영이 약속되겠지요."

"일이 그리 간단하지는 않소."

물론 그중에는 직언을 올리는 자도 있었다.

"황제를 잃은 지금의 제국은 불길 속에 있소. 우리는 독립적인 동맹국이라는 입장이니만큼 거리를 둘 수 있지만, 황족과 혼인관계를 맺으면 그리 말할 수 없게 될 것이오."

그 주장에도 일리가 있다. 그러나 주위를 설복시킬 만큼의 힘은 없다.

"이번 건과 상관없이 제국의 소란에 말려들 가능성은 충분히 있겠지요. 그렇다면 더욱 지금 연을 맺어 둬야 하지 않겠소?"

"그렇소. 어지러워졌다고는 하나 제국의 권위는 건재하오. 서쪽의 카바린에게도 방심할 수 없는 지금, 최소한 동쪽과는 좋은 관계를 구축해야 하오."

"하지만 제국과의 국력 차이를 보시오. 섣불리 관계를 굳건히 했다간 그대로 먹힐지도 모르오."

"그렇게 말하면서 귀하는 자신의 여식을 전하의 정비로 올리고 싶을 뿐인 게 아니오?"

"뭣이!"

"자 자, 진정하시오. 언쟁을 할 때가 아니오."

이러한 상태로 회합이 이어지고, 이윽고 가신 중 한 사람이 회의실 구석에 물러나 있던 니님에게 눈길을 보냈다.

"니님 님, 황녀 전하께서 직접 이리로 오신다는 말은 사실이겠지요?"

니님은 고개를 끄덕이고 서류를 들고 한 발 앞으로 나섰다.

"혼담 요청과 병행하여 제국으로부터 나트라가 겨울에 들어가기 전에 사절단을 파견하고 싶다는 요청이 왔습니다. 명목은 양국의 동맹 관계 확인 및 강화를 위해서라고 하는데, 사절단 대표는 로웰미나 황녀 전하입니다. 이것은 실질적으로 두 전하께서 서로의 성품을 확인하는 맞선이 되지 않을까 합니다."

가신들은 서로 눈을 마주쳤다.

"어마어마한 행동력이라 해야 할까요."

"아니, 이건 폭주겠지요."

"그쪽 신하들은 간언하지 않은 것인가……."

황녀와의 혼인이 정식으로 결정된 후라면 모를까, 지금은 아직 이야기 단계다. 그런데 병사가 지키는 궁전에서 밖으로 나와 얼굴도 모르는 타국의 왕족을 찾아오다니, 얇은 옷 한 장만 걸치고 밤중에 숲에 들어가는 거나 다름없는 짓이다.

흔들리고 있다곤 하나 제국의 권위는 건재하고, 그렇다면 발칙한 짓을 저지를 리가 없다고 생각하고 있는지도 모르지만──아름다운 여성을 앞에 두고 건강한 남성이 순간적으로 나쁜 마음을 먹는 것은 흔한 일이다. 혼인 전에 폭행을 당할 위험성은 누구라도 상상할 수 있으리라.

그렇다. 상상할 수 있을 것이다. 제국 측이라 해도. 하지만 로웰미나 황녀는 온다고 한다.

"흐음…… 전하께서는 어찌 생각하십니까?"

상석에서 침묵하고 있는 웨인에게 중신들의 주목이 모인다.

"그래……."

웨인은 가신들 한 명 한 명과 시선을 맞춘 후, 장난스럽게 어깨를 으쓱했다.

"황녀 전하를 맞이하기 전에 궁전 외벽의 금을 숨겨둬야겠지."

회의실에 가신들의 웃음소리가 울렸다.

"아니, 말씀대로 조금은 허영을 부려야겠습니다." "도장 비용을 어디서 변통하지요?" "이왕 이렇게 된 것, 눈을 백분(白粉) 대신으로 써 볼까요." "그거 좋은 생각이오, 봄이 되면 멋대로 사라져 주겠군요."

웨인의 말에 호응해 가신들 사이에 한동안 농담 섞인 대화가 오갔다.

그런 분위기가 가라앉았을 무렵, 웨인은 다시 입을 열었다.

"이번에는 갑작스러운 일에 모두 놀랐겠지. 사실은 나도 같다네. 내일이라도 착각이었다고 연락이 오는 건 아닐까 생각하고 있네."

가신들 사이에서 다시 숨죽인 웃음이 새어 나왔다.

"그러나." 하고 웨인은 말을 이었다.

"착각이 아니라고 한다면 긍정적으로 검토하고자 하네."

일동의 얼굴이 굳었다. 어디까지나 웨인 개인의 의사표명이었지만, 당사자이자 군주 대행인 그의 말의 영향력은 가신들을 그렇게 만들고도 남는다.

"확실히 제국의 소란에 휘말릴 우려는 있어. 하지만 그걸 알고 있다 해도 역시 황족과 맺어지는 것은 큰 이익이야. 이 기회를 놓칠 수는 없네."

그렇게 단언하고 나서, "하지만." 하고 웨인은 쓴웃음을 지었다.

"실제로 혼인에 이를 수 있을지는 아직 모르는 일이나."

"무슨 말씀이십니까. 전하보다 지혜와 인덕이 넘치는 분은 달리 없습니다."

"그렇고말고요. 황녀 전하가 내방하시면 전하를 선택하신 것이 틀리지 않았다고 확신하시겠지요."

하나같이 고개를 끄덕이는 가신들에게 웨인은 환하게 웃었다.

"그럼 그러기 위해서도 황녀 전하를 맞이할 준비에 만전을 기하도록 하지. 모두 협력해 주게."

""옛!""

이리하여 황녀 전하 내방을 대비해 준비가 시작되었다.

————그리고.

"완전 거절하고 싶어어어어어어어어어어어어!"

집무실에 돌아온 웨인은 여느 때처럼 머리를 쥐어뜯고 있었다.

"아니 완전 100% 함정이잖아! 아무리 생각해도 나한테 황녀의 혼담이 들어오는 게 이상하잖아! 국력 차이를 생각하란 말이야!"

예를 들어 두 백작가가 있다고 치자.

제도상으로 두 가문의 격은 같다. 하지만 각각의 가문이 가지는 재력과 무력의 차이로 인해 힘이 강한 쪽의 가문이 더 높게 대우받는 일은 드물지 않다.

그것은 왕가라 해도 마찬가지다.

국내에 유일무이하게 귀한 핏줄. 국민의 정점에 선 혈통. 그러나 그 가치는 속한 나라의 국력의 크기에 영향을 받는다. 국력이 하늘과 땅 차이라면 왕가의 가치도 똑같이 차이가 나리라.

그리고 나트라와 제국은 그야말로 하늘과 땅이다. 상식적으로 생각하면 황녀가 시집올 곳으로 나트라 왕국은 어울리지 않는다.

그러나 실제로 혼담이 날아들었다.

"즉, 그럴 만큼 정치적인 이유가 저쪽에 있다는 거겠지."

니님의 말에 웨인은 신음하면서 대답했다.

"그렇겠지. 그렇게 생각하는 게 자연스러워…… 참고로 니님은 그 이유가 뭐라고 생각해?"

"황자들의 파벌 싸움의 일환이라고 생각해."

현재 제국에서는 세 황자들을 둘러싼 후계 다툼이 벌어지고 있다. 지금은 무력 행사에까지 이르지는 않았지만 수습될 기색이 없어 내란은 시간문제라고들 말하고 있었다.

"황녀는 아마 세 파벌 중 하나에 붙은 거겠지. 그리고 파벌을 조금이라도 강화하고 싶은 황자가 나트라를 끌어들이려고 황녀를 보낸 게 아닐까?"

"그래, 그런 거겠지."

웨인은 고개를 끄덕이고는 말했다.

"————라고 생각하게 만드는 것이 저쪽의 함정이야."

니님은 당황한 표정을 지었다.

"함정이라니…… 그럼 다른 이유가 있다는 거야?"

"그래. 참고로 말하자면 십중팔구 저쪽은 나와 결혼할 마음이 없을 거야."

놀라 눈을 부릅뜨는 니님을 시야 끝에 담으면서 웨인은 몹시 불쾌한 듯 말을 이었다.

"니님도 생각했을 거 아냐. 결혼이 결정되기도 전에 황녀가 직접 이쪽으로 오다니 말도 안 된다고."

"확실히 그 점은 의문이었어."

"그럼 저들은 왜 그렇게 했을까? 그건 겨울이 되기 전에 나트라에 오고 싶은 이유가 있어서야. 그래서 사절단 파견이라는 명목을 준비하고, 거기에 숨겨진 목적으로 나와 황녀의 맞선을 세팅했어. 이 정도까지 하면 우리 나트라는 도저히 내방을 거절할 수 없지."

"……."

니님은 팔짱을 끼고 생각에 잠겼다. 웨인의 말대로 어느 한쪽만이라면 모를까, 두 가지 이유가 겹치면 거절은 불가능하다. 그런 짓을 했다간 동맹 관계가 산산이 부서질 것이다.

"그러면서도 혼담 자체는 확정되지 않았다는 게 포인트야. 나트라를 파벌 싸움에 끌어들이는 게 목적이라면 맞선 같이 미적지근한 짓을 하지 말고 억지로 밀어붙이면 돼. 국력 차이로 봐서도 거부할 수 있을 리가 없으니까."

웨인은 말을 이었다.

"그런데 그렇게 하지 않았어. 황녀가 직접 외국으로 간다는 위험을 지고 있는 주제에, 정작 내방한 뒤에 성격이 안 맞느니 어쩌니 이유를 붙여서 파기할 수 있는 아슬아슬한 선에 서 있어. 어때, 작위적이라고 느껴지지 않아?"

니님은 무심결에 신음했다. 이렇게 열거해 보니 웨인의 말에 진실성이 있었다.

하지만 그렇다면 한 가지 의문이 생긴다.

"……그렇게까지 해서 나트라에 오는 진짜 목적은?"

웨인은 씨익 웃었다.

"―――나도 전혀 모르겠어!"

가자미눈을 뜨는 니님에게 웨인은 말했다.

"별수 없잖아. 이리저리 생각은 하고 있지만 정말 모르겠다고. 겨울이 오기 전이라고 지정한 걸 보면 꽤나 서둘러야 할 이유가 있을 테지만 말이야."

웨인은 턱을 괴면서 중얼거렸다.

"그런데다 결혼이 애초부터 말도 안 되는 거라면, 접대 준비를 하기 위해 예산을 짜는 것도 바보스러워. 그래서 나는 내방을 무지무지 거절하고 싶은데 말이야."

"입장상 그럴 수 없지."

"그런 거야."

웨인은 화가 치민다는 듯이 혀를 찼다.

"젠장, 이 일을 사주한 녀석은 절대로 성격 나쁠 거야. 안 그래도 전쟁으로 힘든데 어디서 예산을 끌어내라는 거야."

불쾌한 듯이 천장을 올려다보는 웨인에게 니님은 말했다.

"다른 가신들에게 알리지 않아도 돼?"

"몇 명쯤에게 말은 해 놓을 생각이지만, 대부분은 환영 준비에 집중시킬 거야. 상대의 목적이 뭐든 간에 제국의 정식 사절단에게 무례를 저지를 수는 없으니까. 그리고 뭐, 겉으로는 환영하면서 속으로는 진의를 탐색하는 대담한 짓은 우리 가신들한테 무리고."

"그렇지는…… 뭐, 전혀 틀린 말은 아니지만."

나트라의 가신들은 뭐라고 할까── 좋든 나쁘든 순진한 부분이 있다. 니님은 싫어하지 않지만.

"참고로, 웨인이 생각이 많았을 뿐이라는 가능성은?"

"있어. 하지만 그럴 경우엔 왜 황녀님이 직접 오느냐는 의문이 해결되지 않아."

"그건……."

니님은 잠시 생각하다가 손을 탁 두드렸다.

"예를 들면 그래, 전쟁에서도 내정에서도 활약하는 웨인의 멋진 모습에 반해서 그만 밀어붙여…… 미안, 말도 안 되는 소리를 할 뻔했어."

"가능하면 마지막까지 확실하게 말해 줬으면 했는데요, 니님 양! 나한테도 일단은 상처받는 마음이라는 게 있는데요!"

"아아, 오해하지 마. 웨인은 나트라 왕국의 젊은 왕태자이자 섭정으로 지난번 마덴과의 전쟁에서는 선두에 서서 나트라군을 승리로 이끈, 나를 포함한 나트라의 신민들이 경애하는 훌륭한── 못난이니까."

"그렇게까지 말했으면 멋지다는 범주에 넣어 달라고!"

"왕태자 전하의 첫 번째 신하로서 거짓을 입에 담기는 황공하여."

"가끔 거짓말하면서! 입술에 침이나 바르고 말해!"

"발랐어."

기죽지도 않고 니님은 자기 입술에 혀로 침을 슥 발랐다.

웨인은 끙끙대며 신음한 후에 말했다.

"……좋아, 이렇게 되면 나한테도 생각이 있어!"

"생각이라니?"

"니님의 의견을 채택하겠어! 황녀님은 내 멋진 모습에 반했다고 생각할 거야!"

"에엑…….."

니님은 어이없고 황당한 표정을 지었다.

"그래, 돌이켜보면 최근의 나는 아무래도 운이 나빴어. 바로 지금이다 싶을 때 황제는 죽지, 금광산은 텅텅 비지, 마덴은 멸망하지!"

"웨인의 운이 나쁜 건 예전부터 그랬던 거 같은데."

"시끄러워! 아무튼 이런 불운이 계속된 걸 보면 슬슬 반동이 올 때가 됐어! 그래, 아무런 꿍꿍이도 없이 황녀님이 나한테 반해서 유유자적한 생활을 보내는 행운이!"

"──에잇."

"으억."

니님의 손날이 웨인의 옆구리에 꽂혔다.

"진정됐어?"

"진정당했어…….."

옆구리를 문지르는 웨인에게 니님이 말했다.

"우선 제국과 일정 조정을 하면서 탐색해 볼게. 황녀님의 목적이 뭔지는 조금 더 정보를 모으고 나서 다시 생각하자."

"그래. 나는 어디서 예산을 끌어올지 생각해 놓을게."

방침이 정리되고 니님은 발길을 돌렸다.

그 뒷모습에 웨인이 말을 던졌다.

"아, 그런데 니님."

"왜?"

"난 진짜 멋진 남자에 안 들어가?"

니님은 어리둥절하다가, 작게 웃으며 입술에 침을 발랐다.

"네, 전하는 훌륭한 못난이이시랍니다."

◆ ◇ ◆

예로부터 사람의 입에 자물쇠는 채울 수 없는 법이다.

하물며 그것이 화제가 들끓고 있는 왕태자의 혼인쯤 되면 어쩔 수가 없다. 지난 승전에 이어 이 중대사는 궁정 사람들은 물론이고 성 아래에까지 눈 깜짝할 사이에 알려졌다.

다행이라 해야 할지, 많은 백성들이 환영의 뜻을 표했다. 제국과 키워 온 동맹 관계와 웨인이 지닌 인기와 기대의 발로이리라.

"이걸로 우리 나라와 제국의 동맹은 더욱 굳건해지겠군."

"병상에 계신 폐하도 분명 안심하시겠지."

"왕태자 전하의 아이는 어떤 이름이 될까."

"하하하, 그건 아직 너무 이르잖아."

등등, 정식으로 혼인이 결정된 것도 아닌데 이렇게 들뜬 기색이었다.

오히려 이런 이야기를 하는 쪽은 아직 이성적인 편이었다. 특히 국민 중 누구 한 사람 실체를 모르는 제국 황녀라는 여성의 존재는 다양한 억측과 각색을 낳았다.

음색이 보석보다도 아름답다더라, 용모가 신들에게 댈 수 있을 정도라더라 같은 것은 양반이고, 웨인이 제국에 유학했던 과거를 들고 나와 거기서 두 사람이 비밀스럽게 밀회를 거듭했던 게 아니냐는 이야기까지 튀어나오는 형국이었다.

물론 어차피 농담이고 들떠 있는 데다가 찬물을 끼얹을 필요

도 없으니 내버려 두라는 것이 웨인의 지시다. 니님도 거기에
이의는 없었다.

　없었지만—— 최근에 약간 사정이 바뀌었다. 성 아래는 문제
없지만 궁정에서 퍼지는 소문이 묘한 방향으로 꼬이기 시작한
것이다.

　그 원인은 니님에게 있었다.

　웨인이 니님을 중용하고 있다는 것은 감출 도리가 없는 사실
이다. 궁정의 모두가 그녀를 왕태자의 보좌관이자 애첩이라고
인식하고 있다.

　그런 탓에, 웨인이 결혼하면 그녀는 어떻게 되는가——라는
의문이 신하들 사이에 생겨난 것이다.

　"설마 실의에 빠져 왕궁을 떠나 버리는 건?"

　"아니, 보좌관님이 전하 곁을 떠날 리는……."

　"하지만 황녀의 성품에 따라서는 첩을 허락하지 않고 멀리 떨
어뜨리려고 할지도 몰라."

　"으음…… 보좌관님 성격에 그리되어도 별다른 행동은 취하
지 않을 거라 생각하는데."

　이런 대화를 궁정 여기저기에서 수군대고 있는 것이다.

　여기에는 니님도 난처한 얼굴을 했다. 그리고 정무를 보좌하
는 한편으로 대처 방법을 궁리하고 있었는데,

　"그래서, 그 부분은 어떻게 되는 건가요, 니님 님!"

　"그걸 직접 물으러 옵니까……."

　제국과의 협의가 마무리되고 회랑에서 한숨 돌리고 있을 때

니님은 젊은 여관(女官)들에게 붙잡혔다.

"그야 물을 수밖에요. 모두 궁금해하는 일이니까요."

"맞아요. 웨인 전하와 황녀님과 니님 님의 삼각관계라니 둘도 없는 이야깃거리인걸요."

"삼각관계를 구축한 기억은 없는데요……."

지금은 소문에 얼마나 과장이 붙었을까. 어이없음과 황당함을 느끼며 니님은 여관들에게 말했다.

"그럼 확실하게 말해 두겠는데, 저는 궁정을 떠날 마음이 전혀 없습니다. 그리고 전하의 결혼 상대가 어느 분이 되시든 사이좋게 지낼 거고요."

니님의 거짓 없는 진심이다. 나날이 쌓여 가는 힘든 정무를 생각하면 왕후귀족 신분인 규중처녀의 마음을 구워삶는 것이 뭐가 힘들겠는가.

"알았으면 더 이상 이상한 소문을 퍼뜨리지 않도록 다른 사람들에게도 말해 두세요. 만약 전하의 귀에 들어가면 어떻게 될지 모르잖아요."

이것이야말로 니님의 걱정거리였다.

자신이 소문의 주인공이 되는 일 자체는 딱히 상관없다. 하지만 많은 인간들이 그렇듯 웨인에게도 역린이 있다. 궁정에 퍼지고 있는 이 소문이 그 역린을 건드릴지도 모른다.

"치~. 알았어요." "니님 님은 너무 딱딱하다니까." "뭐, 어쩔 수 없지요."

여관들이 떨떠름하게 수긍하자 니님은 마음속으로 한숨을 쉬었다.

웨인과 가신들 사이에 끼는 일이 많은 니님은 예의를 갖춰야 할 상대에게는 되도록 정중하게 대하고, 꾸밈없는 태도가 잘 통하는 상대에게는 가벼운 말투를 쓰는 등 주위와의 거리감에 최대한 신경을 쓰고 있다.

덕분에 여관들과도 관계가 원만하지만, 이런 사태에 직면하면 좀 더 위엄 있게 거리를 두는 편이 좋았을까 하고 약간 후회하고 만다.

하지만 하나를 취하면 하나는 포기해야 하는 일은 드물지 않다. 니님은 빠르게 마음을 정리했다.

"그럼 저는 다시 일하러 갑니다. 한 번 더 말하지만, 부디 전하의 역린을 건드리는 짓은 피하세요. 과거에 그랬던 사람이 어떻게 됐는지 모르는 것도 아니잖아요? 말해 두는데 저도 못 막습니다."

노골적으로 위협하자 여관들은 겸연쩍게 고개를 끄덕였다.

그 모습을 확인하고 나서 니님은 "그럼." 하고 발길을 돌렸다.

'이만큼 못 박아 두면 소문도 조금은 진정되겠지.'

반쯤은 그랬으면 좋겠다는 기대가 담긴 생각이다.

'하지만 이렇게 불타오르다니……. 만약 웨인 말대로 함정이고 상대에게 결혼할 마음이 없다면 모두 실망할 것 같네.'

회랑을 걸으며 니님은 웨인의 추측을 뇌리에 떠올렸다.

니님은 웨인의 신중함을 알고 있다. 때로 등줄기가 오싹할 정도의 예지를 엿보이는 그 발언은 그리 가볍게 여길 수 있는 것이 아니다.

그와 동시에, 함정이라 여기는 건 아무래도 너무 나간 것 아닌가 하는 생각이 마음속에 있었다. 웨인 자신도 상대의 진짜 목적을 모르겠다고 말했기 때문이리라.

'하지만 웨인이 틀렸고, 역시 파벌 강화가 목적이라면……'

그는 가신들에게 선언한 대로 망설임 없이 황녀와 결혼할 것이다. 정치의 일환으로.

알고 있었던 일이다. 웨인은 나트라의 왕족이고 그 반려의 위치에 특별한 부도 지위도 없는 여성이 들어갈 수 있을 리 없다는 것은.

"……"

찰싹, 니님은 자신의 뺨을 손으로 때렸다.

"자, 웨인에게 돌아가야지."

니님은 회랑을 걷는 속도를 빨리했다.

그리고 때때로 스쳐 지나는 가신이나 위병들과 가볍게 인사와 말을 나누면서 집무실로 이어지는 길을 나아가다가──.

"니님."

갑자기 냉엄함이 느껴지는 목소리가 뒤에서 들려, 니님은 발을 멈추고 돌아보았다.

이 궁정에서 니님을 이렇게 부르는 인물은 그리 많지 않다. 국왕과 왕태자 웨인과 그의 여동생인 플라냐 왕녀, 그리고──.

"레반 님."

니님은 깊이 절하며 그 남자의 이름을 말했다.

레반이라 불린 그 남자는 딱 보기에도 강직한 모습이었다. 얼굴은 근엄하고 걷는 동작에서도 규율이 엿보이며 그러면서도 잘 벼려진 철 같다.

하지만 그 이상으로 특징적인 것은 그의 머리카락과 눈동자이리라. 머리카락은 희고 눈동자는 진홍색. 즉 그가 니님과 같은 플람인(人)이라는 것을 말해 주고 있었다.

"걸으면서도 상관없다. 잠시 시간 있는가."

"괜찮습니다. 웨인 전하의 혼담 건이신지요?"

"바로 그렇다."

두 사람은 나란히 회랑을 걸으며 이야기를 나누었다.

"혼담 이야기가 폐하의 귀에도 들어가서 말이다. 자세히 알기를 바라고 계신다."

"불러 주셨다면 제가 찾아뵈었을 텐데요."

레반은 작게 코웃음을 쳤다.

"훗, 미래의 족장님께 그런 무례를 저지를 수는 없지."

그러자 니님도 쓴웃음을 지었다.

"현 족장이신 레반 님이 무슨 말씀을 하시는 건지."

예로부터 대륙── 특히 서쪽에서 차별받는 계급이었던 플람인. 과거에 대륙을 방랑한 끝에 나트라 왕국에 도달한 플람인 무리가 있었다.

차별과 편견을 받으면서도 대륙 각지를 돌아다녀 깊은 견식을 얻은 플람인들을 당시의 왕은 흔쾌히 받아들였다. 그중에서도 무리를 이끌던 랄레이라는 플람인은 왕의 두터운 신임을 얻어

평생 왕의 보좌로 일했다.

그 이후로도 플람인의 자손은 우수한 인재를 배출했고 왕들도 대대로 그들을 총애했다.

그 과정에서 생겨난 풍습이 세 가지 있다. 첫 번째는 왕족 한 사람 한 사람을 엄선된 플람인이 보좌로서 모시는 것. 두 번째는 선택된 플람인은 랄레이라는 성을 부여받는다는 것. 그리고 마지막으로, 즉위한 왕족의 보좌가 나트라에 사는 플람인의 수장이 된다는 것이다.

그리고 이 레반 랄레이가 바로 오랜 세월 현 나트라 국왕의 보좌로 일해 온 플람인으로, 나트라 왕국에 사는 플람인들의 족장이었다.

"그래서, 혼담은 실제로 어떻게 되었지?"

"사자와 이야기를 해 본 바로는 상당히 진심인 듯합니다. 혼담이 결정되기 전에 로웰미나 황녀가 스스로 나트라를 방문하게 되었으니까요."

"이런. 이건 해프닝으로 끝나지는 않겠군."

"하지만 웨인 전하는 뭔가 다른 속셈이 있을 거라고 생각하시는 듯하여……."

"흠…… 로웰미나 황녀에 관해 수하에게서 보고는 없었나?"

다른 나라가 그렇듯 나트라 왕국에도 첩보원이 있다. 그러나 나트라에는 대륙 각지에 흩어진 플람인의 네트워크를 이용한 첩보망도 존재한다. 이전에는 레반이 관리하고 있었지만 지금은 니님이 맡고 있다.

"여의치 않습니다. 황녀는 평소에도 궁정 안쪽에 틀어박혀 있고, 공식 행사나 연회에 출석한 횟수도 손으로 꼽을 정도라 제대로 정보를 얻을 수 없다고 합니다."

그리고 니님은 고개를 저었다.

"특히 지금의 제국 궁정은 세 황자의 정치 투쟁으로 어지러워서 황녀 주변을 탐색하려면 시간이 더 필요하다는 보고입니다."

"그런가……. 누가 규중의 처녀에게 출가를 부추겼는지 신경 쓰인다만."

"역시 황녀 뒤에서 조종하는 자가 있다고 생각하십니까?"

"그렇게 생각하는 것이 자연스럽겠지. ……만약 웨인 전하와 황녀가 아는 사이라면 이야기가 다르지만. 그쪽은 어떤가?"

니님은 고개를 저었다.

"아니요, 그런 소문은 퍼졌지만 실제로는 아닙니다."

웨인과 니님은 기본적으로 함께 행동한다. 그것은 제국 유학 중에도 마찬가지였다. 물론 지금 이때처럼 떨어져서 행동하는 경우도 있었지만── 그 얼마 안 되는 시간에 황녀와 만났다고는 생각할 수 없다. 애초에 웨인 스스로가 모른다고 말했다.

"그런가……. 그런데 전하는 혼담 자체를 거부하시지는 않았겠지?"

"예. 받아들이는 방침으로 진행하고 있습니다."

"그렇다면 좋다. 마음이 내키지 않는다며 토라졌다면 참사가 일어났을 테니 말이야."

"……."

역시 다른 사람들도 이 건은 거절할 수 없다고 느끼고 있는 것이다. 그리고 그 일에 위화감이 들지도 않는다. '사주했다'는 웨인의 말이 니님의 뇌리를 스쳤다.

'역시 웨인 말대로 다른 목적이 있는 걸까…….'

니님이 생각에 잠겨 있는데 레반이 독백하듯이 말을 이었다.

"애당초 전하만큼은 그럴 리 없다는 걸 알고 있었지만 말이지. 전하는 젊으신데도 이미 자신의 감정을 다스리고 사물을 전체적으로 파악하는 데 뛰어나시다. ……폐하도 그렇고 전하도 그렇고, 역시 나트라 왕가의 핏줄은 괴물이야."

니님은 사고를 중단하고 미간을 좁혔다.

"레반 님, 아무리 그래도 괴물이라는 표현은 좋지 않다고 생각합니다."

"──아니, 이 표현이 옳다."

레반은 의외로 강한 어조로 단언했다.

동시에 레반은 발을 멈추었다. 니님이 한 박자 늦게 멈추고 돌아보니 그는 어딘가 먼 곳을 바라보고 있었다.

"나트라 왕국이 건국된 지 대략 200년. 폐하는 14대째 국왕이시고, 웨인 전하와 마찬가지로 젊으실 무렵부터 영명하셨다. ……하지만 본래라면 있을 수 없는 일이다. 이만큼 대를 거듭한 왕가가 아직도 권위와 이성을 유지하며 국정을 짊어지고 있다니."

"그건……."

확실히 대륙의 역사를 펼쳐보아도 나트라 왕국만큼 길게 이어진 나라는 그리 많지 않다. 하물며 능력의 차이는 있으나 대대로 왕이 제대로 정치에 참여해 나라를 이끌어온 곳은 손에 꼽을 정도이리라.

　많은 경우, 왕조가 길게 이어질수록 왕은 정치에 흥미를 잃고 쾌락과 즐거움에 빠져든다. 그리고 차츰 권위가 옅어지고, 권력을 빼앗기고, 결국은 멸망이라는 이름의 짐승에게 나라가 통째로 물어뜯겨 부서지는 것이다.

　"권력은 쉽게 인간을 타락시킨다. 피와 땀을 흘려 나라를 일으킨 창업군주라면 그런 유혹에 버틸 수 있겠지. 나라가 안정되지 않은 2대째, 3대째도 스스로를 다스릴 수 있을지 모른다. 하지만 그 이후는 난관이다. 나라가 반석에 오르면 과거의 아픔은 역사가 되고, 피와 땀의 흔적은 닦여 사라진다. 남는 것은 고생도 아픔도 없이 권력을 이어받은 왕후귀족들이다."

　레반은 무겁게 한숨을 내쉬었다.

　"스스로 얻어낸 것이라면 모를까, 어릴 때부터 당연하게 주어졌는데 어찌 자제할 수 있을까. 더구나 자아도 정서도 형성되지 않은 시기부터 자손이라는 것만으로 너는 특별하다, 너는 귀중하다며 저주와도 같은 말을 계속 듣는 일상이다."

　"일그러지는 것이 당연하다는 말씀이십니까?"

　"그렇다. 오해받을 것을 두려워하지 않고 말하자면, 왕족도 인간인 이상 일그러지는 것이 정상이다. 온갖 사치를 허락하는 권력을 얻고도 타락하지 않고 멀쩡한 쪽이 오히려 이상하지."

그러니 괴물이다.

일그러지지 않고, 사치하지 않고, 탐닉하지 않고, 해이해지지 않고── 당연한 듯이 왕으로서의 책무를 지는 나트라의 역대 왕들을 레반은 그렇게 평했다.

"생각해 보면 창업군주인 살레마 왕도 이단적인 경력을 가지신 분……. 역시 그 핏줄에 전해 내려오는 무언가가 있는 것이겠지. 우리 조상 랄레이가 나트라를 선택한 것은 실로 혜안이었다. 나트라를 계속 지탱함으로써 언젠가 반드시 우리의 비원도 ──."

"레반 님."

점점 열기를 띠기 시작한 레반의 말을 니님이 잘랐다.

정신을 차린 레반은 약간 헛기침을 하고 호흡을 가다듬었다.

"……아무튼 이야기는 알았다. 시간을 빼앗았군. 나는 폐하께 돌아가겠다."

국왕은 현재 병 때문에 궁정의 별궁에서 요양 중이고, 그 별궁 관리는 레반에게 일임되어 있었다. 그래서 최근에 그가 궁정 쪽에 얼굴을 내미는 일은 드물었다.

"바쁜 것은 알지만, 웨인 전하께도 가까운 시일 내에 문안을 오시도록 전해 다오. 플라냐 전하께서는 매일같이 찾아오시지만, 가끔은 아들의 얼굴도 보고 싶다고 폐하가 바라고 계신다."

"알겠습니다."

"그럼."

레반은 발길을 돌려 별궁으로 향했다.

그 뒷모습을 배웅한 후 니님은 한 번 탄식했다.

"이야기는 끝났군."

"으하악?!"

갑자기 바로 뒤에서 들린 목소리에 니님은 말 그대로 펄쩍 뛰었다.

허둥지둥 돌아본 그녀의 눈에 소년 한 명이 비쳤다. 니님과 같은 나이대거나 혹은 조금 아래일까. 어딘가 인상이 옅은 이목구비지만 그 또한 하얀 머리카락에 붉은 눈동자—— 즉 플람인이었다.

"너무 방심했잖아, 니님. 웨인의 호위이기도 하면서."

"……상대가 네가 아니었으면 알아차렸을 거야."

니님은 거칠어진 호흡을 가다듬으며 소년에게 말했다.

"그보다 나나키, 사람이 지나다니는 장소에서 전하를 편하게 부르면 안 돼."

"이 부근에 있는 사람은 우리뿐이야."

"그런 자만심이 실언을 부르는 거야."

"여전히 니님은 깐깐하네."

"너 말이야…… 뭐 됐어."

이대로는 이야기가 진행이 안 된다고 생각한 니님은 약간 얼굴을 굳히면서도 감정을 억눌렀다.

"그보다 나한테 무슨 용건이야? 레반 님 앞에서는 할 수 없는 말이야?"

"아니, 그 녀석이 껄끄러워서 안 나왔을 뿐이야."

"……그럼, 본제가 뭔데?"

"플라냐를 만나 줘."

"플라냐 전하를?"

니님은 눈을 깜빡였다.

플라냐 엘크 아바레스트. 나트라 왕국의 왕녀이다.

웨인보다 두 살 정도 아래로, 밝고 상냥한 그녀는 왕궁의 모두에게 사랑받고 있다.

그리고 이 나나키 랄레이가 바로 플라냐의 호위로 선발된 플람인이었다.

"그러고 보니 바빠서 한동안 뵙지 못했네……. 전하가 그렇게 말씀하셨어?"

"아니, 플라냐가 니님을 부른 게 아냐."

나나키는 고개를 옆으로 젓고 말했다.

"왜인지는 모르겠지만 최근에 플라냐가 기운이 없어. 그랬더니 홀리가 니님과 만나게 하면 좋을 거라고 해서."

홀리는 평소에 플라냐를 보살피는 시종이다. 나나키와 달리 사람의 미묘한 감정을 알아차리는 데 뛰어나다.

니님은 플라냐가 자신을 부른 이유를 잠시 생각하다가 "앗." 하고 깨달았다.

"……과연, 그렇구나."

그리고 나나키를 흘깃 보았다.

"플라냐 전하는 지금 어디 계시지?"

"지금은 방에서 공부하고 있을 시간이야."

"그럼 바로 가자."

니님은 나나키와 함께 플라냐의 방으로 향했다.

"대륙 동남쪽의 베이유 호수 주변은 기후가 좋고 비옥한 땅으로, 예로부터 이 땅을 둘러싼 다툼이 끊이지 않았습니다."

쉰 목소리가 막힘없이 실내에 울린다.

"16년 정도 전에 이 다툼에 종지부를 찍고 무력으로 일대를 평정한 나라가 나왔습니다. 그것이 어스월드 제국입니다."

목소리의 주인은 노년 남성이다. 이름은 클라디오스. 원래 대륙 서부 출신 법학자로, 어린 웨인의 교육을 맡은 적도 있는 현인이다.

젊은 시절부터 유능함과 공명정대함으로 알려져 있었지만 옳지 않다고 판단하면 왕후귀족이라도 두려워하지 않고 비판하여, 유력자에게 초빙되었다가 심기를 거슬러 추방되기를 되풀이하는 반생을 보냈다.

그 과정에서 자객이 파견된 일도 한두 번이 아니지만 그는 머리뿐만 아니라 검 실력도 일류라서 자객을 번번이 물리치던 끝에 나트라에 당도했다.

그리고 나트라가 잘 맞았는지, 아니면 아무래도 나이를 먹으니 생각한 바가 있었는지 누구에게든 정면으로 덤벼들던 자세는 잠잠해졌다. 그 이후로는 유력자 자제의 교사를 하며 지내게 되었다는 경력의 소유자다.

"그러나 무력을 통한 평정은 수많은 피를 흘려 원한을 남겼습니다. 평정한 나라와 부족에게 파고들 틈을 주지 않기 위해 제국은 내외적으로 강한 나라임을 계속 보여 주기를 선택해, 무력으로 영토를 더욱 확대해 나가는 길을 걷게 됩니다."

그 클라디오스의 강의를 듣고 있는 한 명의 소녀.

아직 얼굴에 어린 티가 많이 나는 소녀, 플라냐. 나트라 왕국 중흥의 시조인 엘크라드 왕의 이름을 미들네임으로 받은 나트라 왕국 왕녀.

"제국에 흡수된 나라는 폭넓습니다. 대표적인 곳으로는 바노크, 코드러피, 토들레런, 후퍼트 등이 있지요. 그리고 나트라의 동쪽 국경에 접한 가이런 주(州)인데, 이곳도 원래는 앤트가덜 왕국이라는 이름의 나라였습니다. 다만 이 나라는 다른 나라들과 달리 군주가 스스로 신하가 되기를 요청해──."

그때 막힘없이 이어지고 있던 클라디오스의 말이 멈추었다.

다음으로, 작은 탄식과 함께 찌르는 듯한 음성이 나왔다.

"플라냐 전하."

"느에엣?!"

책상을 덜컹거리며 플라냐는 황급히 얼굴을 들고, 마치 제대로 듣고 있었다는 듯한 자세로 앞을 보았다. 하지만 그런 식으로 얼버무리는 행동은 클라디오스가 수백 수천 번 봐 온 것이었다.

"아무래도 오늘은 마음이 딴 데 가 계신 듯하군요."

"아우…… 죄송합니다."

여기서 더 변명하지 않고 사과하는 점이 플라냐의 솔직함을 보여 주는 부분이리라. 그러나 왕족의 교육자로서 지금은 쓴소리를 해야 할 때다.

"전하, 왕후귀족은 자신의 행동과 언동의 많은 부분에 정치적인 의미가 깃듭니다. 쉽게 사과해서는 안 된다고 이미 가르쳐드렸지요?"

"아, 죄송…… 아니지, 무, 물론 기억하고 있어요."

"좋습니다. ……본래는 이런 상황에서까지 신경 쓰실 필요는 없습니다. 하지만 공사 구분을 할 수 있게 될 때까지는 사적인 상황에서도 정신을 바짝 차려서 스스로 익숙해지는 것이 제일이니까요."

"알고 있어요. 고마워요, 클라디오스."

소녀의 감사 인사에 노인은 작게 미소 지었다.

"아무튼, 오늘 수업은 여기까지로 하지요."

"아, 하지만……."

"정성을 들이지 않고 수학하는 것만큼 쓸모없는 일은 없습니다. 배울 시간이 줄어든 것을 아쉬워하는 마음이 있다면, 다음 시간까지 품고 계신 고민을 해소해 두는 것이 좋겠지요."

클라디오스의 눈이 플라냐의 등 뒤로 향한다.

"마침, 저보다 좋은 선생님이 도착한 것 같군요."

플라냐가 돌아보자 출입문 앞에 니님의 모습이 있었다.

"다음은 보좌관님께 맡기지요. 플라냐 전하, 그럼 또 뵙겠습니다."

클라디오스는 펴 놓았던 교재를 정리해서 들고 방을 나갔다.

니님은 플라냐에게 다가가 그녀 곁에 무릎을 꿇었다.

"플라냐 전하의 마음이 어두우시다 들어, 뒤늦게나마 찾아뵈었습니다."

"니님…… 저기."

"압니다. 웨인 전하의 혼담 때문이시지요?"

"……."

니님의 지적에 플라냐는 작게 끄덕였다.

"역시." 하고 니님은 마음속으로 납득했다. 플라냐가 웨인을 경애하고 있다는 것은 모두가 아는 사실이다. 이전에 웨인이 제국에 유학할 때도 플라냐가 크게 침울해진 적이 있었다.

이번에도 웨인이 결혼한다고 하니, 오라버니가 멀리 가 버릴지도 모른다 생각해 불안해진 것이리라.

"걱정할 일은 없으십니다, 플라냐 전하. 설령 웨인 전하께서 결혼하신다 해도 이 나라에서 나가시는 일은 결코 없습니다. 그분은 나트라 왕국의 왕태자이시니까요."

거기까지 말하고 나서, 니님은 플라냐의 반응이 시원치 않다는 것을 깨달았다.

"플라냐 전하?"

"오라버니는 결혼해도 이 나라에 있을 거야. 그건 알아. …… 하지만 그렇다 해도 분명 지금까지와 똑같지는 않을 거야."

플라냐의 목소리는 쥐어짜내는 듯했다.

"아바마마가 병에 걸리시고, 오라버니가 섭정이 되었나 했더니, 이번에는 오라버니가 결혼할지도 모른다니……."

플라냐는 자신의 손으로 눈길을 떨구었다. 그 눈동자에 비치는 것은 아무것도 붙잡지 못한 작은 두 손이었다.

"주위가 자꾸자꾸 변해 가는 걸 느껴. 그런데 나만 뒤에 남겨져 있는 것 같아서."

"……."

플라냐가 느끼는 감정은 결코 피해망상 같은 것이 아니다.

나트라는 지금 웨인을 중심으로 변혁의 시기를 맞이하려 하고 있다. 그 사실에 쓸쓸함이나 불안을 느끼는 사람은 분명 플라냐 혼자만이 아니리라.

그런 그녀에게 해 줄 말은 논리가 아니다. 니님은 마음속으로 말을 찾다가 말했다.

"플라냐 전하의 말씀대로 분명히 우리 나라는 지금 커다란 변화의 한가운데에 있습니다. 저도 방심하면 이 격류 속에서 빠져 죽어 버릴지도 모릅니다."

니님은 플라냐의 손에 자신의 손을 겹쳤다.

"하지만 모든 것이 바뀌는 건 아니에요. 주위가 아무리 변화하더라도 변하지 않는 것이 반드시 있습니다."

"그건, 예를 들면……?"

니님은 생긋 웃었다.

"웨인 전하와 플라냐 전하가 서로를 소중하게 여기신다는 것입니다."

바로 정면에서 단언하자 플라냐는 부끄러운 듯이 뺨을 붉혔다. 그런 그녀를 흐뭇하게 여기며 니님은 말을 이었다.

"만약 이번 혼담이 확정되고 웨인 전하께서 비를 맞게 되시더라도 플라냐 전하를 소홀히 대하는 일은 없을 겁니다. 플라냐 전하께서 웨인 전하를 경애하시는 것처럼, 웨인 전하도 플라냐 전하를 귀하게 여기고 계십니다."

"……."

"플라냐 전하는 웨인 전하를 믿지 못하시나요?"

"믿고 싶어, 하지만 조금 불안하기도 해……. 이상해?"

"아니요, 전혀 이상하지 않아요. 그리고 해결할 방법도 명확하지요."

니님은 플라냐의 손을 잡았다.

"웨인 전하를 만나러 가지요. 그리고 불안을 털어놓고 많이 대화를 나누세요. 지금의 플라냐 전하께 필요한 건 무엇보다도 웨인 전하와 보내는 시간입니다."

"……오라버니께 폐가 되지 않을까."

"웨인 전하의 말씀을 빌리자면, 여동생과의 대화를 귀찮아하는 오라비는 태어날 순서를 착각한 거예요. ──자."

니님의 재촉에 플라냐는 쭈뼛쭈뼛 일어섰다. 그리고 부끄러운 듯이, 언니에게 어리광부리는 여동생처럼 말했다.

"니님도 같이 가 줄 거야?"

"물론이지요."

니님은 부드럽게 미소 짓고 플라냐와 나란히 걷기 시작했다.

"──과연, 무슨 이야기인지 알겠다."

집무실을 찾은 플라냐의 말을 말없이 듣고 있던 웨인은 이윽고 작게 끄덕였다.

"미안하다, 플라냐. 나 때문에 많이 쓸쓸하게 만들어 버린 것 같구나."

"아니, 오라버니가 사과하실 일이 아니에요."

고개를 휘휘 젓는 플라냐.

그 머리를 다정하게 쓰다듬으며 웨인은 말했다.

"그래서, 변화가 너를 뒤에 남겨 두고 가 버릴 것 같다고."

웨인은 고민했다. 이런저런 말을 늘어놓아 일시적으로 달래는 것은 쉽지만 그렇게 해서 해결될 일이 아니다. 필요한 것은 마음을 지탱해 줄 기둥이다. 플라냐가 소외감과 무력감에 짓눌려 무너지지 않도록 기둥을 세워야 한다.

'……조금 더 정권을 안정시킨 뒤에 하고 싶었지만, 별수 없나.'

웨인은 니님을 흘끗 보았다. 웨인이 하려고 하는 일을 헤아린 그녀는 작게 끄덕여 동의를 표했다.

"좋아, 그럼 플라냐, 내 일을 조금 도와 보지 않겠니?"

"오라버니의 일이라니…… 즉, 아바마마의 대역을요?"

"그래. 알고 있겠지만 곧 제국의 사절단이 나트라를 방문한다. 그들이 체재하는 중에 나는 접대에 전념하게 될 거다. 하지만 그 동안 해결해야 할 다른 의제와 문제가 가만히 기다리고 있어 주는 건 아니지."

오히려 성가신 일들은 자칫했다간 한꺼번에 겹쳐서 오는 법이다. 그걸 생각하면 웨인은 빌릴 수 있는 건 뭐든지 빌리고 싶었다.

　"물론 내가 그렇게 붙들려 있는 동안에는 니님과 가신들이 대신 일을 처리해 주겠지. 하지만 상황에 따라서는 내 승인이나 출석이 요구되는 경우도 있을 거다."

　"그걸, 제가……?"

　"그렇단다."

　웨인은 고개를 끄덕였다.

　"말할 필요도 없지만, 지금의 플라냐에게 복잡한 국정을 다룰 능력은 없어. 그래서 일을 맡기는 경우에는 곁에 신뢰할 수 있는 중신을 둘 거야. 뭔가 승인이나 발언을 요구받으면 중신의 의견을 듣고 그걸 따르면 돼. 사실대로 말한다면 장식이지."

　"하지만." 하고 그는 말을 이었다.

　"권위와 격식이 중요시되는 자리에서는 왕족이라는 장식이 있는 것만으로도 충분한 윤활제가 될 수 있단다. 그리고 플라냐 너에게도 그런 장소에 참가해서 보고 듣는 것은 커다란 경험이 될 거야. 어때, 해 보겠니?"

　그 물음은 형식적인 것이었고, 웨인은 이미 어떤 대답이 돌아올지 알고 있었다.

　왜냐하면 플라냐의 얼굴에 떠오른 결연한 의지를 보았기 때문에.

　"——하겠어요. 아니, 꼭 제게 시켜 주세요, 오라버니."

웨인은 만족스럽게 고개를 끄덕였다.

"잘 말해 주었다. 그럼 그렇게 생각하고 일정을 짜도록 하자."

그리고 웨인은 마무리하듯이 고했다.

"플라냐, 이 말만큼은 해 두마. 이 세상은 강한 결의가 반드시 좋은 결과를 약속해 주는 것은 아니란다. 하지만 앞으로 나아가려는 의지는 아주 귀중한 것이야. ──오라비로서, 그런 의지를 가진 네가 자랑스럽구나."

"."

플라냐는 순간적으로 놀란 듯한 얼굴을 했지만 곧바로 만면에 미소를 띠었다.

◆ ◇ ◆

궁정 회랑을 니님과 플라냐가 나란히 걷는다.

플라냐의 발걸음은 가볍고, 콧노래마저 나올 것 같다.

"니님, 들었어? 오라버니가 내가 자랑스럽다고 말해 주셨어."

"예. 저도 플라냐 전하의 성장을 직접 볼 수 있어 기쁩니다."

니님은 미소 지으며 대답했다.

"니님, 나 힘낼 거야! 오라버니의 기대를 배신하지 않도록, 많이 힘낼 거야!"

"저도 미력하나마 돕겠습니다. 하지만 지금은 아직 너무 힘을 내지 마시길. 본게임은 제국 사절단이 도착하고 나서니까요."

니님의 지적에 플라냐는 조금 정신을 차렸다.

"그러네, 그 말이 맞아. 내 일은 사절단과 제국 황녀님이 오고 나서——."

그때 문득 플라냐의 말이 멈추었다.

플라냐는 뭔가 생각하듯이 몇 초 정도 침묵하고 나서 곁의 니님에게 시선을 보냈다.

"……있잖아, 니님. 너에게 하나 묻고 싶은 게 있었어."

"무엇이든 물으십시오."

"니님은 오라버니의 결혼을 어떻게 생각해?"

"……."

니님은 '올 게 왔나.' 하고 생각했다. 언젠가 반드시 이 질문을 받으리라는 것은 쉽게 예측할 수 있었다. 플라냐의 마음에서 불안이 걷히자 그 질문을 할 여유가 생겨난 것이리라.

그리고 단적으로 가부(可否)를 말한다면 틀림없이 찬성이다.

제국 측의 의도가 불투명한 것은 사실이다. 하지만 그것을 일단 옆으로 제쳐 두고, 웨인이 황녀와 결혼한다면 제국과 이 이상 없을 만큼 강하게 연결되어 나트라 왕국의 강화로 이어지리라.

——그러나, 플라냐가 그런 가신으로서의 말을 바라고 있는 게 아니라는 것은 생각할 필요도 없었다.

"나는 있지? 오라버니는 니님과 결혼할 거라고 생각했어."

니님이 대답하기 전에 플라냐가 말을 이었다.

"오라버니와 니님은 늘 함께 있고, 사이가 좋고, 서로를 소중하게 생각하는걸. ……그래서 자연스럽게 오라버니와 니님은 언젠가 결혼하겠지 하고. 게다가 그렇게 되면 니님은 내 새언니가 되는 거니까 나도 기뻐. 하지만…….”

웨인에게 황녀와의 혼담이 들어왔다.

왕은 후계자를 얻기 위해 정비 외에도 여성을 안는 법이지만, 황녀의 성격에 따라 측실이나 애첩을 허락하지 않을 가능성도 있다.

“……플라냐 전하께서 그렇게까지 생각해 주셔서 정말 기쁩니다.”

니님은 부드러운 음성으로 대답하고 나서, “하지만.” 하고 말했다.

“제가 웨인 전하와 결혼하는 일은 없을 겁니다. 설사 이번 혼담이 없었다 해도요.”

“어째서야?”

“웨인 전하께서는 나트라 왕국 왕태자인 웨인 살레마 아바레스트이시고, 저는 플람인인 니님 랄레이이기 때문입니다.”

플람인은 대륙 서쪽에서 차별받는 인종이다. 많은 사람이 노예로 취급당하고, 지역에 따라서는 끔찍한 것이라도 본 듯 몸서리친다. 서쪽과 인접한 나트라 왕국 왕태자가 플람인을 비로 맞으면 큰 반발을 초래하게 되리라.

“만약 웨인 전하께서 저를 비로 맞겠다고 말씀하시는 일이 생긴다면, 저는 황공하게도 전하를 홀린 벌로 제 목을 쳐야만 합니다.”

"그럴 수가……. 니님은 그래도 괜찮아?"

"예."

니님은 망설임 없이 단언했다.

여기서 쓸데없는 희망을 가지게 하는 말을 해서는 안 된다. 니님은 그런 결의를 가지고 말했지만, 플라냐가 금방이라도 울 듯한 얼굴이 된 것을 보고 순식간에 결의가 무너졌다.

"아, 아니요, 그 정도의 마음으로 있어야만 한다는 의미고, 정말로 스스로 목숨을 끊겠다는 게 아니고요."

니님은 횡설수설하며 말했다.

"그, 플라냐 전하께만 밝히는 거지만, 비가 되지 못하는 것이 아쉽다는 마음도 확실히 있습니다. 하지만 그보다 더한 영예를 저는 이미 받았습니다."

"영예……?"

"──제가 그분의 심장인 것."

니님은 비어 있는 손을 자기 가슴께에 댔다.

"웨인 전하는 언젠가 반드시 비를 맞으실 겁니다. 그건 한 명일지도 모르고, 혹은 두 명, 세 명일지도 모릅니다. 전하는 비가 된 여성을 사랑하시고, 아이를 만드시고, 그 아이들 또한 사랑하시겠지요."

니님은 미소를 지었다. 깨닫고 보니 말에 열기가 깃들어 있었다.

"하지만 몇 명의 비를, 몇 명의 아이를 가지시든…… 태양이 하나인 것처럼, 달이 하나인 것처럼, 심장 또한 하나뿐. 웨인 전

©Falmaro

하께서 그 긴 여정을 끝내실 날까지, 저만이 전하의 심장일 것을 허락받았습니다."

"……뭔가 잘 모르겠어."

플라냐는 딱 와닿지 않는다는 듯이 미간을 좁혔다.

그 반응에 정신을 차린 니님은 "크흠." 하고 헛기침을 했다.

"음, 뭐, 부부가 되는 것이 반드시 남녀 관계의 완성형은 아니다, 라고 생각해 주시면 좋을 것 같습니다. 자, 오늘은 이만 방으로 돌아가시지요."

니님은 억지로 이야기를 돌리고 플라냐를 이끌고 발걸음을 빨리했다.

그리고 황녀가 도착하는 날까지 시간은 흘러갔다.

때는 나트라 왕국의 짧은 가을이 끝을 맞이할 무렵.

이른 곳에서는 첫눈이 내리기 시작했고, 한 달이 더 지나면 밖은 온통 은세계가 일상적인 풍경이 되리라.

"그럼 다시 한번 설명할게."

머지않아 눈에 묻힐 풍경을 집무실 창 너머로 바라보는 웨인 옆에서 니님이 말했다.

"로웰미나 어스월드 제2황녀. 붕어한 황제에게는 세 황자와 두 황녀로 합계 5명의 자식이 있는데, 그중 막내야. 공식 기록에 따르면 연령은 우리와 같아. 평소에는 궁정 안쪽에 있어서 거의 모습을 보이지 않아 얼굴을 모르는 가신도 적지 않다고 해. 하지만 황녀 자체는 절세의 미소녀로 드물게 연회 등에 참가했을 때는 수많은 남자들을 매료한다고 해."

"마치 사람이 아니라 요정이나 다른 뭔가로 들리는군."

"동감이야. 하지만 실제로 열을 올리는 귀족이 있으니까 꿈이나 환상은 아닌 것 같아. 유명한 사람 중에는 루비트 백작이나 앤트가덜 후작의 자식이 있어."

"둘 다 이 나트라까지 소문이 퍼질 정도로 대단한 방탕아잖아. 그런 놈들이 반하다니 황녀님도 힘들겠군. ──니님, 역시 이 옷은 답답한데."

"참아. 제국 황족을 맞이하는 거니까 걸맞은 복장이 필요하잖아."

옷깃을 손가락으로 건드리는 웨인의 옷차림은 예장이었다. 니님의 말대로 오늘 도착할 예정인 로웰미나 황녀를 맞이하기 위한 준비다.

"그래서, 현재 제국은 세 황자의 세 파벌에 의한 후계 다툼이 한창인데…… 조사한 바로는 황녀는 그 정쟁에서 거리를 두고 있는 것 같아. 그래서 황녀의 이번 혼담은 다른 세 파벌에서도 아닌 밤중에 홍두깨라 상당히 당황하고 있다고 해."

"이 혼담은 황자들의 책략이 아니라는 건가. 점점 더 수상해지는데……. 참고로 다른 파벌이 막거나 하지는 않았어?"

"막으려 획책한 것 같지만 막을 권한을 가진 게 황제뿐이거든. 지금은 공석이니 한계가 있어."

"그래서 아무도 황녀님의 출발을 막지 못하고 오늘 여기 도착하는 거군."

"겨울이 되기 전에 도착하고 싶다면서 저쪽에서 꽤나 일정을 재촉했지만, 본심은 후계 다툼이 결판이 나서 누군가가 황제가 되면 움직일 수 없게 되기 때문이었겠지."

"황녀의 의도가 어떻든 타이밍은 지금밖에 없었다는 건가. 하지만 제국이 아직 안정되지 않았을 줄이야……."

황제 붕어로부터 이미 반년 가까이 지났다. 그런데도 아직 다음 황제가 결정되지 않은 데는 아무리 웨인이라도 놀랐다. 외국인인 웨인이 그렇게 생각할 정도니 제국령의 민심은 필시 초조와 불안으로 가득하리라.

"파벌의 힘이 절묘하게 길항하고 있거든. 종속되어 속주가 된 지역도 세 황자를 제각각 지지하고 있고."

"각 파벌이 함께 무기 조달도 시작했다고 했지?"

"그래. 이대로라면 내란으로 직행할 거야. 황자 중 누군가가 포기하고 나머지 중 누군가에게 붙으면 금방이라도 결판이 나겠지만. 뭐, 옥좌를 눈앞에 두고 등을 돌릴 수 있을 리가 없겠지."

"달리 할 수 있는 녀석이 있으면 그 녀석한테 맡기면 된다고 생각하는데 말이야."

"그렇게 생각할 수 있는 건 웨인 정도야."

"그런가?" 하고 웨인은 어깨를 으쓱했다.

"아무튼, 제국의 혼란은 아직 계속될 것 같군……."

그렇게 중얼거린 웨인이 문득 쓴웃음을 흘렸다. 니님은 이유를 알 수 없어 고개를 작게 갸웃했다.

"왜 그래?"

"아니, 그렇다면 분명 그 녀석들도 고생하고 있겠지 싶어서."

"그 녀석들이라면……."

"사관학교의 세 명 말이야."

"아아." 하고 니님은 납득했다.

웨인과 니님은 2년 정도 제국에 유학했을 때 신분을 위장하고 제국의 사관학교에 다녔다.

부왕이 병으로 쓰러져 졸업이 얼마 안 남은 시점에 나트라에 돌아오게 되었지만, 당연히 거기서도 친구를 사귀었고 그중에서도 매일같이 함께 지냈던 인물이 셋 있었다.

각각 글렌, 스트랭, 로와라는 이름이다.

"순조롭게 갔다면 글렌은 제국군에 들어갔을 테고, 스트랭은 고향인 속주에 돌아가서 관료로 일하고 있을 테니까…… 그러네, 모두 제국의 후계 다툼이 어떻게 될지 안절부절못하고 있겠지."

"그럼 로와는 어때?"

"그 아이도 귀족이니까 당연히……라고 말하고 싶지만, 시골의 하급 귀족 출신이고 졸업하면 집에 돌아간다고 했으니까, 세 명 중에서는 가장 연이 없을지도 모르겠네."

그때 니님은 쿡쿡 웃었다.

"의외로 제국의 사정 따위는 뒷전이고 웨인처럼 혼담 같은 걸로 우왕좌왕하고 있는 거 아냐?"

"로와한테 혼담~? 그렇게 성가신 녀석을 신부로 삼고 싶어 하는 남자가 있겠냐."

"그래 봬도 학교에선 꽤 인기 있었거든? 상당한 미인이고 주위에 본성을 감추는 것도 잘했었는걸. 뭐, 항상 문제아들과 함께 행동했으니까 접근하려는 사람은 없었지만."

"그 방파제가 없어진 지금, 남자들은 쉽게 속는 거지. 보는 눈이 없는 건 자업자득이지만 그 녀석을 신부로 맞는 남자에겐 동정하고 싶어지는데."

웨인의 말에 니님은 탄식했다.

"또 그렇게 미운 소리만 골라 하고…… 내 입장에서 말하자면 너와 로와는 서로 꽤 닮았거든?"

"나와 로와가 닮았다고? 대체 어디가."

"얌전한 척하는 게 특기인 점, 자기가 최고라고 생각하고 있는 점, 깜짝 놀랄 행동을 하는 점, 자기가 하는 일에 남을 휘말리게 하는 점, 게다가."

"잠깐 기다려. 즉 니님은 내가 얌전한 척하는 게 특기고 남을 휘말리게 하고 싶어 하는 대담하고 자신감 과잉인 녀석이라고 생각한다는 거야?"

"뭐 하나 틀린 점이 없는 것 같은데?"

"그렇지는…… 아―…….."

웨인은 자신의 행동을 머릿속으로 되짚어보았다.

'않다'고 단언하는 말은 입에서 나오지 않았다.

그때 누군가가 집무실 문을 노크했다. 왕궁에서 일하는 관리였다.

"전하, 로웰미나 황녀 전하의 사절단이 제국에서 도착했습니다."

웨인과 니님은 눈을 마주쳤다.

"마침내 왔군."

"네. 가시지요, 전하."

웨인은 니님을 데리고 방을 나섰다.

궁전의 입구로 향했다. 귀를 기울이면 멀리서 술렁임이 느껴진다.

이윽고 두 사람은 입구에 도착했다. 커다란 홀로 되어 있는 그 공간에 즐비하게 늘어선 낯선 일동. 제국의 사절단이다.

그 중심에 서 있는 사람은 드레스를 입고 베일로 얼굴을 가린 소녀 한 명이었다.

"──먼 길임에도 나트라 왕국에 잘 와 주셨소."

홀에 들어가 목소리를 냄과 동시에 사절단의 시선이 웨인에게 향했다.

경계와 평가, 개중에는 젊은이라고 얕보는 시선도 있다. 그 시선들이 뒤섞여 압력이 되어 웨인에게 꽂힌다. 평범한 사람이라면 주눅이 들고 말리라.

그러나 웨인은 그 중압감을 산들바람이라도 되는 듯 받아넘기면서 느긋한 발걸음으로 중심에 있는 소녀 앞에 섰다.

"병상의 아바마마를 대신하여 인사 올립니다. 내가 이 나라에서 섭정을 맡고 있는 웨인 살레마 아바레스트입니다.”

“……로웰미나 어스월드입니다.”

소녀가 청명한 음성을 발했다.

옥구슬 같다는 것은 바로 그녀의 목소리를 말하는 것이리라. 마른침을 삼키며 지켜보던 주위의 관리들도 무심결에 감탄의 한숨을 흘릴 정도였다.

그러나.

“……응?”

눈앞에서 그 목소리를 들은 웨인은 전혀 다른 반응을 했다.

아니, 아름다운 목소리라는 것은 틀림없었다. 하지만 그건 그렇다 치고——어쩐지, 들은 적이 있는 듯한.

“왜 그러십니까? 웨인 전하.”

“아아, 아니, 실례했습니다. 너무도 아름다운 목소리에 정신이 잠시 날아가 버렸나 봅니다. ……그런데 신기하게도 들은 기억이 있군요. 혹시 어디선가 만난 적이 있던가요?”

그렇게 말하면서도 황녀와 만난 기억 같은 것은 기억의 서랍을 탈탈 뒤집어 보아도 나오지 않는다.

아마도 착각일 테고, 당연히 그녀도 부정하리라——그럴 터였다.

“——어머, 의외로 빨리 들켰네요.”

“엉?”

얼빠진 소리를 흘린 웨인 앞에서 황녀는 베일을 걷었다.

드러난 것은 아름다운 소녀의 얼굴이었다.

그 얼굴을, 웨인과 그의 뒤에 물러나 있는 니님은 본 기억이 있었다.

"오랜만이네요, 웨인."

웨인에게만 들리는 목소리로 속삭이고, 로웰미나 어스월드=로와 펠비스는 생긋 웃었다.

✠ 제3장 ✠ 운명의 만남, 숙명의 재회

"으아아아아아! 왜지?! 왜 못 이기는 거야?!"

열린 교실에 외침이 울려 퍼진다.

거기에는 소년 세 명과 소녀 한 명이 있었다.

네 사람은 큰 책상 하나를 둘러싸고 있고, 그 책상에는 지형을 나타내는 기호가 그려졌으며 병사를 본뜬 여러 개의 말들이 놓여 있었다. 이것들은 책상 위에서 군사 연습을 하기 위한 교재였다.

"이걸로 32전 32패⋯⋯. 긍지 높은 제국 군인의 계보를 잇는 내가 설마 이런 추태르으으으으으을⋯⋯!"

아까부터 아우성치고 있는 사람은 네 명 중에서도 한층 체격이 큰 소년으로, 이름은 글렌이다.

"그럼 안 돼, 글렌. 아까부터 같은 방법에 계속 붙들리고 있잖아."

탄식하며 말하는 사람은 글렌과 정반대로 선이 가는 소년──스트랭이다.

"힘에 패했으면 다른 전법을 생각해야지. 자기 방식을 관철한다고 하면 말이야 좋지. 하지만 거기에 진보가 없다면 태만이나 마찬가지야. 하물며 너의 고집 때문에 죽는 건 수천 수만의 병사들이고."

"에잇, 알고 있어! 나를 동료의 목숨도 헤아릴 줄 모르는 짐승이라고 비웃는 거냐, 스트랭!"

"아니, 짐승도 서른 번이나 실패하면 학습하니까, 지금의 너는 짐승 이하지."

두 사람의 대화를 듣고 있던 세 번째 소년── 웨인이 뿜었다.

"하핫, 형편없구나 글렌. 네가 자랑하던 핏줄은 장식이었냐?"

"웨인 너 이 자식! 나는 몰라도 우리 일족을 모욕하는 건 용서 못해!"

"이런. 가장 먹칠을 하고 있는 자기 자신을 제쳐 놓고 나한테 화풀이하는 건 좋지 않아."

"으윽…… 이 자식, 나에게 창피를 주는 게 그렇게 재미있냐!"

"완전 재미있지!"

"너 진짜아아아아아아아!"

세 소년들이 만들어 내는 소동. 그것을 한 걸음 떨어진 곳에서 니님이 미소 지으며 바라보고 있다. 제국 사관학교에서 이 네 명의 일상적인 광경이었다.

"이렇게 된 이상 결투다! 웨인, 밖으로 나와라!"

"에엥~. 탁상 연습으론 못 이기니까 자기가 자신 있는 실전에서 때려눕히려고 하다니, 군인의 긍지로 볼 때 그건 좀 아닌 것 같은데 말이죠~?"

그러자 스트랭이 끼어들었다.

"아니지 웨인. 자신 없는 건 회피하고 자신 있는 걸로 상대를 타도하는 건 전술의 기본이야. 게다가 긍지라는 것은 승리 위에서만 싹트는 거고."

"오, 그렇게 나오기냐. 하지만 이게 전술이라고 말한다면 내가 순순히 응할 이유는 없는데?"

"확실히 그 말대로네."

스트랭은 고개를 끄덕이고 거창하게 고개를 저었다.

"뭐, 상대가 글렌이라면 웨인이 겁먹는 것도 이해해."

"뭐?"

"대부분의 과목에서 최고 성적을 받는 네가 처음으로 진 상대니까 말이야."

"뭐라?"

"아니 뭐, 어쩔 수 없지, 그럼. 자신이 불리한 것을 회피해서 지지 않는 게 전술인걸 뭐."

"뭐라고?!"

웨인은 외쳤다.

"뭔 소리야, 이 자식! 내가 겁먹을 리가 없잖아! 내가 겁먹었다니 어디서 나온 얘기야! 글렌 따위는 지금의 나라면 한 방에 때려눕힐 수 있어!"

"잘도 지껄이는구나, 웨인! 네놈의 무딘 검술로는 백년이 걸려도 나한테 안 닿을걸!"

"닿을 수 있거든~! 전에는 좀 방심했을 뿐이고 진짜로 하면 완전 여유롭거든~!"

"웨인."

그때 조용히 지켜보던 니님이 말을 던졌다.

"뭐야, 니님. 설마 어차피 질 거니까 관두라고 말하진 않겠지?"

"져서 콧대가 꺾이는 편이 좋으니까, 그 이유로 막을 일은 없어."

"그럼 뭔데?"

"뒤."

니님이 손가락으로 가리켜 소년들은 그 방향으로 시선을 돌렸다.

그러자 교실 입구 부근에 소녀 한 명이 서 있었다.

본 적은 있었다. 자신들과 같은 학교의 생도다. 하지만 접점은 없었다. 이 자리에 있는 모두가 공통적이었다.

"무슨 용건이야?"

모두의 의문을 대변해 웨인이 물었다.

소녀는 모두의 시선을 받으면서 대답했다.

"당신들에게 관심이 있는데, 견학해도 괜찮을까요?"

모두는 얼굴을 마주 보았다.

"견학이래 봐야, 별로 흥미를 끌 건 없을 것 같은데."

"그렇지 않아요."

소녀는 가벼운 발걸음으로 웨인 앞에 섰다.

"학교에서 제일가는 문제아 집단이라는 소문이 헛소리는 아니네요. 지금의 대화만으로도 당신들이 아주 재미있는 사람들이란 걸 알았어요."

"재미있다 이 말이지."

웨인은 입술을 일그러뜨렸다.

"처음 보는 사람을 재미있다고 평가하는 놈은 성격이 썩은 망나니거나 자기가 격이 더 높다고 착각하는 멍청이 중 하나라고 생각하는데, 너는 어떻게 생각해?"

웨인의 공격적인 말을 듣고도 소녀는 겁을 먹기는커녕 미소 지었다.

"완전히 동의해요. 다만 덧붙이자면, 정말로 격이 높은 경우가 있는데요."

"……과연. 너, 재미있군."

웨인은 씨익 웃었다. 그리고 손을 그녀에게 내밀었다.

"웨인이야. 보잘것없는 평민 출신."

"로와 펠비스. 보잘것없는 시골 귀족의 외동딸이에요."

웨인 살레마 아바레스트와 로웰미나 어스월드.

두 왕족의 나날은 가짜 지위를 끼워 넣은 채 이런 형태로 시작되었다.

제국 사절단을 접대하기 위해 열린 만찬회는 시종일관 온화한 분위기로 진행되었다.

애초부터 나트라 왕국과 어스월드 제국은 우호관계에 있는 나라이고 국민감정에 마찰이 적다. 내방 목적도 왕자와 황녀의 혼담에 관한 대화라는 경사스러운 것이었다. 만찬회에 출석한 전원에게는 쓸데없는 소동을 일으키지 않겠다는 의지가 있었다.

물론 그뿐만 아니라 호스트 측인 나트라가 힘쓴 것도 컸다. 사소한 무례도 없도록 만찬회에 참석하는 인원, 대접하는 요리, 나아가 식기와 식탁보 디자인까지도 짧은 시간과 적은 예산을 구사해 준비한 것이다.

특히 요리에 관해서는 웨인과 니님의 의견이 크게 들어가 있었다.

"놀랐습니다. 설마 이 땅에서 제국의 요리를 먹을 수 있다니."

주빈 자리에 앉아 그렇게 말하며 미소 짓는 사람은 로웰미나 황녀.

대답하는 사람은 맞은편에 앉은 웨인이었다.

"긴 여행에 지치면 고향의 맛이 그리워지는 법이지요. 오늘밤만큼은 나트라의 요리보다 익숙한 제국 요리가 로웰미나 황녀의 입에 맞으시리라 생각했습니다."

"배려에 감사드립니다, 웨인 왕자."

이렇게 윗사람끼리 화기애애하게 대화를 나누고 있는 것도 만찬회의 분위기를 부드럽게 만드는 요인 중 하나다.

덕분에 주위 자리에서도 대화가 매우 활발했다.

"이거 소문으로는 들었습니다만, 로웰미나 황녀께서는 참으로 아름다우시군요."

"그 이야기라면 웨인 왕자님도 소문대로 활달한 분이십니다.

국왕 폐하 대리로서 훌륭히 처신하시니 감복했습니다.”

“두 분도 이야기가 잘 통하시는 듯합니다. 혼담이 결정되면 필시 잘 어울리는 부부가 되시겠지요.”

“그러합니다. ……그건 그렇고, 우리의 피로를 배려해 내 주신 제국 요리는 맛이 훌륭하지만 조금 유감스럽기도 합니다. 이국의 식사를 기대하고 있었는데요.”

“오오, 안심하시길. 그리 말씀하시는 분도 계시리라 생각해 나트라의 향토 요리도 준비해 두었습니다. 바로 가져오도록 하지요.”

이런 분위기로 만찬회는 순조로웠다.

단, 그것은 어디까지나 표면적인 이야기다.

‘자 그럼, 어떡할까.’

로웰미나와 대화를 나누며 웨인은 머리를 굴렸다.

만찬회에 오기 전의 일을 떠올리면서.

“천 퍼센트 함정이잖아아아아아아아아아아!”

집무실 의자에 깊이 앉아 세계의 종말이 가깝다는 것을 깨달은 것 같은 표정으로 웨인은 통곡했다.

“지금 상황, 전부 꿈이었던 걸로 어떻게 안 될까요 니님 양?!”

“안 되지.”

“안 되겠지이이이이이이이이이!”

웨인은 머리를 쥐어뜯으며 책상에 엎드렸다.

옆에서 니님도 굳은 표정을 지었다.

"설마 로와가 황녀님이었다니……. 그 멤버의 배후관계는 조사했었지만 위장된 정보를 수집한 건 내 실책이야."

갑작스러운 재회 후, 웨인은 평정을 가장하며 로웰미나 황녀를 필두로 한 사절단을 왕궁에 맞이했다. 현재 그들은 마련해 놓은 방으로 안내받아 거기서 잠시 휴식을 취하고 있다.

그리고 그 후에 교류를 위한 만찬회가 예정되어 있고, 거기서 웨인이 로웰미나 황녀를 환대하는 순서로 되어 있었다.

그랬는데.

"뭐~가 시골 귀족 출신이라는 거야! 제국 최고의 혈통이잖아! 고귀한 핏줄이면 숨기지 말고 평범하게 학교를 다니란 말이야!"

"웨인, 그 말은 너한테도 해당되잖아."

니님이 냉정하게 딴지를 걸었지만 웨인은 신경도 쓰지 않고 신음소리를 냈다.

"왜 이렇게 된 거야……. 나는 단지 제국의 황녀님과 혼담을 결정하고 유유자적한 생활을 보내고 싶었을 뿐인데……."

"그건 아직 불가능하지 않잖아. 황녀가 혼담을 위해 나트라를 방문한 건 마찬가지인걸. ──단지 황녀의 정체가 로와라는 것뿐이지."

"그 정체가 로와라는 게 제일 문제인데요!"

웨인의 외침은 절절했다.

"니님도 기억할 거 아냐. 사관학교에서 로와가 우리 그룹에 들어오고 나서 얼마나 위험한 고비를 건넜는지."

"그건 역시 잊을 수가 없지. 마을 사람들을 동원해서 산적 토벌, 부정부패 관료 탄핵. 악덕상인의 밀수품을 강탈해 팔기…… 돌이켜 보니 많은 일을 했었네."

"대부분이 로와의 기획이었지!"

동료가 된 이래로 로와는 개입할 만한 문제를 찾아내서는 웨인 일행에게 제시했다. 당시에는 어떤 경위로 찾아내는 건지 신기했는데, 이제 와서 생각하니 황녀의 지위를 이용해 각지의 정보를 수집했던 것이리라.

"아무리 생각해도 위험한데 글렌하고 스트랭 녀석들은 쉽게 넘어가고! 덕분에 몇 번을 퇴학당할 뻔했는지."

"참고로 제일 신나서 가세했던 건 웨인인데."

"……."

웨인은 눈을 피했다.

니님은 양손으로 그의 얼굴을 붙잡아 자신에게 눈을 맞추게 했다.

"아니 하지만 그게, 꼴 보기 싫은 귀족이 가지고 있는 그림을 전부 가짜로 바꿔서 크게 창피를 주자는 제안을 받으면! 너무 재미있을 것 같잖아! 할 수밖에 없잖아!"

"그리고 매일 뒤처리하느라 내가 고생했지. 생각했더니 열 받네."

"좋아, 이야기를 되돌리자."

웨인은 억지로 화제를 바꾸었다.

"아무튼, 아무튼 말이야. 로와는 밥 먹듯이 나쁜 꾀를 내는 인간이야. 단순히 결혼할 마음으로 여기 왔을 리가 없어. 분명 뭔가를 꾸미고 있다고."

"그 점에 관해서는 이의 없어. 웨인의 가설이 옳았네."

니님은 웨인의 뺨을 잡아당기면서 말했다.

"현재 상황을 정리하면, 새로 알게 된 건 상대가 로와라는 것뿐이지 여전히 목적은 불투명한 채야. 탐색해서 저쪽의 속셈을 조금이라도 파악할 필요가 있겠어."

"사절단이 머무는 기간은 어느 정도였지?"

"예정대로라면 2주."

"이 미묘한 기간이라니, 분명 뭔가 수작을 걸 거야……."

지긋지긋해하는 웨인.

니님도 깊이 생각하는 모습으로 말했다.

"뭔가 속셈이 있는 거겠지. 웨인이 호스트로서 접대를 하는 행사는 꽤 많으니까 접촉하는 건 어렵지 않을 거야."

"로와의 뱃속을 짚어내는 건 천지를 뒤집는 것만큼 어려울 것 같지만 말이지……."

"잠시 후의 미래에 요리로 가득 찰 거라는 건 틀림없겠지만."

"그래서 말을 많이 하게 되길 기대해 볼까."

니님은 어깨를 으쓱했다.

"실언은 기대하는 게 아니라 끌어내는 거야. 자, 슬슬 시간 됐어."

웨인은 고개를 끄덕이고 니님과 함께 회장으로 가기 위해 일어섰다.

  그리고 지금 이렇게 로웰미나 앞에 앉아 있는 것이다.

  '어찌 됐건 이쪽에서 찔러 볼 수밖에 없겠지.'

  로웰미나의 태도로 보건대 적어도 공식적인 자리에서는 사관학교 때의 분위기를 내보이지 않는다는 방침이리라. 웨인도 그것에 불만은 없다. 그래서 왕태자로서 찔러 보았다.

  "그런데 로웰미나 황녀, 이번 내방은 황녀께서 안을 내셨습니까?"

  "예. 미혼의 황족이 비상식적이라고 비웃으실지도 모르지만, 웨인 왕자를 직접 뵙고 싶었습니다."

  "비웃다니 말도 안 됩니다. 그대처럼 아름다운 분과 대화를 나눌 수 있다니 한 사람의 남자로서 영광스러울 뿐입니다. ……하지만 부끄럽게도 저는 기껏해야 변경의 왕족. 어째서 직접 만나고 싶다고 생각하셨는지요?"

  "어머. 너무 겸손하시군요, 웨인 왕자."

  로웰미나는 활짝 미소를 띠며 말했다.

  "병상의 부왕 대신 나라를 이끌고, 바로 얼마 전에는 마덴과의 전쟁에서도 승리하신 왕자의 용명은 멀리 제도(帝都)에까지 닿았답니다. 황족의 한 명으로서, 한 여자로서 그런 왕자님이 있다는 말을 들으면 관심을 가지게 되는 법이지요."

  "그렇다면 로웰미나 황녀께서 실망하지 않으셨는지 걱정이 되는군요. 어떠신지요, 제가 제국의 평판과 똑같은 남자입니까?"

"글쎄요………… 평판과 똑같지는 않을지도 모르겠습니다."

로웰미나는 장난스럽게 말했다.

"제 눈에는 평판보다 훨씬 멋진 분으로 보이니까요."

"이거 참, 한 방 맞았군요."

웨인은 쑥스러움을 쓴웃음으로 감추었다. 그 동작이 다시 로웰미나의 옅은 미소를 이끌어 냈다.

"오라버니들은 말리셨지만 이렇게 웨인 왕자를 방문한 것이 정답이었습니다."

"아아, 역시 주위에서 반대를 하셨군요?"

"몹시도요. 하지만 웨인 왕자께서 비를 찾고 계신다고 들으니 가만히 있을 수가 없어서……. 실은 따라와 준 사절단의 대부분은 오라버니들이 빌려주신 자들이랍니다. 사실은 좀 더 적은 인원으로 충분하다고 말씀드렸지만 위험하니까 데려가라고 강하게 말씀하셔서요. 과보호라 생각지 않으시나요?"

웨인은 난처한 듯이 대답했다.

"유감스럽지만 저도 여동생을 가진 한 오라비로서, 여기서는 황자님의 손을 들어드릴 수밖에 없겠군요."

"그리고 보니 웨인 왕자께도 여동생분이 계셨지요."

"자랑스러운 여동생이지요. 내일에라도 소개해 드리겠습니다."

그렇게 말하면서 웨인은 로웰미나의 말을 뇌리에서 반추했다.

이번 건을 단적으로 정리한다면 그녀의 폭주가 모든 원인이라는 데로 귀결된다.

로웰미나가 가진 이국의 왕자를 향한 동경이 사춘기 특유의 충동과 황녀라는 지위와 결합되어 마침내는 외유(外遊)라는 명목으로 사절단을 데리고 들이닥치는 데까지 이르고 만 것이다.

'——라는 줄거리로 밀어붙이는 거지.'

당연하지만 웨인은 그녀의 말을 1밀리그램도 믿지 않았다.

하지만 유일하게 사절단의 대부분이 황자들의 부하라는 점은 별개였다. 황족이라 해도 여자, 게다가 막내라면 자신의 수하는 적이리라.

'그리고, 그것을 굳이 입 밖에 냈다는 건……'

웨인이 머리를 굴리고 있는 동안에도 두 사람의 대화는 이어졌다.

"그런데 나트라의 겨울은 들었던 것보다도 춥군요."

"필시 놀라셨겠지요. 나트라에는 있고 제국에는 없는 것이라면 험준한 산과 혹독한 겨울 정도이니까요. 하지만 아직 겨울의 초입입니다만."

"이렇게 추운데도 말인가요?"

"바람에 꺾인 나무의 그림자가 얼어붙어서 움직이지 않았다고까지 전해지는 것이 나트라의 한겨울이지요."

아무리 로웰미나라도 이 말에는 난처한 얼굴을 했다.

그 표정을 보고 웨인의 뇌리에 떠오르는 것이 있었다.

"그렇지. 괜찮으시면 나트라의 의복을 보내드리지요. 제국의 의복은 튼튼하게 만들어졌고 디자인도 훌륭하지만 이 땅의 추위에는 다소 염려되는군요."

"배려에 감사드립니다. 말씀대로 가져온 의복으로는 추위가 가시지 않아 난처하던 참이랍니다."

그렇게 말한 뒤, 로웰미나는 일변해 장난스럽게 한쪽 눈을 감았다.

"물론 웨인 왕자께서 직접 제게 어울리는 의복을 골라 주시는 거지요?"

"이런. 그렇게 물으시니 남자로서 아니라고는 말할 수 없겠군요. 이거 정신을 바짝 차릴 필요가 있을 것 같습니다."

"후후, 기대하며 기다리겠습니다."

그로부터 두 사람은 멈추지 않고 계속 대화를 나누었다.

만찬회가 웨인의 인사와 함께 마무리된 것은 밤이 깊었을 무렵이었다.

국외의 빈객을 접대하는 것이 목적인만큼 로웰미나에게 배정된 귀빈실은 제국 황녀인 그녀의 눈으로 보기에도 '훌륭'하다고 느낄 만한 완성도였다.

결코 번쩍거리지는 않는다. 하지만 구석구석까지 잘 청소되어 있고 장식된 미술품은 품위 있는 앤티크 작품이었다. 창문으로 들어오는 희미한 별빛은 환상적이며 밖을 내다보면 일렁이는 화톳불이 점점이 밤의 어둠을 수놓고 있다.

체재 중에 이 방에서 지내는 시간은 조용하지만 기분 좋은 한때가 되리라. 로웰미나가 그렇게 생각하고 있는데 문을 두드리는 소리가 났다. "들어와요." 하고 대답하자 나타난 사람은 시종 한 명이었다.

"쉬시는데 실례합니다. 방금 웨인 왕자님의 이름으로 로웰미나 전하께 선물이 왔습니다."

그렇게 말하고 시종은 문 밖에 두었던 상자를 보였다. 사람도 들어갈 만한 크기의 상자가 세 개 있다.

"확인해 보니 내용물은 의복인 듯합니다."

"아아, 벌써 도착했나요. 방 안으로 옮겨 줘요."

"알겠습니다."

시종이 다른 종자를 불러 상자를 방 안으로 옮긴다.

"시험 삼아 몇 벌 입어 보시겠습니까?"

"아니요, 그건 내일로 하죠. 지금은 물러가세요."

"예."

사람을 물리고 로웰미나는 다시 방에 혼자가 되었다.

그러나 그녀는 입을 닫지 않고 옮겨진 의복 상자를 향해 말했다.

"──자, 나와도 괜찮아요."

덜컹, 의복 상자가 흔들렸다.

그리고 저절로 상자 뚜껑이 안쪽에서 들렸다.

"푸하."

몇 벌이나 되는 의복을 밀어내고 상자 안에서 나타난 것은 소년 한 명―― 웨인이었다.

"기껏 놀래 주려고 했는데, 왜 들키는 거냐고."

이어서 다른 의복 상자 하나의 뚜껑이 들린다. 거기에는 니님의 모습이 있었다.

"이렇게 노골적인데 들키는 게 뻔하지."

"그럼 다음에는 밧줄을 써서 창문에서 침입하는 루트로 갈까."

"그럼 내가 밧줄 자르는 걸 담당할게."

"잠깐, 니님 양? 살의가 넘치는 거 아닙니까?"

웨인과 니님이 말을 나누고 있자 거기 뒤섞이듯 로웰미나의 웃음소리가 들렸다.

"후후. 이 대화, 마치 학교에 다녔던 때 같네요."

"이게 무슨 일이냐. 로웰미나 황녀께 비웃음을 당하지 않았느냐, 니님."

"익살을 부려 황녀 전하의 미소를 얻을 수 있다면 싸게 먹히지 않았는가 하고 신은 생각하옵니다만?"

"과연, 일리 있군."

로웰미나의 웃음이 한층 커졌다.

그리고 웃음이 가라앉은 후, 로웰미나의 시선이 니님에게 향했다.

"웨인에겐 먼저 인사했지만 니님에게는 아직이었죠. 오랜만이에요, 니님. 당신이 변함없이 웨인 옆에 있어서 아주 기뻐요."

"너도 건강해 보여서 다행이야, 로와. 아니면 로웰미나 황녀 전하라고 부르는 편이 좋으려나?"

"서먹서먹하게 무슨. 우리는 친구잖아요."

로웰미나는 니님의 두 손을 잡았다.

"전과 똑같이 로와라고 불러 줘요."

"그럼 사적인 자리에서는 그렇게 할게."

로웰미나는 고개를 끄덕이고 다시 두 사람을 보았다.

"그런데, 두 사람 다 변하지 않았네요."

"변했어. 예를 들면 그렇지, 나는 키가 커서 더욱 멋진 남자가 됐고 니님은 가슴 대신 몸무게가 조금 늘었어. ……잠깐 니님, 주먹 내려. 지금 그건 소소한 대화의 잽이었어."

"그럼 다음은 스트레이트가 나올 차례네?"

"……로와, 헬프!"

"어? 으음…… 웨인, 나는 뭔가 변했나요?"

"엉덩이가 커진 것 같아."

"니님, 전력으로 해도 좋아요."

"오케이."

"어라?! 내 교묘한 언변이 통하지 않아?!"

웨인이 자업자득의 위기에 빠져 있는데 조심스럽게 방문이 열렸다.

"로웰미나 전하? 뭔가 목소리가—— 앗?!"

나타난 사람은 조금 전 의복 상자를 방에 가지고 온 시종으로, 당연히 웨인과 니님의 모습을 인식하자마자 놀라 두 눈을 부릅떴다.

그러나 놀란 표정을 지은 것은 웨인 쪽도 마찬가지였다.

"블런델 대사?"

웨인과의 외교 교섭에 패해 해임된 전임 주 나트라 대사 피시 블런델. 문 너머에 서 있던 시종은 바로 그 사람이었다.

"마침 잘됐어. 피시, 밖에서 감시를 해 줘요. 누가 오면 나는 이미 침상에 들었다고 해요."

"예, 아니, 그런데, 섭정 전하께서."

"피시."

당황하는 피시에게 로웰미나가 강한 목소리와 시선을 보낸다.

피시는 목구멍까지 치솟은 다음 말을 삼키고 공손하게 고개를 숙였다.

"……알겠습니다. 문 앞에 대기하고 있겠으니, 무슨 일이 있으시면 바로 말씀해 주십시오."

"네, 부탁할게요."

피시의 모습이 문 너머로 사라지고, 로웰미나는 웨인을 보았다.

"놀랐어요?"

"놀랐어."

웨인은 고개를 끄덕였다.

"하지만 이제 이해했어. 탈륨 대사가 어떻게 황녀에게 혼담을 올렸는지 수수께끼였는데, 과연. 블런델 대사…… 전임 대사를 경유했던 건가."

"네. 외교 부서에서 제 쪽으로 옮기도록 했어요. 누구 씨 덕분에 한직으로 쫓겨나 처박혀 있었던지라 겨우 설득할 수 있었지요."

"감사 인사는 언제든 받아 줄게."

"조금 전의 실언을 잊어 드릴게요."

"와아~ 기뻐라."

"아, 나는 안 잊었어."

"와아~ 슬퍼라."

니님의 주먹이 웨인의 뺨에 꽂혔다.

"자, 이대로 이야기를 계속하기 전에 일단 앉죠."

"그렇군, 그러자. 니님."

니님은 자기들이 들어 있지 않았던 세 번째 의복 상자 쪽으로 가서 그 안쪽을 뒤졌다. 잠시 후 그곳에서는 와인과 와인잔이 나왔다.

"준비가 철저하네요. 라벨은 뭐죠?"

"귀족의 그림을 바꿔놨을 때 덤으로 와인도 몇 개 바꿨잖아? 그때 가져온 거."

"……분명 운반 중에 깨졌다고 말하지 않았던가요?"

"오늘밤에 다 마시고 나서 깨면 결과는 같잖아."

"……그런 점은 정말 변하지 않았네요."

©Falmaro

세 사람은 테이블 하나를 둘러싸고 자리에 앉았다.

각자 앞에 잔을 놓고 와인을 따른다.

"그럼 건배할까."

"뭐를 위해?"

웨인은 씨익 웃었다.

"물론 우리의 재회를 위해."

청량한 음색이 방에 울려 퍼졌다.

"그나저나 로와가 황녀님이었다니."

말문을 튼 것은 웨인이었다.

"나와 니님의 신분에 관해선 처음부터 알고 있었어?"

"물론이에요."

로웰미나는 끄덕였다.

"어디까지나 겉으로는 평민이라는 것뿐, 그렇게까지 철저하게 은폐되었던 건 아니니까요."

"뭐 왕태자로서도 제국에 유학하고 있었으니까. 동향을 조사했다면 당연히 들켰으려나. 귀찮아서 이름도 그대로 대고 다녔으니까."

사실 웨인과 니님이 고국으로 돌아간 후 그가 재적했던 기록은 말소되었지만, 아무리 웨인이라도 거기까지는 알 방도가 없었다.

"오히려 제 쪽이 들킬까 봐 불안했다고요. 나트라의 첩보망은 깊고 넓다고 하니까요."

니님이 "끄음." 하고 신음한다. 주인 곁에 정체를 감춘 인간이 있었고 그것을 밝히지 못했으니, 그녀로서는 통한의 실수였다.

"사실은 두 사람이 진짜 정체를 말해 주면 나도 밝히려고 생각했었어요. 그래서 한번은 니님에게 물은 적이 있어요. '당신들은 정말로 평민인가요?' 라고."

"확실히 물은 적이 있었지."

"네. 하지만 대답은 '평민이야.' 였어요."

로웰미나의 얼굴이 니님에게 향했다.

"──니님 랄레이. 왜 친우인 나에게 거짓말을 했어?"

순간, 로웰미나는 간담마저 얼어붙을 듯한 무시무시한 시선을 쏘았다.

적당히 대답하면 목을 떨어뜨리겠다── 그런 의사가 전해지는 듯했다.

하지만 니님은 동요하지 않았다.

"설마, 나는 거짓말 따윈 하지 않았어."

왕태자 곁에 있는 자로서 그 정도 중압감은 일상다반사다.

"단지, 착각했을 뿐이야."

니님은 거만스러울 정도로 담담하게 말했다.

"친우의 착각이니까 용서해 줄 거지? 로웰미나 어스월드 황녀 전하."

두 사람은 몇 초간 서로 노려보았다.

그 후 로웰미나가 표정을 풀었다.

"물론이에요, 니님. ──당신의 그런 점, 정말 좋아해요. 껴 안아도 돼요?"

"난 같이 놀 상대로 보자마자 들러붙으려고 하는 당신의 그런 점을 어떻게 좀 하는 게 좋을 거라 생각하지만 말이야. ⋯⋯그 리고 대답하기 전에 끌어안는 건 그만둬."

"천성이라서요."

니님을 꾸우욱 끌어안는 로웰미나를 보면서 웨인은 어깨를 으 쓱했다.

"성가신 성격의 황족도 다 있군."

'네가 할 말이냐.'라는 니님의 시선을 웨인은 산들바람처럼 받아넘겼다.

"맞다, 아직 고맙다는 인사를 안 했네요. 내 의도를 알아차리 고 먼저 접촉해 줘서 살았어요."

"아아, 만찬회 때 그거."

만찬회에서 그녀가 말했던, 사절단의 다수가 오라버니들의 부하라는 정보. 그것은 달리 말하면 늘 오빠들의 감시의 눈이 있어 비밀리에 접촉하기가 어려우니 그쪽에서 액션을 취해 달 라는 뜻이었다.

그 의도를 파악했기 때문에 웨인은 바닥이 이중으로 된 의복 상자를 준비시켜 니님과 함께 로웰미나의 방에 잠입한 것이다.

"딱히 인사할 필요는 없어. 하지만 이렇게 불렀으니 이야기해 주겠지? 혼담 같은 구실을 준비하면서까지 나트라에 온 진짜 목적을."

"네, 물론이에요."

로웰미나는 고개를 끄덕이고 말했다.

"웨인, 솔직하게 제안할게요. ──나와 함께 제국을 빼앗지 않겠어요?"

깊은 침묵이 그 자리에 가득 찼다.

세 사람의 시선이 복잡하게 얽히며 고요 속에서 불꽃을 튀긴다.

이윽고 입을 연 사람은 웨인이었다.

"그건 즉, 세 황자들을 밀어내고 로와가 제위에 오르겠다는 뜻인가?"

"그 말대로예요."

"……상당히 무모한 소리를 하는군."

"어머, 그런가요?"

시치미 떼듯이 되묻는 로웰미나에게 웨인은 고개를 저었다.

"우리 나트라의 국력은 알잖아? 뒤집어서 탈탈 털어도 제국과 실랑이할 힘 따윈 안 나와."

"확실히 제국이 전력을 내면 이 나라는 쉽게 날아가 버리겠지요."

"하지만." 하고 로웰미나는 말을 이었다.

"그것도 전력을 낼 경우의 이야기예요. 어스월드 제국의 내정은 들어서 알고 있겠죠? 세 형제가 제위를 둘러싸고 골육상쟁을 펼치고 있어서 도저히 전력을 낼 상황이 아니라는 걸.”

“…….”

웨인은 대답하지 않았지만 그 표정은 긍정이라는 것을 확연히 드러내고 있었다.

“왜 그렇게 됐는지 순서대로 이야기할게요. 그 계기는 돌아가신 우리 아바마마이시자 어스월드 황제 폐하께서 병으로 쓰러지신 일이에요.”

로웰미나는 말했다.

“의식이 혼탁하고, 일어서기는커녕 제대로 말하는 것조차 힘든 중병이었어요. 당연히 정무는 논외였죠. 그래서 대리를 세우는 것이 자연스러운 흐름이었는데, 폐하는 후계자를 지명하지 않으셨기 때문에 궁정은 크게 어지러워졌어요.”

그때 니님이 입을 열었다.

“……예전부터 궁금했는데, 후계자를 지명하지 않았던 이유가 뭐야? 소문은 여러 가지로 귀에 들어오지만 딱 집어 이유가 뭔지 알 수 없어.”

“그러네요. 나도 직접 여쭌 게 아니라서 사견이 들어간다는 걸 알고 들어 줬으면 하는데……. 전적으로, 폐하가 즉위하실 때까지의 경위에 그 이유가 있는 게 아닌가 해요.”

니님은 고개를 갸웃했다.

“그 말은?”

“폐하껜 형제가 많이 있었지만 폐하의 계승 순위는 결코 높지 않았어요. 하지만 제위를 바랐던 폐하는 선제께 자신의 능력을 보여 멋지게 후계자로 지명되셨죠. 그리고 폐하는 늘 역경이 있어야 인간은 자신을 향상시킬 수 있다고 말씀하셨어요."

그러자 웨인이 코웃음을 쳤다.

"과연. 요는 자신의 성공 체험을 잊지 못해서 아들에게도 밀어붙였다는 건가."

"사실을 말하자면 그런 거죠."

로웰미나는 쓴웃음을 지었다.

"내심으로는 장남을 후계자로 삼으려고 생각하고 계셨겠죠. 그런데 장남은 지위에 취해 아무리 충고해도 스스로를 갈고닦지 않았어요. 그래서 폐하는 명확하게 지명을 하지 않음으로써 장남을 분발하게 만들려고 하셨던 게 아닌가 해요."

"하지만 그렇게 되기 전에 자신이 병으로 쓰러졌지."

"네. 거기서 장남이 눈을 뜨고 궁정을 장악하고 야심을 가진 차남, 삼남을 제압했다면 이야기는 달랐겠지만요. 실제로는 바로 이때라는 듯이 장남의 권력을 무너뜨리려고 차남과 삼남이 암약하고, 장남은 대처하는 데 급급해서 궁정 장악은 도저히 불가능했죠."

"하지만 그 뒤에 황제가 한 번 눈을 떴지?"

니님의 말에 로웰미나는 고개를 끄덕였다. 병으로 쓰러진 황제의 쾌유 기미가 보인다는 것은 나트라에도 전해졌던 정보다.

"그 소식을 듣고 궁정은 한숨 돌렸어요. 폐하의 쾌유도 그렇지만, 어떻게 되든 후계자 다툼에 결판이 나리라고요. 사실 나도 포함해서 모든 자식들이 곧바로 폐하께 불려갔어요."

"하지만." 하고 로웰미나는 고개를 저었다.

"기다리고 있었던 건 폐하의 질책이었어요. 폐하는 제대로 궁정을 장악하지 못한 장남에게도, 암약은 했지만 아직도 형님을 끌어내리지 못한 차남과 삼남에게도 깊은 실망을 느끼신 거예요. 그리고 스스로 정무에 복귀하신다는 것과, 후계자에 관해서는 지금은 알맞은 인물이 없다고 선언하셨어요."

니님은 한숨을 쉬었다.

"바보 같은 이야기네. 후계자를 지명해서 혼란을 가라앉힐 기회가 있었는데, 일시적인 감정으로 그걸 허사로 만들고 결국은 이번에야말로 병사해서 세 형제의 싸움을 본격화시켜 버리다니…… 제국 신민에게 동정이 가."

웨인은 어깨를 으쓱했다.

"황제의 마음은 모르는 것도 아니지만. 급격하게 확대된 제국을 통솔하려면 강력한 리더가 반드시 필요해. 그런데 여러 외국을 상대하기는커녕 궁정 내에서 빌빌거리고 있다면 도저히 맡길 수 없다고 생각해도 어쩔 수 없지. ──뭐, 그건 그렇다 치고 아무나 좋으니까 얼른 제위에 앉았으면 좋겠지만."

"그렇죠. 나도 그렇게 생각해요."

"그래서." 하고 로웰미나는 손을 들었다.

"내가 앉으려고 하니 협력해 주지 않겠어요? 하는 이야기로 돌아가는 거죠."

"……니님."

"제국법에 황제의 여식은 제위를 이을 수 없다고 기재되어 있지는 않아. 계승권은 확실히 있어. 하지만 현실적으로는 지금까지 황제는 모두 남성이었고, 앞으로도 그럴 거라는 의식이 뿌리 깊겠지."

"네, 나를 밀어 주는 유력자는 제국 내에 한 명도 없어요. 모두 세 형제 중 누군가에게 붙어서 나는 안중에도 없죠. 덕분에 이렇게 구면인 당신들을 찾아와야만 했던 거예요. ──최고로 재미있는 상황이라고 생각하지 않나요?"

"완전 생각해."

"웨~인~."

망설임 없이 고개를 끄덕인 웨인에게 니님은 날카로운 목소리와 시선을 꽂았다.

"안다니까. 학교에 있던 때라면 참가했겠지만, 유감스럽게도 지금은 나트라의 왕태자야. 그걸 생각하면 그리 쉽게 받아들일 제안이 아니지."

"안 되나요? 지금이라면 미래에 황제가 될 사람의 남편이 될 수 있는데요?"

"하하핫, 그건 벌칙이나 다름없지아얏!"

로웰미나는 걷어차인 정강이를 문지르는 웨인을 흘겨보며 말했다.

"뭐, 애초부터 한 번 이야기해서 받아들일 거라고 생각하지는 않았어요. 상당히 오래 이야기했으니 오늘은 이만 마칠까요?"

"헤에, 그렇게 말하는 걸 보니 날 협력시키기 위한 카드를 준비한 거야?"

"물론. 나는 북쪽 끝까지 빈손으로 올 만큼 별난 사람이 아니니까요."

웨인은 씨익 웃었다.

"좋은데? 내일부터 기대할게, 로와."

로웰미나는 여유롭게 미소 지었다.

"당신의 간담을 서늘하게 해 주겠어요, 웨인."

니님은 한숨을 내쉬며 말했다.

"역시 너희는 서로 많이 닮았다니까……."

방 안의 밀회가 시작된 지 시간이 얼마나 지났을까.

문 앞에서 망을 보면서 피시 블런델은 침착하지 못하고 몸을 꼼지락거렸다.

로웰미나가 웨인, 니님과 학우 사이였다는 것은 피시도 들어 알고 있었다. 그들의 관계가 매우 양호했다는 것도.

그러나 그것은 어디까지나 학생 시절의 일. 지금의 그들은 각각 다른 지위를 짊어지고 있다. 과거의 우정이 지금도 통하리라고 단언할 수 없는 것이다. 그들이 나이가 찬 남녀라는 사실까지 더해지면 걱정은 배가 된다.

'뭔가 이상을 느끼면 바로 뛰어드는 거야…….'

피시는 자신에게 그렇게 되뇌었다. 물론 피시는 원래는 외교관이고, 딱 잘라 말해서 무예의 소양은 전혀 없다. 로웰미나의 시종이 될 때 호위 역할도 있으리라 생각해 호신술이라도 배우려고 했지만, 수확이라곤 자신에게 운동신경이 없다는 것을 자각한 것뿐이었다.

특히 이 가슴. 외교관 시절에는 무기가 되기도 했던 이 풍만한 유방이 움직이려고 하면 심하게 흔들리지, 쓸리면 아프지, 한없이 방해가 되는 것이다.

'차라리 작아지면 안 되나.'

라고, 방 안에 있는 보좌관이 들으면 혀를 찰 법한 생각을 하고 있는데 갑자기 등 뒤의 문이 열리는 기척을 느꼈다.

즉시 고개를 돌린 피시의 눈에 비친 것은 지금 막 방에서 나오려 하는 웨인과 니님, 그리고 두 사람을 배웅하는 로웰미나의 모습이었다.

"아주 의미 있는 시간이었습니다, 로웰미나 황녀."

"저야말로 유익하게 보낼 수 있었습니다."

웨인은 은근한 동작으로 로웰미나의 손을 잡았다.

"가능하다면 더욱 오래 이야기를 나누고 싶습니다만, 이제는 별들도 잠들 시각이군요. 오늘밤은 이만."

"예, 내일 다시 만나기를 기대하고 있겠습니다. 방으로 돌아가시는 도중 누군가에게 수상하게 보이지 않도록 조심하시기를."

"안심하십시오. 이 궁전의 구조에 관해 저보다 잘 아는 자는 없으니."

웨인은 로웰미나의 손을 놓고 피시를 흘끗 보았다.

"블런델 님도 언젠가 또 보도록 하지."

"앗…… 예, 예."

피시는 황급히 예의를 갖췄다. 전임 대사라 해도 지금은 일개 시종일 뿐이다. 원래는 왕태자가 직접 말을 걸 만한 신분이 아니지만, 이것이 이 웨인이라는 소년의 인품이며 그릇이리라.

그리고 웨인은 니님을 데리고 떠나갔다. 그 뒷모습을 배웅하는 피시에게 로웰미나가 말을 걸었다.

"피시, 우리가 이야기하는 동안 뭔가 문제는 없었나요?"

"없었습니다."

"그런가요. 그럼 안으로."

"예."

피시는 만약을 위해 주위를 확인하고 나서 방에 들어갔다.

"전하, 일은 어떻게 되었습니까."

"잘됐습니다."

로웰미나는 말했다.

"예정대로, 제 목적이 제위라는 대략적인 줄거리를 제시할 수 있었어요."

"훌륭하십니다. 그럼 앞으로도……."

"네, 시나리오에 따라 대화를 진행할 겁니다. ——저의 진짜 목적을 위해서."

피시의 얼굴에 긴장감이 퍼졌다.

로웰미나가 말한 진짜 목적의 무게를 아는 탓이었다.

"……웨인 왕자가 알아차릴까요?"

그것은 질문의 형태였지만, 로웰미나의 대답을 들을 것까지도 없이 피시의 가슴속에는 하나의 대답이 떠올라 있었다.

　그리고 아마 로웰미나도 같은 대답을 도출했으리라. 그녀는 여유롭게 미소를 짓고――.

　"――페이크야."

　인기척이 없는 궁정 회랑을 걷던 웨인은 천천히 그렇게 말했다.

　겉으로는 웨인과 혼담 이야기를 하러 왔다는 로웰미나의 내방.

　그 진짜 목적은 제위를 손에 넣기 위해 협력을 얻는 것.

　하지만 그것조차도 거짓이다.

　그녀에게는 감춰진 세 번째 목적이 있다는 것을 웨인은 간파하고 있었다.

　"근거는 뭐지?"

　옆에서 걷던 니님에게 동요는 없었다. 반문하면서도 니님 또한 그렇게 느끼고 있었기 때문이다.

　"제국 내에 협력자가 없다는 게 말도 안 돼. 어찌 됐건 계승권을 가진 미혼의 황녀님이라고. 이 혼란을 틈타 비위를 맞추는 자들이 산더미처럼 있을 거야."

　"쓸 만한 자가 없었던 걸지도 몰라. 제대로 된 인재라면 세 황자 중 누군가에게 붙어서 영달을 얻으려 하겠지."

"그래서 협력을 구한 게 나트라라고? 그거야말로 무의미해. 제국에게는 무력 면에서도 정치 면에서도 너무 떨어져."

이 시대에 누가 군주가 되느냐로 분쟁이 일어나는 일은 드물지 않다. 그리고 분쟁이 대화로 해결되지 않으면 무력으로 해결하는 경우가 생긴다.

나트라는 제국의 동맹국일 뿐, 제국 정치에 간섭할 힘은 거의 없다. 로웰미나가 황제가 되는 게 좋다고 생각한다며 움직여 봤자 현실은 어려우리라.

그렇다고 해서 무력으로 억지로 세 황자를 입 다물게 할 수 있느냐고 한다면 그것도 무리다. 나트라 왕국과 어스월드 제국의 국력 차이는 이미 말할 필요도 없고, 만약 세 황자 때문에 국력이 3분할된다 해도 도저히 맞설 수 없다.

로와가 그 사실을 깨닫지 못했다는 것은 말도 안 된다.

"하지만 그렇다면 여기에 뭘 하러 왔는지 더욱 수수께끼가 되네."

"그렇지. 하지만 아까 대화에서도 단서는 있었어."

웨인은 씨익 웃었다.

"맡겨 둬. 내가 전부 밝혀 보이겠어."

"──여러분은 제국을 어떻게 생각하세요?"

그것은 사관학교에서의 한 장면이었다.

교실 한쪽에서 동료들과 보내는 별것 아닌 시간.

거기서 로와는 천천히 네 사람을 향해 물었다.

"어떻게 생각하느냐라."

모두가 가볍게 서로 시선을 주고받은 뒤, 글렌이 말문을 텄다.

"나는 물론 자랑스럽게 생각해. 우리 어스월드 제국은 훌륭한 나라지. 군인으로서 나라에 봉사할 수 있다는 건 정말 명예로워!"

"아직 군인이 될 수 있다고 확실하게 정해진 것도 아니지만 말이야."

"으윽."

웨인의 딴지에 글렌은 신음했다.

"부, 분명히 아직 정해진 건 아니지만, 내 성적이라면."

"무술 이외에는 전부 나한테 지는 성적이 뭐라고?"

"……으랏샤아아아아아!"

"으어어어어어억?! 갑자기 때리는 건 반칙이잖아?!"

"시끄러워! 게 섰거라!"

웨인과 글렌이 책상과 의자를 넘어뜨리며 씨름하기 시작한 가운데, 로와는 시선을 스트랭에게 보냈다.

"스트랭은 어때요?"

"속주 출신인 나에게 그걸 묻는 거야?"

스트랭은 쓴웃음을 지었다. 속주란 다시 말해 제국과 싸워서 패한 나라의 말로다. 그곳의 백성이 제국에 품는 감정이 복잡하리라는 것은 쉽게 상상할 수 있다.

"……뭐, 대단한 나라라고는 생각해. 연이어 나라를 정복하고 사람과 문화를 흡수해 눈 깜짝할 사이에 대륙 동부의 패자가 됐어. 쉽게 할 수 있는 일이 아니지."

"그랬다고 생각하지 않으면 진 나라는 뭐였던 거냐는 생각이 드니까 말이지."

"너는 쓸데없는 소리를 안 하면 안 되는 거냐?!"

"틈이 있으면 살살 긁는 게 내 사명이라서."

"얼른 버려 버리라고, 그런 이상한 생각은!"

로와는 친구들이 티격태격하자 킥킥 웃으며 니님을 보았다.

"그럼 니님은?"

"글쎄…… 플람인으로서 말하자면, 숨쉬기 편한 나라라고 생각해."

제국은 다민족 국가이고 능력을 중시한다. 그래서 인종차별이 비교적 적고, 설사 속주 출신이거나 서쪽에서 차별받는 인종이라 해도 능력만 있으면 출세할 수 있다.

"그러고 보니 서쪽은 플람인에 대한 차별과 편견이 엄청나다며."

"마음에 안 들어. 제국이 대륙 서부로 진격하면 그런 가치관 따윈 날려 버릴 것을."

그렇게 말하고 나서 글렌은 웨인을 보았다.

"……이봐, 웨인. 니님한테는 왜 안 그러는데."

"뭐? 남의 속을 긁다니 인성이 최악인데요? 왜 제가 그런 짓을 해야만 하는 거죠, 글렌 군?"

"너 진짜……!"

"으음, 이 노골적인 편들기."

격분하는 글렌과 쓴웃음을 짓는 스트랭을 곁눈질하며, "그럼 마지막으로." 하고 로와는 말했다.

"웨인은 제국을 어떻게 생각하나요?"

"쓸 만해."

웨인의 대답은 간단했다.

"쓸 만하다니…… 어떤 의미야?"

"말 그대로야. 좋아하지도 않고 싫어하지도 않아. 하지만 이 나라는 나에게 쓸모가 있어. 그뿐이야."

웨인은 어깨를 으쓱했다.

"나라와 백성의 관계는 수지가 안 맞는다 싶으면 다른 곳으로 옮기는 정도가 좋아. 나라에 충의를 바치거나 보답을 바라지 않고 헌신하는 건 성가실 뿐이라고."

"으음……."

"정말 웨인답네."

"이런 사고방식을 허용해 주는 깊은 아량에는 나 나름대로 감사하고 있지만 말이야."

그렇게 말한 후 웨인은 로와를 보았다.

"그보다, 로와야말로 제국을 어떻게 생각하는데."

"저요? 물론 좋아해요."

로와의 대답에는 망설임이 없었다.

"저에게는 태어난 나라, 자란 나라니까요. 다만── 그렇기 때문에 더욱 안타깝다고 생각하는 점도 있지만요."

"헤에, 예를 들면 어떤 점이?"

"글쎄요……."

거기서 로와는 장난스럽게 말했다.

"웨인이 아직도 체포되지 않은 점 같은 거요."

"완전히 동의해."

"그건 부정할 수 없군."

"한 번쯤은 호되게 혼나도 괜찮다고 봐."

"너희들 좀 너무하지 않아?!"

동료들이 떠드는 모습을 바라보며 로와는 킥킥 웃었다.

그 마음속 깊은 곳에 아무도 모르는 격정을 일렁이며.

"전혀 모르겠어……."

제국 사절단이 도착하고 나서 얼마 후.

웨인은 집무실에서 혼자 머리를 쥐어뜯고 있었다.

"아니 진짜 속내를 못 읽겠어……. 뭐 하러 온 거야, 로와 녀석……."

그날 밤의 비밀 회합 이후로 웨인은 로웰미나의 동향을 빠짐없이 관찰하고 그 목적을 탐색했다. 국빈인 로웰미나를 대접하는 데 웨인보다 좋은 상대는 없으므로 자연히 행동을 함께하는 일이 많아서 관찰 자체는 어렵지 않았다.

하지만 보이지 않는다. 견식을 넓힌다는 명목으로 나트라 곳곳을 돌아보고 있지만 거기에 수상한 움직임은 없고, 정말로 관광을 하고 있을 뿐이다.

"틀림없이 속셈이 있을 텐데 말이지이……."

"으음~." 하고 고민스럽게 팔짱을 끼고 생각에 잠겨 있는데 누가 집무실 문을 노크했다.

"오라버니, 지금 괜찮을까요?"

나타난 사람은 여동생 플라냐였다. 웨인은 곧바로 등줄기를 펴고 상큼한 미소를 띠었다.

"아아, 플라냐구나. 회의는 어땠니?"

"굉장히 지쳤어요……. 오라버니는 매일 그런 거에 참석하고 계시는 거군요."

"후냐아." 하고 피로가 담긴 한숨이 플라냐의 입에서 흘러나온다.

사전에 이야기한 대로 제국 사절단 응대를 전담하는 웨인 대신 플라냐는 몇 가지 일을 맡았다. 오늘 회의도 그중 하나였다.

"익숙해지기 전에는 어쩔 수 없단다. 나도 처음에는 어깨가 뭉쳐서 힘들었지."

걸어서 다가온 플라냐의 머리를 빗어 내리듯 쓰다듬는다. 플라냐는 눈을 가늘게 떴다.

"사절단이 귀국하면 다시 평소대로 돌아갈 거야. 플라냐에게 내 대역을 맡기는 일도 최대한 줄일 테니 조금 참아 다오."

웨인은 배려해서 한 말이었지만 플라냐는 입술을 삐죽였다.

"오라버니, 그렇게 제가 못 미덥나요?"

웨인은 눈을 깜빡이고 나서, 겨우 알아듣고는 말했다.

"아니, 미안하구나. 지금은 내가 경솔했어. ──잘해 주었다, 플라냐. 또 필요할 때에는 중요한 일을 맡기고 싶은데, 괜찮겠니?"

플라냐는 얼굴을 풀었다.

"물론이에요. 저에게 맡기세요, 오라버니."

플라냐는 웨인을 꽉 끌어안았다.

"여동생의 성장이 느껴져 오라비로서 기쁠 따름이구나."

그녀의 머리를 쓰다듬으며 웨인이 말하자 플라냐는 굳건한 결심을 드러냈다.

"아직 멀었어요. 오라버니를 따라잡으려면 더욱 힘내야죠."

"하하, 그렇게 초조해하지 않아도 괜찮다. 니님과 의논하면서 조금씩 플라냐에게 맡길 수 있는 일을 늘려가자."

플라냐는 고개를 끄덕이고 나서 퍼뜩 깨달았다.

"그러고 보니 오라버니, 니님은 어디 있어요?"

"응? 아아, 니님은 지금――."

나트라 왕국에서 온수에 몸을 담그는 문화는 서민층에까지 침투해 있다.

이유는 왕국민이 특히 깨끗한 것을 좋아해서――라기 보다는 가혹한 기후 때문이었다. 추위에 대항하기 위해 온수에 몸을 담그는 것이다.

다행히 나트라는 수원이 풍부해 물을 대량으로 쓰기 좋은 나라다. 관광지로 삼기에는 부족하지만 온수가 솟아나는 곳도 있다. 그래서 큰 도시에는 반드시 대욕장이 있고, 한겨울이 되면 거기서 느긋하게 보내는 것이 왕국민에게 최대의 오락거리가 된다.

당연히 그것은 나트라의 상류 계급에서도 마찬가지였다.

"……몇 번을 와도 여기는 훌륭하네요."

그곳은 귀빈을 대접하기 위해 만들어진 왕국의 대욕장 중 하나였다.

수십 명이 동시에 들어갈 수 있는 그곳은 제국 사절단이 도착한 이래로 단 한 사람만 이용하는 전용 장소가 되어 있었다.

그 한 사람은 물론 바로 지금 욕탕에 들어가 있는 로웰미나다.

"특히 바깥이 추워서일까요. 제국에서보다 더 따뜻하게 느껴져요."

"마음에 드시다니 영광입니다, 황녀 전하."

대답하는 목소리는 니님의 것이었다. 그러나 그 울림에는 당혹감이 섞여 있다.

"하지만 저어……."

"왜 그래요?"

"……왜 저도 함께 탕에 있는 것인지요."

그 말대로 니님도 옷을 벗고 로웰미나 옆에서 탕에 담그고 있었다.

로웰미나의 요청을 차마 거절하지 못하고 응하게 되었지만, 일국의 황녀가 타국의 가신과 함께 입욕하다니 전대미문이다.

"어머, 학교에 있을 때도 몇 번인가 같이 들어갔잖아요?"

"하지만 지금은 서로 입장이 다릅니다."

"그런 건 옷과 함께 벗어 버린 걸로 치자고요."

말도 안 되는 소리 하지 말라는 얼굴이 된 니님에게 로웰미나는 거리낌 없이 말도 안 되는 소리를 했다.

"그러니까 좀 더 편한 말투를 써도 되는데요?"

"……."

니님은 약간 뺨을 굳히면서 옆을 보았다.

"저어, 전하."

그렇게 니님의 시선이 향한 곳에서 쭈뼛쭈뼛 목소리가 났다.

"보좌관님과 옛정을 다지시는 거라면, 저는 빠지는 편이 좋지 않을까 합니다……."

목소리의 주인은 로웰미나의 시종인 피시였다.

당연히 피시도 옷을 벗고 탕에 담근 상태라 평소에는 옷 아래에 감춰져 있던 풍만한 가슴을 유감없이 드러내고 있다.

　"그럼 안 되죠, 피시. 그러면 내가 타국분과 단둘이 되어 버리지 않나요? 무슨 일이 생겼을 때 곤란하겠죠?"

　"이미 전하께선 몇 번이나 그 타국분과 밀실에 틀어박혀 계셨습니다만."

　"잊어버렸는데요."

　"애초에 그런 입장은 벗어 버렸다고 하시지 않으셨나요?"

　"좀 더 미래를 바라보자고요."

　""…….""

　태연하게 말하는 로웰미나 앞에서 피시와 니님은 시선을 교환하며 서로가 짊어진 고생을 이해했다.

　"……지금 이 시간만 그러기로 할까."

　시종인 피시 앞에서 니님은 말을 놓았다.

　"그래, 이의 없어."

　피시가 손을 내민다. 니님은 그 손을 맞잡았다. 각자 다른 나라에 속한 두 사람 사이에 지금 이때만큼은 우정이 싹텄다.

　"어머, 나만 따돌리는 건가요? 그러면 나 울어버릴 거예요."

　"그만둬. 장난으로 안 끝날 테니까."

　"그럼 즐거운 이야기를 하죠. 피시, 뭐 없나요?"

　"예……. 그럼 단순히 제 흥미라서 황송하지만…… 두 분이 사관학교의 동기라는 것은 들었습니다만, 거기서 어떤 나날을 보내셨는지요."

니님과 로웰미나는 서로 얼굴을 마주 보았다.

"그렇군요. 나와 웨인과 니님 말고도 글렌과 스트랭이라는 두 사람을 더해 다섯이서 언제나 함께 행동했어요. 모두 학교에서는 인기인이었지요."

"성가신 무리를 잘못 말한 거겠지. 모두 성적은 좋았으니까 넘어갔지만."

"그런 측면이 있었던 건 부정할 수 없네요. 하지만 인기가 있었던 것도 사실이에요. 특히 니님은 결투 소동 이후 여자들에게도 존경받았었죠."

"결투……?"

눈을 깜빡이는 피시 옆에서 니님은 한숨을 쉬었다.

"플람인이라는 이유로 날 모욕한 사람이 있었어. 그래서 결투를 신청해서 두드려 팼지. 그것뿐이야."

"그것뿐이라니. 그 늠름한 모습에 매료된 남성분들이 얼마나 많았는지. 구애 편지가 너무 많이 와서 거절 편지를 쓰느라 애먹었던 거 알고 있거든요?"

니님은 무심결에 씁쓸한 얼굴을 했지만 그녀도 당하고만 있지는 않았다.

"그렇게 말하면 로와도 마찬가지잖아. 구애하는 귀족이 끊이지 않는다는 소문이 나한테도 들어오거든. 분명 열심이었던 데가 앤트가딜과 루비트였지?"

"……진심으로 난감하지만요, 그 두 사람은."

로웰미나는 한숨을 쉬었다.

"출석한 연회에서 예법을 몰라 고생하고 있기에 슬쩍 도움을 주었더니 편지와 선물을 보내기 시작한 것인데…… 전부 취향이 이상해서……."

"별일이네. 로와가 그렇게까지 말하다니."

"다음에 편지를 보여 줄까요? 자신이 얼마나 황녀의 남편으로 어울리는 완벽한 인간인지 주장하면서, 얼마나 나를 자기를 장식할 보석으로밖에 보지 않는지가 배어나오는 내용이에요. 거기에 악취미에다 치졸한 금은세공을 곁들이면 니님도 나와 똑같은 기분이 되겠죠."

"그것참…… 애도를 표할게."

로웰미나는 어울리지도 않게 기도하는 듯한 어조로 중얼거렸다.

"이번에 내가 여기 온 걸로 포기해 주면 기쁘겠지만요."

하지만 피시는 무정하게도 고개를 저었다.

"제 생각이지만, 그런 치들은 한번 집착하면 좀처럼 포기하지 않는 법입니다. 그러기는커녕 더욱 정념을 불태우고 있을지도 모르겠네요."

"그렇대, 로와."

"……피시, 당신의 적나라한 연애경험을 실토하세요. 지금 당장."

멋지게 긁어 부스럼을 만든 피시를 괴롭히면서 그들은 그 후로도 길게 이야기를 나누었다.

“──그래서, 지금쯤 니님은 로웰미나와 욕탕에 한창 담그고 있을 거야.”

“으음.”

사정을 들은 플라냐는 작은 동물처럼 신음했다.

“치사해요. 나도 요즘은 니님이랑 목욕 못 했는데…….”

안 그래도 옆에서 오라버니를 채가려 하는(플라냐에게는 그렇게 보이는) 로웰미나를 향한 호감도가 낮은데 니님까지 빼앗아가려 하다니 이 얼마나 오만한가. 미안하다고 사과할 때까지 절대 용서하지 않겠다고 플라냐는 맹세했다.

“그렇게 토라지지 말거라.”

플라냐의 뺨을 손가락으로 찌르면서 웨인은 말했다.

“나도 니님에게 플라냐와 보내는 시간을 만들도록 말해 두마.”

“정말요? 그럼 그때는 오라버니도 함께 목욕해요.”

“나도 말이냐? 으음, 아무래도 이제는 그럴 나이가 아니지 않니.”

“괜찮아요, 오라버니. 저는 신경 안 써요.”

“알았다 알았어. 생각해 두마.”

생각만 하고 실행할 마음은 없다는, 정치가가 흔히들 하는 대답을 한 후 웨인은 빠르게 화제를 바꾸었다.

“그런데 플라냐, 공부는 어떻지? 잘 되고 있니?”

“아우.”

웨인은 그 반응만으로도 알아차리고 웃으면서 말했다.

"뭐, 초조해하지 않아도 된다. 클라디오스는 불성실함은 용서하지 않지만 미숙함에는 관대하지. 배울 의지만 계속 가지고 있다면 반드시 진보할 수 있어."

"하지만 요전번에 그만 다른 일에 정신이 팔려서 수업을 제대로 안 들었어요. 분명 화가 났을 거예요."

미안한 듯이 말하는 플라냐의 머리를 웨인은 신경 쓰지 말라며 쓰다듬었다.

"그 정도로 화낼 거였다면 내 교육을 맡았을 때는 화가 나서 죽었을 거다. 하지만 그렇지…… 지나간 시간을 아깝게 여기고 있다면 지금부터 보충수업을 받아 보겠니? 다른 사람도 아니고 플라냐이니 짧은 시간이나마 내가 교사를 해 줄 수 있단다."

플라냐의 눈이 놀람에 물들었다가 기쁨을 띠었다.

"꼭 부탁드릴게요, 오라버니."

"좋아, 그럼 클라디오스의 수업은 지금 어느 부분이지?"

"으음, 지금은 제국에 관해 배우고 있어요. 제국이 점점 커져서 여러 나라를 정복했고. 그래서 제국에 흡수된 나라 중에서도 주요한 곳이 몇 군데 있다고."

"그 부분인가. 그렇군, 바노크, 코드러피, 토들레런…… 모두 멸망할 때까지의 일화가 있지만 전부 하기에는 시간이 모자라구나. 그럼…… 앤트가델의 이야기를 하자꾸나."

웨인은 책상 위의 깃펜을 쥐고 마찬가지로 책상 위에 있던 서류 중에서 필요 없는 것을 한 장 집어 여백에 펜을 놀렸다. 대륙 동부의 지도를 그린다.

"우리 나트라 왕국은 대륙 중앙의 북단에 위치하고, 서쪽은 지금은 없어진 마덴, 동쪽은 제국령 가이런 주와 인접하고 있다. 참고로 플라냐, 가이런 주의 특산품을 알고 있니?"

"직물이죠. 아주 질이 좋다고 들은 적이 있어요."

"그래, 특히 거울염(染)이라 불리는 염색법을 사용한 직물은 신비한 광택이 있어서 역대 어스월드 제국 황제도 애용하고 있단다. 희소한 탓에 좀처럼 시장에 풀리지 않지만."

우리 나트라에도 판매하면 좋을 텐데 하고 중얼거리며 웨인은 말을 이었다.

"이 가이런 주는 원래 앤트가덜 왕국이라는 이름의 나라였지. 우리가 태어나기 얼마 전에 제국에 병합되었지만……. 거기에 이르기까지의 경위로, 당시의 앤트가덜 왕은 대륙 굴지의 암체라는 평가를 얻었다."

"어떻게요?"

"그 무렵 제국은 남부에 있던 바노크와 코드러피 같은 나라를 쳐부수고 크게 약진하려 하고 있었지. 하지만 모난 돌이 정을 맞는 것이 세상의 이치야. 남은 대륙 동부의 나라들 사이에도 위기감이 생겨나, 단결해서 제국을 치자는 기운이 고조되고 마침내는 대(對) 제국 연합이 결성되었단다."

웨인은 연합에 참가한 나라들의 이름을 지도에 써내려간다. 그중에는 앤트가덜의 이름도 있었다. 그리고 당시의 제국령을 검게 칠해서 대륙 동부에서 연합에 참가했던 나라가 얼마나 많은지를 표시했다.

"연합의 출현으로 제국은 단숨에 궁지에 빠져들었지. 영지가 슬금슬금 깎여 나가서, 어쩌면 이 상황이 계속되었다면 제국은 멸망했을지도 모른다."

"하지만." 하고 웨인은 말했다.

"연합에 참가했던 앤트가덜 왕이 갑자기 제국의 신하가 되겠다고 표명함으로써 사태는 크게 변했지."

"엑, 스스로 신하가 된 거예요?"

"그렇단다. 그리고 이 지도를 보면 알 수 있듯이 앤트가덜은 대륙 북동쪽에 위치하고 제국은 남동쪽에 위치하지. 앤트가덜은 나트라와 비슷한 규모의 소국이지만 제국을 남쪽으로 밀어내려고 압력을 걸고 있었던 연합은 등에 칼이 꽂힌 형국이 되었어. ——자, 플라냐가 연합국이라면 이제 어떻게 하겠니?"

앤트가덜의 영지를 검게 칠하면서 웨인은 질문했다.

플라냐는 잠시 생각한 후에 말했다.

"먼저 앤트가덜을 집중해서 쓰러뜨리러 갈 거예요."

"그래, 그게 이상적이다. 하지만 그렇게 놔두지 않은 것이 앤트가덜 왕의 수완이었어. 교묘한 외교로 연합의 보조를 헝클어뜨려서 시간을 벌고, 그 사이에 제국은 연합에 소속된 나라를 각개 격파해 나갔지."

제국의 진격을 보여주듯이 지도가 검게 칠해져 간다. 지도는 아주 작은 여백만이 남고 거의 대부분이 검게 칠해졌다.

"마침내 연합은 와해되고, 대륙 동부에서 제국의 패권은 흔들리지 않는 것이 되었다. 그리고 주요 국가의 왕족은 처형되거나 신분을 박탈당하고 추방되었지만…… 앤트가딜 왕만은 제국에 후작의 지위를 얻고 거기에 직할령까지 받았지. 이것이 바로 앤트가딜 왕이 얌체라고 불리게 된 경위다."

웨인의 이야기를 다 들은 플라냐는 "하우우." 하고 크게 숨을 내쉬었다.

"연합을 배신하고 왕위를 버리다니…… 앤트가딜 왕은 왜 그런 짓을 한 거예요?"

"연합이 이겨도 군웅할거의 시대로 돌아갈 뿐, 앤트가딜은 언젠가 사라진다. 그렇다면 차라리 제국을 이기게 만들고 제국에서 지위를 얻는 쪽이 이득이라고 생각했다──고 회고록에 쓰여 있단다."

물론 그게 다가 아니라는 것을 웨인은 알고 있지만.

"회고록? 그런 게 있군요."

"앤트가딜 왕이 만년에 쓴 거야. 겨우 서른 부밖에 만들어지지 않은 귀중품이지. 내 서재에 있으니 흥미가 있다면 읽어 보려무나."

플라냐는 고개를 끄덕이고 나서 고개를 약간 갸웃했다.

"……어라, 오라버니, 만년이라면."

"그래, 앤트가딜 왕은 이미 죽었지. 제국에 복종하기 전부터 상당히 노령이었으니. 지금은 아들이 2대째 앤트가딜 후작이야. 뭐 아들이라 해도 우리보다 나이가 많은 자식이 있을 나이지만."

"그 앤트가딜 후작님도 대단한 사람이에요?"

"나도 직접 인품을 확인한 건 아니지만── 조야하고 난폭하고, 문정(文政)을 게을리 하고 예술을 모르며 그렇다고 군사에 밝은 것도 아니다. 그리고 아버지에게 용모와 야심을 물려받는 과정에서 용기와 지혜를 빠뜨렸다는 한결같은 평판이지."

플라냐는 미묘한 얼굴을 했다.

"그 밖에도 가이런 주 총독과 사이가 나쁜 걸로 유명하지. 뭐, 주의 절반이나 되는 영지를 가지고 있는 후작가와 권한을 받아 중앙에서 파견된 대리관인 주 총독. 죽이 맞을 리도 없다만──."

그때 누군가가 집무실 문을 노크했다.

"실례합니다── 아아, 플라냐 전하도 계셨습니까."

"앗, 니님."

방에 들어온 니님을 보자마자 플라냐는 그녀에게 달려가 뛰어들었다.

"오라버니에게 들었어. 황녀님과 목욕을 하고 있었다며?"

"예, 지금 막 겨우 풀려났습니다……. 플라냐 전하, 무엇 때문에 기분이 좋지 않으신 듯한 얼굴을?"

웨인은 웃으면서 말했다.

"다정한 언니를 외부인에게 빼앗겼다고, 우리 여동생이 화가 나셨지."

"과연……. 그러면 조만간 시간을 내서 플라냐 전하와도 함께 목욕을 하지요."

"정말? 약속이야, 니님."

"물론이지요."

원만하게 이야기가 해결되자 웨인이 말했다.

"그런데 니님, 로웰미나 황녀는?"

"방에 돌아가셨습니다."

"뭔가 수확은 있었나?"

"자세한 것은 나중에 말씀드리겠지만, 유감스럽게도 이렇다 할 것은……."

"흐음." 하고 웨인은 팔짱을 꼈다.

빨리 로웰미나의 목적을 파악하고 싶지만 좀처럼 쉽지 않은 상황이다.

"있잖아, 니님, 들어봐. 지금 오라버니에게 앤트가딜이 제국에 복종하기까지의 이야기를 들었어."

"그건 좋은 일이군요. 웨인 전하의 말에도 필시 열기가 들어갔겠지요. 전하께선 늘 앤트가딜 왕을 모범으로 삼을 만한 군주라고 생각하고 계시니까요."

"그래요? 오라버니."

"응? 아아, 어디까지나 개인적으로지만."

시류를 읽고 자신이 가장 비싸게 팔리는 타이밍에 대국에 몸을 판다.

즉 웨인이 생각하는 이상적인 매국을 실제로 이루어낸 자가 앤트가딜 왕이다.

이 사실을 알았을 당시 '잘도 해냈구나, 제기랄!' 이라는 마음으로 가득 찼던 웨인이지만, 질투에 휩싸인 나머지 자신의 목적을 먼저 이룬 사람이 있었다는 사실을 놓칠 그가 아니다. 이 방법 저 방법을 써서 앤트가덜 왕과 그 주변에 관해 조사하고 회고록을 입수하면서까지 연구에 힘쓴 과거가 있다. 현 앤트가덜 후작에 관해 잘 아는 것도 그런 이유다.

"연합에 참가했던 나라들은 그자를 몹시 미워하지만 그 수완은 일류다. 배울 점이 있다면 그 인물의 경력 따위는 사소한 것이야."

"과연 오라버니네요."

플라냐는 존경의 마음을 감추지도 않고 눈빛에 담았다.

"그 앤트가덜의 2대째 사람도 오라버니처럼 됐으면 좋았을 텐데. 대단한 아버지가 있었는데 아깝네요."

"아아, 지금의 앤트가덜 후작에 관해서도 들으셨군요?"

니님은 쓴웃음을 지으며 말했다.

"걸물이 2대나 이어지는 일은 잘 없으니 그 점은 어쩔 수 없지 않은가 합니다. 특히 스스로 왕위를 버릴 수 있는 왕족이 대륙을 다 뒤진들 얼마나 있는지요. 앤트가덜 후작도 원래라면 일국의 왕이 되었을 몸. 제국 가신에게 아부해야 하는 것을 불만으로 여기고 있다는 소문이 자주 들어옵니다."

하기야 그 스스로 왕위를 버릴 수 있는 왕족이 바로 옆에 있는 웨인이지만.

'그나저나 앤트가덜이라······.'

자신이 플라냐에게 했던 이야기를 되짚으면서 웨인은 뇌리에 뭔가 깜빡이는 것을 느끼고 있었다.

'뭔가가 들어맞을 듯하면서도 아닌 듯도 하고······.'

마음속으로 '으음.' 하고 신음한다. 원했던 대답이 바로 가까이에 있는데 안개에 싸여 있어 볼 수가 없다. 그런 감각이다. 어떻게든 안개를 흩어 버리려고 머릿속에 있는 정보의 단편을 이어 붙여 보지만 아무리 해도 잘되지 않는다.

부족하다. 뭔가가 부족하다. 그 무언가만 있으면, 무언가만 일어나면――.

'――아니아니아니!'

하마터면 터무니없는 것을 바랄 뻔했다.

그렇지 않아도 사절단을 환대하느라 온 힘을 쏟고 있다. 거기에 '뭔가가 일어나면'이라니, 실수로라도 바라서는 안 되는 상황이다.

'그래, 생각해 보면 오히려 아무 일도 안 일어나면 되는 거야. 그럼 로와가 어떤 속셈을 품고 있든 상관없지. 그래, 내가 바라야 할 것은 진실 따위가 아니라 평온! 안녕! 천하태평! 그러니까――.'

"전하, 실례합니다!"

그때 방 안에 관리가 뛰어 들어왔다.

"지금 라클룸 님에게서 전령이 도착했습니다! ――파견된 지역에 난이 일어날 조짐이 있다고 합니다!"

"…………."

그러니까, 부탁이니까 이상한 일이 일어나지 않기를.

웨인이 빌려고 했던 그 소원은 빌기도 전에 무산되고 말았다.

◆ ◇ ◆

　나트라 왕국은 인접한 어스월드 제국과 마찬가지로 다민족 국
가다.

　그러나 같은 다민족이라도 그렇게 된 경위는 크게 다르다.

　전쟁에 의해 억지로 인종과 민족을 흡수해 나간 것이 제국이
지만, 나트라 왕국은 동서의 외국에서 사람과 민족이 자주적으
로 흘러든 결과 다민족 국가가 된 것이다.

　그러나 나트라가 그 정도까지 매력적인 나라냐고 하면 그렇지
는 않다. 기후는 혹독하고, 영지는 개간하기 어려운 황무지투
성이. 산업과 오락도 빈곤하다. 빈말로도 살기 좋다고는 할 수
없는 나라다.

　그럼 어째서 그런 나라에 사람이 모여드느냐고 하면—— 모
이는 사람들의 대다수가 달리 갈 곳이 없기 때문이다.

　예를 들면 죄를 지어서. 예를 들면 사상과 인종을 이유로 탄압을
받아서. 그 밖에도 전쟁 때문에, 악정 때문에, 역병 때문에—— 그
런 다양한 이유로 고향에서 쫓겨났지만 다른 나라에도 정착하지
못해 떠돌고 떠돌다 마지막에 도착하는 곳이, 동서로 길이 뚫려
있고 그 혹독한 기후와 입지 탓에 비밀스레 살 수 있는 이 나트라
왕국인 것이다.

　말하자면 국가 규모의 슬럼가 같은 것——이라는 것이 웨인
의 말이다.

　그런데 그렇게 흘러든 백성들은 앞서 말한 대로 체제 측에 좋

은 기억이 없는 소수자들이다.
<ruby>마이너리티</ruby>

　그 탓에 흘러들어 온 지 얼마 안 됐을 무렵의 그들이 왕국에 품는 감정은,

　"우리를 받아 주셔서 감사합니다! 왕국을 위해 이 한 몸 바치겠습니다!"

　같은 아름다운 것이 아니라,

　"언젠가 귀환해 주마……."

　"우리를 내버려 둬……."

　"이런 나라에게까지 입맛대로 이용당할 정도라면 차라리……."

　같은 몹시 구린 것이었다.

　물론 세월이 흘러 토착화되면 그런 감정은 완화된다. 사실 왕도의 백성들은 관용적이고 왕국에 대한 충성심도 두텁다.

　그러나 흘러든 지 얼마 안 된, 지방에 사는 부족과 촌락에서는 배척당했던 괴로운 경험 탓에 타인에 대해 배타적인 태도를 취해서 분쟁을 낳는 케이스가 끊이지 않는다.

　그렇지만 애초에 빈곤하고 규모가 작은 집단뿐이다. 피로 피를 씻는 싸움으로 발전하는 일은 없고 나라에서 알아차렸을 때는 멋대로 결판이 나 있는 일이 태반이었다.

　──태반이었으나.

　"이쪽의 제지를 무시하고 전쟁 준비라……."

　천막에서 보고서를 다 읽은 웨인이 신음하듯이 말했다.

　"죄송합니다. 이렇게 될 줄은."

웨인 앞에서 머리를 숙인 사람은 라클룸이었다.

"괜찮다. 나의 판단 실수였다."

발단은 트리트 강 물길 공사였다.

왕가의 직할지를 흐르는 이 강은 때때로 범람을 일으킨다. 그래서 국왕의 지휘 아래 새로 수로를 만들어서 본류의 수량을 줄이고 수원에서 멀었던 지역에 지류를 잇는 공사가 시작되었다.

웨인이 섭정으로 앉은 후에도 공사는 계속되어 얼마 전에 마침내 완료되었지만, 여기서 문제가 발생했다. 새로 지류가 이어진 지역을 둘러싸고 부근에 사는 부족이 대립한 것이다.

파견한 대리관의 설득도 소용없이 대립은 깊어질 뿐이었다. 그러나 이 시점에서 웨인에게 동요는 없었다. 앞서 말한 대로 국민 사이의 분쟁은 드물지 않지만 그들의 무장은 빈약하다. 훈련된 부대를 보내면 쉽게 제압할 수 있다고 생각했기 때문이다.

실제로 일단 그렇게 제압했다. 그리고 무력을 등에 업고 대리관이 다시 끈질기게 교섭을 계속했지만── 여기서 예상 밖의 전개로 흘렀다.

"──설마, 대립하고 있는 두 부족에게 대량의 무기가 흘러들다니."

무력이라는 뒷배가 있기 때문에 부족을 교섭 테이블에 앉힐 수가 있었다. 그 전제가 무너진 것이다.

"무기의 출처에 관해서는 몰랐던 거군?"

"예. 출입하는 상인이 구입했다는데, 그 상인이 어디서 무기를 들여왔는지까지는."

"그런가…… 뭐, 됐다."

궁금하지만 그건 부차적인 문제다. 우선은 이 대립을 진정시켜야 한다.

"그런데 전하, 저, 한 가지 묻고 싶습니다만."

쭈뼛쭈뼛 말을 꺼내는 라클룸에게 웨인은 시선을 보냈다.

"뭐지?"

"저쪽에 앉아 계신 분은……."

라클룸이 가리킨 곳은 천막 구석이었다.

그곳에 앉아 우아한 미소를 띠고 있는 사람은 한 명의 소녀——로웰미나 어스월드였다.

"저는 신경 쓰지 마시길. 견학하고 있는 것뿐이랍니다."

"라고 하는군."

"예에……."

"그보다 라클룸, 불러왔으면 하는 병사가 몇 명 있다."

'그래도 되는 건가' 하고 곤혹해 하는 얼굴의 라클룸에게 지시를 내리면서 웨인은 마음속으로 한숨을 쉬었다.

'정말이지, 진짜 왜 이렇게 된 거냐고.'

씁쓸하게 투덜거리며 웨인은 여기에 이르기까지의 경위를 머릿속에 떠올렸다.

난이 일어날 조짐 있음——.

그 보고를 받은 웨인은 크게 고민했다.

©Falmaro

사태가 사태인 만큼 자신이 현지에 가서 확인해야 한다는 것은 분명했다.

　그러나 지금 왕궁에는 제국의 황녀인 로웰미나가 체재 중이다. 귀빈인 그녀를 내버려 둘 수도 없다.

　'니님을 파견할 수밖에 없나……. 아니, 즉시 해결할 수 있다면 내가 몰래 가는 것도…….'

　하고 웨인이 머리를 굴리고 있는 그때, 로웰미나가 얼굴을 내밀었다.

　"아무래도 곤란한 일이 생긴 것 같네요."

　어떻게 알았지──라고 생각하지는 않았다. 기밀 덩어리인 타국 왕궁에 체재하고 있는 것이다. 사절단의 인원을 써서 몰래 정보 수집을 하고 있어도 이상하지 않다.

　오히려 이 사건을 로웰미나 측이 사주했을 가능성마저 있었다. 그렇게 생각한 웨인은 한번 찔러보았다.

　"아니, 대단한 일은 아닙니다. 제가 직접 현지로 가서 금방 해결하고 오지요."

　설마 했던 귀빈을 내버려 두겠다는 선언. 여기서 로웰미나가 막으려 들까. 아니면 흔쾌히 보낼까. 그녀의 반응으로 이 건에 얼마나 얽혀 있는지 알아보려 했는데──.

　"그런가요. 그럼 저도 함께 가겠습니다."

　"엥?"

　이 말에는 웨인은 물론이고 사절단 사람들까지 당황했다. 설령 다른 황족 파벌에 속해 있다 해도, 전장이 될지도 모르는 위험한 장소에 황녀를 동행시키다니 허용될 일이 아니었다. 그들은 어떻게든 로웰미나를 말리려고 시종인 피시 블런델을 필두로 수많은 말로 설득하려 했지만.

"이 사절단의 목적은 나트라와의 동맹 관계를 지속할 만한지 알아보는 것. 그리고 전란의 기운이 짙어지는 대륙에서 실질적인 지도자인 웨인 왕자의 지휘를 이 눈으로 확인하는 것에는 중요한 의의가 있습니다."

"아니, 하지만 위험하여……."

"걱정할 일이 무엇이 있겠습니까. 이 나라의 섭정이신 웨인 왕자의 곁에 있는 겁니다. 이 나라에서 이보다 안전한 곳은 없습니다."

황녀가 이렇게까지 단언하면 웨인도 사절단 사람들도 입을 다물 수밖에 없다.

"그러니까, 잘 부탁할게요? 웨인."

이리하여 웨인은 로웰미나를 데리고 서둘러 라클룸에게 가게 된 것이다.

"……그래서, 어쩔 셈이야."

천막에서 단둘만 남자 웨인은 로웰미나에게 물었다.

곁에 니님의 모습은 없다. 그녀는 왕궁에 남아 정무를 보게 하고 있다.

"뭐냐니. 출발 전에 말했던 대로예요. 동맹 관계 지속을 위해 웨인의 능력을 확인하는 게 목적이에요."

"그런 표면적인 이유 말고."

쌀쌀맞게 잘랐지만 로웰미나의 여유는 사라지지 않았다.

"그럼 뭐, 군을 지휘하는 웨인의 늠름하고 용맹한 모습을 보고 싶어서, 라는 건 어때요?"

"……."

알고는 있었지만, 제대로 대답할 마음이 없는 듯했다.

로웰미나는 킥킥 웃으며 말했다.

"뭐, 내 생각은 아무래도 상관없잖아요. 그보다 웨인, 이 대립을 어떻게 가라앉힐 생각이에요?"

"……어떻게고 뭐고 없잖아."

보고서에 따르면 이 땅에서 대립하고 있는 것은 헤노이라는 부족과 에시오라는 부족이다.

이전부터 두 세력은 소규모 분쟁을 일으켜 왔지만, 새로운 수원을 둘러싸고 대립이 격화되었다. 두 세력의 최대 동원 수는 백 명 전후이고 거의 전원에게 무기가 분배되어 있다고 한다.

이에 대응해 이쪽에서 파견한 병력은 2백 명. 인원수만이라면 두 세력을 합친 것과 거의 호각이다.

그러나 호각인 것은 어디까지나 인원수뿐이다.

"그냥 싸우기만 해도 쉽게 진압할 수는 있어. 애초에 병사의 질이 완전히 다르니까."

상대는 제대로 된 훈련도 받지 않은 오합지졸이다. 비록 무기를 가지고 있다 해도 고도의 전술을 구사하는 지휘관과 그 뜻에 따라 움직일 수 있는 정규병이 갖춰지면 상대도 되지 않는다.

"그렇겠죠. 하물며 지휘하는 사람이 웨인이라면 만에 하나의 경우도 없겠죠. 하지만── 그래도 다소는 피가 흐를 거예요."

로웰미나의 지적은 옳다. 아무리 우수한 자가 지휘해도 서로 생명을 빼앗는 이상 아군의 손해가 0이 된다는 것은 비현실적이다.

하지만.

"그런 것을 안이하게 용납하지 않는 사람이 내가 아는 웨인 살레마 아바레스트예요. ……계획을 짜고 있는 거죠? 평범하지 않은, 아군을 누구 한 명 죽지 않게 할 작전을."

질문의 형태를 취하고 있지만 그녀의 눈동자에는 확신이 깃들어 있다. 그 두 눈으로 지켜보려 하고 있는 것이다. 웨인이 어떤 기발한 지휘로 이 난관을 타개할지를.

웨인은 그 시선을 똑바로 받아내면서 말했다.

"……미안하지만 그건 틀렸어. 로와."

웨인은 한 호흡을 넣고 씨익 웃었다.

"나는 이 전투에서 적도 포함해 누구 한 명 죽게 할 생각이 없어."

로웰미나는 놀란 듯이 눈을 부릅떴다가, 곧장 웃는 얼굴로 바뀌었다. 그 모습은 마치 동경하는 인물의 광채를 목격한 어린아이 같았다.

"전하, 들어가겠습니다!"

큰 목소리를 내며 라클룸이 나타났다. 그 뒤에는 병사 세 명이 따르고 있었다.

"지명된 병사들을 데려왔습니다."

"수고했다."

웨인은 세 사람을 보았다.

"헤노이의 트레스. 에시오의 칼디아와 졸트로군."

""옛!""

이름을 불린 세 명은 자세를 바로 하며 일제히 답했다. 웨인은 말을 이었다.

"현 상황은 인식하고 있겠지?"

"예……. 저희 출신지에서 이러한 일이 일어난 것은 대단히 죄송하게……."

"괜찮다, 자네들의 책임이 아니야. 그보다 지금도 부족과 교류하고 있는가?"

"예. 틈을 보아 귀향하곤 했기에……."

"저도 그렇습니다. 하지만 황공하오나, 저희의 말로 모두를 설득하기에는……."

그들은 자신들의 연줄을 이용해 교섭에 응하게 할 셈이라고 생각했으리라. 그러나 웨인의 계획은 완전히 달랐다.

"내가 자네들에게 기대하는 것은 그런 게 아니다. ……자네들, 고향 사람들을 죽지 않기를 바라지 않는가?"

이 말에 세 사람은 무심결에 서로 눈을 마주쳤다.

그리고 한 사람이 쭈뼛쭈뼛 대답했다.

"……물론입니다. 황공하게도 이런 사태를 일으키고 말았지만, 저에게 그들은 어린 시절부터 많은 시간을 함께 보낸 동포입니다."

"그렇다면, 그걸 위해 자신의 목숨을 걸 수 있나?"

다시 세 사람은 눈을 마주쳤다.

그리고 그들은 서로 끄덕이고 대답했다.

""걸 수 있습니다.""

웨인은 씨익 웃었다.

"잘 말해 주었다. 그럼 이제부터 자네들에게 임무를 맡기겠다. 라클룸, 미안하지만 자네는 조금 오명을 뒤집어써야겠군."

라클룸은 공손하게 대답했다.

"전하를 위해서라면 어떠한 오명이라도 달게 쓰겠습니다."

그리고 웨인이 병사들에게 계책을 전하는 모습을 로웰미나는 즐거운 듯 바라보고 있었다.

헤노이라는 부족은 원래 대륙 서쪽에서 흘러든 백성들이 모여 생긴 것이다. 하루하루 살아남는 게 고작인 그들의 역사는 종이 같은 것에 보존되지도 않고 구전 등에 의존하고 있기 때문에 대부분이 부정확하거나 누락되었거나 한다.

그래서 언제부터 에시오라는 부족과 험악한 관계가 되었는지는 헤노이의 누구 한 사람 알지 못했다. 에시오 측도 마찬가지이리라. 다만 에시오는 동쪽에서 흘러든 백성들로 구성되어 있었고, 그렇다면 대립하는 것도 당연하다는 인식만을 양자가 공통적으로 가지고 있었다.

그리고 이렇게 명확하게 대립하는 상대가 있으면 내부의 결속은 굳어지는 법이다.

"오오, 트레이스! 돌아왔냐!"

부족의 중심이 되는 마을에 얼굴을 내민 트레이스를 그들은 망설임 없이 환영했다.

"마침 잘됐어. 지금 우린 에시오 놈들과 전쟁을 하려고 하고 있거든."

"분명히 수도에서 군에 들어갔었지? 네가 있으면 든든해."

"안심해, 무기도 제대로 있어. 우리가 질 일은 없다고."

마을사람들이 잇따라 말을 거는 와중에 트레이스는 긴장한 얼굴로 말했다.

"모두 들어 줘. 지금은 그럴 때가 아니야."

그의 말과 그 심상치 않은 모습에 일동은 입을 다물었다.

"바로 근처에 왕국군이 온 건 알지? 나는 그 군대에 있었어."

술렁임이 주위에 퍼졌다.

그것은 곧바로 불신으로 바뀌었다. 그들 입장에서 조정을 위해 현지에 와 있는 왕국군은 거슬리는 제삼자다. 더구나 무기를 손에 넣은 그들은 일찍이 없을 정도로 세게 나가고 있었다.

"설마 우리를 배신하겠다는 거냐?"

"아니야, 그게 아냐!"

누군가가 한 말에 트레이스는 목소리를 높였다.

"나는 왕국군의 병사지만 헤노이 사람이라는 것을 잊은 적이 없어. 지금 왕국군을 이끄는 건 라클룸이라는 남자인데, 이 자가 말도 안 되는 작전을 세워서 급하게 모두에게 알리러 온 거야."

트레이스는 한 박자 쉰 다음 말했다.

"그자는 강의 둑을 파괴할 생각이야……!"

놀람과 당황이 잔물결처럼 퍼졌다.

둑이란 즉 제방이다. 새로 판 수로에서 수해가 발생하지 않도록 설치된 것이며, 당연히 이것이 파괴되면 부근 일대의 토지는 못쓰게 된다. 복구한다 해도 많은 시간과 인원이 필요하리라.

"어, 어떻게 된 거야! 왜 그런 짓을 하지?!"

당연한 물음이었다. 애초에 물길 공사가 왕가 주도로 이루어졌다는 것을 생각하면 도저히 이해할 수 없는 짓이다.

"파견된 왕국군의 임무는 이 땅을 진압하는 거야. 하지만 섭정을 맡고 계시는 왕태자 전하께선 최대한 유혈사태를 피하라고 말씀하셨어. 하지만 라클룸 그자는 문제를 빨리 정리하고 싶어 해. 그래서 둑을 파괴하고 그걸 우리 헤노이와 에시오 짓으로 만들어서 우리를 토벌할 대의명분을 얻으려는 거야……!"

일동이 말을 잃었다. 물론 모두가 트레이스의 말을 그대로 믿는 것은 아니다. 하지만 그들에게도 자신들이 왕국군을 애먹이고 있다는 자각은 있었다. 그래서 헤노이와 에시오의 토지를 둘러싼 분쟁을 근본부터 뒤집어 버리는 그 만행이 단순한 망언이라고는 누구 한 사람 단언할 수 없었다.

"어…… 어떡하지, 그렇게 되면."

"그, 그래, 그 왕태자 전하에게 알리면."

"멍청한 소리. 도중에 붙잡혀 실패할 게 뻔하고, 도착했다 해도 믿어 줄 리가 없어! 만약 믿어 준다 하더라도 도착할 때까지 시간이 너무 걸려!"

"시간……. 그래, 트레이스! 언제야! 언제 왕국군이 둑을 파괴할 작정이야?!"

트레이스는 얼굴에 불안을 내보이며 말했다.

"몰라. 모두에게 알리려고 서둘러 빠져나왔어. 다만 라클룸이 한시라도 빨리 사태를 해결하려 하고 있다면, 어쩌면―오늘밤에라도."

최악의 예상이 일동의 등골을 서늘하게 했다. 에시오와 장기간의 대립에 결착을 짓고 유역을 지배해 번영할 작정이었는데, 손에 넣으리라 여겼던 토지를 잃고 거기에 있지도 않은 죄를 뒤집어쓰고 왕국군에게 토벌당하는 미래로 바뀐다. 도저히 허용할 수 있는 일이 아니었다.

"어떡하면 좋지……! 이렇게 되다니!"

"지, 지금부터 에시오와 대화해서 화해하는 건 어때?!"

"웃기지 마! 이제 와서 그놈들과 화해 따윌 할 수 있겠냐!"

"그럼 달리 무슨 방법이 있는데!"

그때 트레이스가 다시 목소리를 높였다.

"진정해! 우리가 다투는 동안에도 왕국군이 움직이고 있을지도 모른다고!"

"그래, 우선은 왕국군이야!"

"둑을 파괴하려고 한다면 그걸 막아야 해!"

"싸울 수 있는 자를 모두 모아! 둑 근처에 진을 편다! 그리고 놈들과 싸우자!"

부족 인원들이 분주하게 움직이기 시작했다.

그 준비를 거들던 트레이스가 작게 안도의 한숨을 내쉰 것을 알아차린 자는 한 명도 없었다.

원래부터 에시오와 싸울 준비를 하고 있었던 만큼 헤노이는 곧바로 사람과 물자를 준비해 출발할 수 있었다.

인원수는 백 명 조금 미만. 전원이 무기를 손에 들고 있다. 그들이 향하는 곳은 트레이스가 가져온 정보로 판명된 둑 파괴 예정지점이다.

한시라도 빨리 현지에 도착해 왕국군을 맞아 싸울 준비를 갖춰야 한다. 그 생각이 자연스럽게 그들을 속보로 걷게 했다.

그러나 갑자기 그 발이 멈추었다.

"이, 이봐. 저기, 에시오 놈들이야!"

높다란 언덕 저편에서 나타난 것은 그들과 똑같이 무기를 든 백 명 정도의 집단이었다. 저쪽은 저쪽대로 이쪽을 발견하고 놀랐는지 발을 멈추고 상황을 살피고 있다.

"어, 어떡하지…… 싸울까?!"

행군에 참가하고 있던 트레이스가 무기를 든 손에 힘을 꽉 주는 그들을 향해 입을 열었다.

"기다려! 여기서 에시오와 싸우면 어떻게 왕국군을 막으려고?!"

"그래! 둑을 파괴하지 못하게 하는 게 먼저잖아!"

"······좋아, 다들 서둘러! 하지만 에시오가 우리에게 덤벼들면 맞서 싸운다! 경계를 게을리 하지 마라!"

대표 격인 남자의 지시에 따라 헤노이 부족은 둑을 향해 다시 걷기 시작했다.

그러자 에시오 부족도 헤노이와 거리를 유지하면서 둑 쪽을 향해 진군을 시작했다.

"뭐야 저놈들······. 설마 저놈들도 둑으로 가는 건가?"

"아마 그렇겠지. 저놈들도 안 거야, 왕국군이 둑을 노리고 있다는 걸."

그리고 두 부족은 예정되어 있던 지점에 도착했다. 다행히 아직 왕국군의 모습은 보이지 않았고 둑도 무사했다. 그러나 아직은 최악의 사태가 일어나기 전에 도착한 것에 지나지 않는다. 그들은 왕국군을 맞아 싸우기 위한 준비를 시작했다.

그것은 몹시도 기묘한 광경이었다. 대립하고 있던 두 부족이 서로에게 경계심을 품으면서도 같은 목적을 위해 행동하고 있는 것이다.

"······이러면 됐나."

이윽고 해가 저물기 시작했을 무렵, 두 부족은 간소하나마 방

어진 구축을 끝냈다.

"모두 지쳤겠지. 교대로 감시를 세우고 다른 사람은 쉬자."

"그래, 하지만 방심하지 않도록 해. 언제 왕국군이 공격할지 몰라."

예기치 못한 사태에 대한 그들의 지금까지의 행동은 점수를 짜게 매겨도 합격점이라고 말할 수 있으리라. 왕국군이 오면 결사의 전투를 벌이겠다는 각오가 그것을 뒷받침하고 있다는 것은 틀림없었다.

하지만 그들은 몰랐다.

언제 공격해올지도 모르는 적을 상대로 심신의 상태를 계속 유지하는 것이 얼마나 어려운지를.

"적이 안 오네……."

"그러네……. 제길, 올 테면 오라고……!"

"이봐, 지금 무슨 소리가 나지 않았어?"

"아까도 똑같은 소릴 했잖아. 기분 탓이야."

"너희 언제까지 떠들 거야. 이제 그만 자라……!"

경계를 게을리 하지 않는 것은 중요하지만, 너무 신경을 팽팽히 당기고 있으면 쓸데없이 부담이 되는 법이다. 게다가 훈련되지 않은 인간은 극도의 긴장감에 맞닥뜨리면 탈진하거나 잠들지 못하게 된다.

만족스럽게 수면을 취하지 못했을 때의 무거운 몸과 거칠어진 마음은 결코 얕볼 수 없는 법이다. 결국 해가 저문 뒤 새벽까지도 왕국군이 공격해 오는 일은 없었고, 그럼에도 그들 중 대부분은 한숨도 잘 수 없었다.

"……이봐 트레이스, 어떻게 된 거야!"

"왕국군이 여기를 노리는 거 아니었냐고!"

초조함에 트레이스를 향해 소리를 지르지만 어쩐지 힘이 없다. 옆의 에시오 부족도 마찬가지인 듯, 권태감이 떠도는 것이 옆에서 봐도 명백했다.

그도 그럴 것이다. 익숙지 않은 무기를 들고 한숨도 자지 못했다. 손은 잘게 떨리고 마음은 거칠어져, 그들은 일전도 치르지 않았는데 크게 피폐해지고 말았다.

"여기를 노리는 건 틀림없어. 언젠가 반드시 공격해 올 거야."

"그게 언제인지를 묻고 있――."

"이, 이봐 잠깐! 이 소리……."

그것은 말발굽이 땅을 차는 소리였다.

심지어 한둘이 아니다. 수십 마리의 말이 이쪽을 향해 오고 있다.

"왔어, 왔다고! 다들, 무기를 들어라!"

황급히 진형을 정돈하는 일행 앞에 왕국군이 유유히 모습을 드러냈다.

"저, 저것이……!"

일동은 숨을 삼켰다.

무구를 걸치고 일사불란하게 통제된 움직임을 보이는 왕국군은 마치 거대한 한 마리의 용 같았다. 같은 인간 집단이지만 제각기 움직이며 대열을 정비하는 것조차 원활하지 못한 헤노이 부족과는 천지차이였다.

"지금부터 저놈들과 싸우는 건가……."

떨리는 음성으로 누군가가 말했지만 실제로는 싸움조차 되지 않으리라. 헤노이 부족은 심신이 둘 다 피폐했고, 왕국군의 위용을 눈앞에 두고 사기는 땅에 떨어지고 말았다. 아직 아무도 도망치려 하지 않는 것이 이미 기적이고, 개전하면 그 기적은 함께 왕국군에게 짓밟혀 무너지리라.

그들이 그런 최악의 미래를 머릿속에 그리는 가운데, 도열한 왕국군에서 기병 한 명이 앞으로 나왔다.

"헤노이와 에시오에게 고한다! 우리는 나트라 왕국군이다! 이 땅에서 소란을 부리면 용서받지 못한다! 전원, 무기를 버리고 투항하라!"

기병의 항복 권고가 드높이 울려 퍼졌다.

만약 이것이 전날의 일이었다면 헤노이도 에시오도 반감을 드러내며 스스로를 다독였으리라. 그러나 지금의 그들에게는 강한 척할 여유조차 없었다.

하지만 그럼에도 그들은 이 자리에 계속 머물렀다. 둑을 파괴당하는 것이 얼마나 중대한 일인지 알고 있기 때문이다.

그렇기 때문에 기병의 다음 말에 모두가 마음이 흔들렸다.

"들어라! 전임 대장은 파면되고, 지금 우리 부대는 왕도에서 오신 왕태자 전하께서 직접 지휘하고 계시다! 전하께서는 투항한 자는 모두 살려주고 나아가 헤노이와 에시오 두 부족과 다시 이야기를 나누겠다고 말씀하셨다!"

술렁임이 헤노이뿐만 아니라 에시오에게도 퍼졌다.

"왕태자 전하가 지휘한다고……?"

"왕태자님은 분명, 마덴의 3만의 병사를 물리쳤다는 뛰어난 장군……."

"그래. 하지만 그 이상으로 타국 백성마저 품는 자애로운 분이라는 소문이야."

"나도 들은 적 있어……. 그럼 진짜인가? 무기를 버리면 우리와 이야기를 하겠다는 거."

그들 안에 희망과 갈등이 싹텄다.

만약 그들이 조금 더 냉정했다면, 어쩌면 지금의 상황이 부자연스럽다는 것을 깨달았을지도 모른다. 갑작스러운 동포의 귀환과 그가 가져온 둑 파괴 계획이라는 중요한 정보. 그것을 저지하기 위해 현장으로 향해 극도의 피로를 진 채 적군과 대치하고, 진퇴양난일 때 뻗어온 구원의 손길. 사건 전부를 한 발 떨어져 살펴볼 수 있는 자가 있다면 작위적인 부분이 뚜렷이 보였으리라.

하지만 그들이 그 사실을 알아차리는 일은 없었다. 알아차리지 못하도록 마음과 사고를 약화시키는 것까지가 모두 계획에 들어 있었기 때문이다.

"다시 말한다! 무기를 버리고 투항하라! 왕태자 전하는 쓸데없이 피를 흘리기를 바라지 않으신다!"

기병은 부채질하듯이 목소리를 계속 높인다.

그리고 헤노이의 한 사람이 무기를 땅에 떨어뜨렸다.

그것을 시작으로 주위 사람들도 잇따라 무기를 놓았고, 그 흐름은 에시오 쪽에도 전파되었다.

　마침내 모든 사람이 무기를 버리고, 새로운 수원을 둘러싼 분쟁은 한 방울의 피도 흘리지 않고 결착이 나게 되었다.

　"훌륭하다, 이 말 외에는 할 말이 없네요."

　웨인의 계획을 전부 파악하고 있던 로웰미나는 찬사를 아끼지 않았다.

　"있지도 않은 작전을 꾸며내고, 스파이를 보내고, 적군을 조종한다……. 말로 하면 단순하지만 성취하는 건 쉽지 않죠. 과연 웨인이네요."

　"마덴과의 전쟁에서 생긴 내 평판이 없었더라면 좀 더 애먹었을지도 모르지만 말이지."

　두 사람은 천막 안에 있었다. 밖에서는 왕국군과 투항한 부족들이 한창 식사 중이었다.

　부족민들에게까지 식사를 대접하는 것은 피폐해진 그들을 위로하기 위해서라는 명목이었지만 물론 웨인에게는 다른 의도가 있다.

　"심지어 이걸 기회로 대립하고 있던 부족을 융화시킬 작정이라니. 여전히 여러모로 생각하네요, 웨인."

　"그렇게라도 안 하면 꾸려 나갈 수가 없는 게 빈곤 국가의 괴로운 점이지."

그렇다. 설령 이번에는 원만하게 해결된다 해도 근본적으로 헤노이와 에시오의 대립 구조를 해소하지 않으면 또 똑같은 문제가 발생할 수 있다. 그래서 웨인은 두 부족을 하나로 합쳐 이 땅을 안정시킬 작정이었다.

"전하, 실례합니다!"

나타난 것은 라클룸과 헤노이와 에시오 부족에 보냈던 세 병사였다.

"부름을 받고 찾아뵈었습니다."

"그래, 모두 편하게 있거라. ……트레이스, 칼디아, 졸트. 위험한 임무를 잘 해냈다. 너희가 힘써 주어 오늘의 결과가 나올 수 있었다. 나중에 포상을 내리지."

""옛!""

왕태자에게 직접 찬사와 포상을 받다니, 일개 병사가 바랄 수 있는 중에서 최고위의 영예다. 웨인을 향해 깊이 경례하면서도 그들은 기쁨으로 얼굴이 풀어져 있었다.

"라클룸, 자네에게는 미안한 짓을 했군."

"다소 오명을 지는 편이 위엄도 서는 법입니다. 더구나 제가 지휘했다면 유혈사태를 면치 못했을 테고, 저를 향한 증오는 지금과 비교도 안 되었겠지요. 그렇게 생각하면 아무것도 아닙니다."

말은 그렇게 해도 결국 공적을 세울 기회를 옆에서 가로채인 것이다. 언젠가 보충해 줘야겠다고 생각하면서 웨인은 다시 세 사람에게 눈을 돌렸다.

"그런데 자네들, 분명 독신이었지?"

"예? 어, 뭐 저는 그렇습니다만……."

한 명이 당황하면서도 고개를 끄덕이자 나머지 두 명도 따랐다.

"애인이나 좋아하는 사람은 있나?"

모두 고개를 옆으로 저었지만 당혹감은 한층 짙어졌다.

그런 그들에게 웨인이 폭탄을 던졌다.

"그렇군, 그렇다면 이야기가 빠르지. ──자네들, 상대 부족의 처녀를 아내로 맞는 건 어떤가."

""예엣?!""

이구동성으로 당황하는 세 사람에게 웨인은 말을 이었다.

"나로서는 다시 이런 사태에 빠지지 않도록, 이번 일을 계기로 두 부족의 융화를 진행할 생각이다. 그러려면 친척관계가 되는 것이 빠르겠지. 자네들이 그 선구자가 되어 주길 바란다는 뜻이야."

"아니, 저어, 그게."

"동포를 위해 목숨을 걸 수 있다고 말했었지?"

웨인은 트레이스의 어깨에 손을 얹었다.

"그렇다면 인생의 무덤에 한 발 들이미는 정도는 쉽겠지."

놀람과, 당황과, 무엇보다 그것과 이것은 이야기가 다르다──는 감정이 세 사람의 얼굴에 떠올랐다.

웨인은 가볍게 웃으며 말했다.

"뭐, 무리하게 하라고 하지는 않겠다. 하지만 왕가에 남아 있는 기록에는 두 부족이 우호를 쌓았던 시기도 있었다더군. 서로 손을 잡을 리가 없다는 생각이 편견에 지나지 않는다는 것은 알아둬라——. 모두 물러가도 좋다."

웨인의 지시로 라클룸과 병사들은 천막에서 나갔다.

그 발소리가 멀어졌을 때, 사태를 지켜보고 있던 로웰미나가 입을 열었다.

"웨인, 두 부족 사이에 우호적인 시기가 있었다는 건 사실인가요?"

"물론이고말고. 내가 왕궁에 돌아가면 그런 자료가 분명히 나올 테지."

"과연……. 터무니없는 사기꾼이 다 있네요."

"위정자가 바보 같이 정직하기만 해서 나라가 풍요로워진다면, 혀 둘이나 셋쯤은 기쁘게 잘라 내겠지만 말이지."

쓴웃음을 지으며 웨인은 일어섰다.

"자, 이제부터 부족장들과 회담이 있다. 미안하지만 이건 타국 사람에게 보여줄 수 없어."

"충분히 즐겼으니 얌전히 있겠어요. 하지만 혼자는 쓸쓸하니까 빨리 돌아와 주세요."

"그럼 교섭이 잘되기를 빌어 줘."

웨인은 손을 흔들고 천막 밖으로 나갔다. 향하는 곳은 부족장들이 기다리는 장소——가 아니었다.

"기다리고 있었습니다."

조금 떨어진 장소에 설치된 천막에는 먼저 나갔던 라클룸이 있었다. 그리고 그의 등 뒤에는 무수한 무기 다발이 있었다.

"부족이 입수했던 무기입니다."

"수고했다."

이번 소동의 발단은 하천 공사지만 복잡하게 꼬인 원인은 이 무기다. 무기만 없었다면 처음에 파견했던 왕국군의 무력으로 해결되었을 것이다.

그러면 무기는 도대체 어디에서 온 것인가? 그것을 지금부터 조사할 예정인데, 그 정보는 중요하니 엄밀하게 관리할 필요가 있다. 로웰미나에게 거짓말을 해서 거리를 둔 것도 그런 이유였다.

"제가 보기에는 최근에 만들어진 듯합니다. 나트라제는 아닌 것 같습니다만……."

만약 외국의 물건이라면 그것이 어떻게 북방의 나트라에 흘러 들어 왔는지가 문제다. 이런 변경에서는 무기를 대량으로 팔려 해도 값이 후려쳐질 게 뻔하다.

반대로 말하면 값을 후려쳐서 팔아도 상관없을 정도로 무기가 남아도는 나라가 있다는 이야기도 된다. 그리고 대량의 무기를 마련한다는 것은 전쟁 준비일 가능성이 높다.

등등 라클룸이 머릿속으로 추리를 하고 있는데, 웨인이 씁쓸하게 말했다.

"……난감하군."

"전하……?"

생각지도 못한 주군의 모습에 라클룸은 동요했다. 하지만 그것도 한순간이었을 뿐, 웨인은 곧바로 마음을 추스르고 라클룸에게 말했다.

"라클룸, 종이와 펜을 준비해라. 니님에게 전할 말이 있다. 그리고 부대를 철수시킬 준비도 시작해라. 무기를 거둬들여 마음도 꺾었다. 당장은 무력이 없어도 대리관에게 교섭을 맡길 수 있다."

"예──옙!"

곧바로 응하는 라클룸을 곁눈으로 보며 웨인은 저쪽을 흘끗 보았다.

그곳에는 로웰미나가 기다리는 천막이 있었다.

"──잘도 한 방 먹여 줬군, 로웰미나."

로웰미나는 제국을 좋아한다.

여러 국가, 민족, 문화, 사상, 신앙이 뒤섞여 잡다하고 혼란한 제국을 아주 좋아한다.

그래서 제국에 한 몸 바치려고 생각했다. 제국을 떠받치겠다는 꿈을 꾸었다. 그래서 탐욕스럽게 배웠다. 그렇게 하면 보답받으리라 믿어 의심치 않았다.

유치한 꿈이 무너진 것은 어느 연회에서였다. 황제가 장남에게 정치에 관해 물었고, 장남은 대답하지 못했다. 황제의 기분이 나빠지고 자리의 분위기가 무거워졌을 때, 동석했던 로웰미나가 정답을 말했다.

　황제는 로웰미나를 칭찬했다. 주위의 가신들도 역시 황녀님이라며 그녀를 칭송했다. 장남은 얼굴이 새빨개져 수치스러워했지만 그녀는 신경 쓰지 않았다. 그녀에게 중요한 것은 한시라도 빨리 자신이 제국의 기둥이 되는 것이었다.

　그러나 그 날 이후로 그녀의 주위는 변했다. 정치에 관해 배웠던 시간은 시나 춤을 배우는 시간에 배정되고, 국정에 정통한 가신들도 멀어졌다. 게다가 출입을 허락받았던 조정의 자리에서도 내쫓겼으니 누군가의 의지가 작용하고 있다는 것은 명백했다.

　처음에는 자신이 수치를 주었던 장남이 한 짓인가 하고 생각했지만 그렇지 않았다. 모든 것은 황제가 지시한 일이었던 것이다.

　황제는 부친으로서 로웰미나를 사랑했다.

　그러나 그녀를 후계자로 대할 생각은 전혀 없었다.

　왜냐하면 로웰미나가 여자라서였기 때문이다. 제국은 신분을 묻지 않는 실력주의를 내건 나라지만 그럼에도 여자는 화려하게 치장하고 듣기 좋은 목소리를 내는 것이 제일이지 국정을 짊어지게 할 존재가 아니다──. 그것이 황제의 의사였다.

　그러나 로웰미나가 정말로 몸을 떨었던 것은 그 다음이었다.

　황제의 의지가 굳건하다고 본 로웰미나는 가신을 통해 공작을 하려 했다. 하지만 누구 한 사람 상대해 주는 자가 없었던 것이다.

그것은 황제의 심기를 거스르는 것이 두려워서──가 아니었다. 다소의 차이는 있어도, 가신들은 모두 황제와 마찬가지로 여인이 정사에 관여해서는 안 된다고 생각하고 있었다. 심지어 여인인 궁녀들조차도 '그것이 당연하다'고 생각하고 의심하지 않았다.

　그리고 무시무시하게도 그들에게는 악의가 없었다. 완전히 선의와 상식으로, 로웰미나가 총명하다는 것을 인정하면서도 그녀가 정치에 참견하는 불행이 생기지 않도록 그녀를 정치의 중심에서 떨어뜨린 것이다.

　그 충격을 말로 어떻게 표현하면 좋을까.

　한두 명이 아니다. 더 많은, 궁정은 물론이고 국내 대부분의 인간이 공유하고 있는 상식이라는 이름의 벽. 그 존재를 알게 된 로웰미나에게는 할 수 있는 일이 아무것도 없었다.

　그 후로 로웰미나는 궁전 깊숙이 틀어박히게 되었다.

　거기서 장서를 손에 들었다가, 어차피 뭘 배우든 무의미하다는 허무감이 들어 페이지를 넘기던 손을 멈추는 숨 막히는 나날을 보냈다. 주위에 마구 화풀이를 한 적도 있다. 왜 여자로 태어났는지 한탄한 적도. 하지만 시간만 흘러갈 뿐 아무것도 해결되지 않았고── 그런 여동생의 모습을 보다 못한 언니가 어느 날한 가지 제안을 했다. 기분전환을 위해 사관학교에 다니는 것이 어떻겠냐고.

　언니의 제안에 로웰미나는 고개를 끄덕였다. 그리고 언니와 의논해 장래에 시집갈 곳을 찾는다는 명목을 세웠다. 물론 황족의 혼인은 본인이 결정하는 것이 아니지만──── 황제도 사랑스러운 딸이 울적해하는 상황을 고려한 것이리라. 언니가 말을 거들어 준 것도 있어 승낙을 받았다.

입학할 때는 신분을 위장했다. 여러 가지로 이유를 붙였지만 실은 이렇게 생각했던 것이다. 자신이 로웰미나가 아니게 되면 이 숨 막히는 감정에서 벗어날 수 있을지도 모른다고.

그리고 로웰미나는──── 만났다.

"웨인, 마지막 그림이 도착했어."

스트랭이 방으로 운반해 온 것은 그림 한 장이었다. 저명한 예술가의 그림으로, 그 이름을 아는 사람이라면 무심결에 액자를 든 손이 떨릴 정도의 가치가 있다.

그런데도 스트랭과 웨인의 손놀림은 어딘가 거칠었다.

그도 그럴 것이, 그 그림들은 모두 위작이었기 때문이었다.

"좋은데? 상상 이상으로 완성도가 좋아."

"그래. 이미 완성된 위작도 포함해서 상당히 안목이 뛰어난 사람이 아니면 꿰뚫어 볼 수 없을 거야."

"그런데 잘도 모았네, 스트랭."

"화가들한텐 연줄이 있어서. 글렌, 그쪽은 어때?"

"저택으로 침입하는 경로와 만약의 경우의 도주경로는 준비됐어."

대답하는 글렌의 얼굴이 떨떠름하다.

"그런데 말이야, 진짜 할 거냐? 상대는 제국 귀족이라고?"

"어이, 이제 와서 뭐야, 글렌. 타깃인 귀족이 얼마나 영민들을 착취해 왔는지 너도 알잖아?"

"뭐 그건 알지만……."

"암살하자거나 뭐 그런 이야기가 아니잖아. 단지 그자가 부당하게 얻은 돈으로 불필요하게 모은 그림을 스트랭이 가져온 그림과 몰래 바꿔치기하는 것뿐이야. 아무도 다치지 않는다니까?"

"맞아, 글렌. 그리고 그림은 보는 눈이 없는 사람에게서 올바르게 가치를 이해할 수 있는 사람에게 넘어가고, 그 대금을 착취당해 온 영민들에게 나눠주는 거야. 완벽하게 정의로운 작전이지!"

"정의, 정의란 말이지……. 그렇군. 그렇게 말하니까 그런 것 같은 기분이 들기 시작했어!"

"으음, 여전히 쉽네, 이 녀석."

"그러네. 나쁜 친구에게 속아 넘어갈 것 같아서 걱정이야."

"둘 다 무슨 말 했어?"

""아니, 아무 말도.""

웨인과 스트랭이 이구동성으로 고개를 저었을 때 니님이 방에 얼굴을 내밀었다.

"거래가 결정됐어. 이제 입수한 그림을 서쪽으로 보낼 계획은 정리됐네."

"좋아. 그럼 슬슬 물건을 회수하러 갈까."

멤버들은 잇따라 방을 나갔다. 웨인도 그림을 들고 나가려다가 문득 뒤돌아보았다.

"왜 그래, 로와. 멍하니 있고."

말을 걸자, 방 끝에서 미동도 하지 않고 있던 로웰미나가 아주 약간 얼굴을 움직였다.

"……조금 관찰하고 있었던 것뿐이에요."

"관찰? 뭘?"

"당신이요."

웨인은 눈을 깜빡이고, 홋 하고 재수 없게 웃었다.

"드디어 내가 얼마나 멋진지 깨닫고 만 거군."

"아뇨, 그런 건 아니고요."

"아닌 건가."

"아니에요."

"두 번이나 말하냐……."

"아니에요."

"세 번까진 안 해도 되지 않아?!"

"꽤 괜찮다고 생각하는데 말이야." 하고 자기 얼굴을 손으로 문지르는 웨인을 보면서 로웰미나는 무거운 한숨과 함께 말했다.

"뭐라고 할까, 웨인은 아무런 고민도 없어 보여서 부럽다고 생각했어요."

"뭐야, 시비야? 혹시 아까부터 시비 거는 거야?"

"그게 아니라, 진심으로 하는 말이에요. ──나는 당신이 부러워요."

울적하게 말하는 로웰미나를 보고 웨인은 "그런가." 하고 작게 끄덕이고,

"그럼, 그런 줄로 알게."

"기다려요."

로웰미나는 발길을 돌리는 웨인의 목덜미를 붙들었다.

"보통 이럴 때는 내 고민을 물어봐야 하잖아요."

"아니, 나는 이렇게 절대로 귀찮을 것 같은 안건에는 오기로라도 안 엮일 거야……!"

"귀족의 그림을 몰래 훔치자는 대담한 계획을 세우면서, 뭐 이런 그릇이 작은 소리를……."

"이것 보라고, 알겠어? 로와. 나는 자기가 특별하다고 생각하고 있는 바보의 얼굴을 힘껏 때려주고 '꼴 좋다아아아아아아아아아!' 하고 웃기 위해서라면 적당히 힘낼 수 있지만, 한창 나이 여자아이의 고민 상담을 듣는 것처럼 나까지 곤란해질 듯한 일은 어떻게 해서라도 사양하는 남자야!"

"가슴을 펴고 할 말이 아니잖아요!"

"자신의 행동에 한 점 부끄럼이 없다면, 사람은 자연히 등줄기를 펴게 되는 법이야."

웨인은 그렇게 말하고 연극적인 동작으로 머리를 쓸어 올렸지만 로웰미나의 손은 한사코 목덜미에서 떨어지지 않았다. 웨인은 별수 없이 말을 이었다.

"……아니, 그런 건 니님한테 하라고 니님한테. 여자끼리니

©Falmaro

까 그게 낫잖아."

"니님은 안 돼요. 웨인이 아니면."

"왜."

"아무튼요."

잠시 동안 두 사람은 시선을 부딪쳤다.

이윽고 꺾인 것은 웨인 쪽이었다.

"아 진짜, 알았어. 그럼 말해 봐. 적당히 맞장구 정도는 쳐 줄게."

"……고민은 저희 집 일이에요."

"왔구만~! 성가신 안건 제1위, 가정 사정~!"

농담으로 돌리는 듯한 말에 로웰미나는 무심코 그를 노려봤지만 웨인은 아무렇지도 않게 말했다.

"어차피 그거지? 너는 좀 더 큰일을 하고 싶은데 부모 형제가 여자로서의 역할 말고는 허락해 주지 않아서 짜증이 난다, 뭐 그런 거지?"

로웰미나는 가슴이 철렁했다.

"어, 어떻게……."

설마 황녀인 걸 들켰나 하고 생각했지만 이어지는 웨인의 말은 그렇지는 않았다.

"학교 성적도 상위권. 상대가 남자라도 기죽지 않고 자신이 대등하다고 주장하는 듯한 평소의 태도. 그 밖에도 여러 가지 있지만, 그런 부분을 합쳐 보면 무난하게 예상이 가잖아, 그런 건."

무난하게 예상할 리가 없다. 예전부터 느끼고는 있었지만 통찰력이 보통이 아니다.

"그래서, 어떻게 할지 물을 생각이라면 나는 진지한 대답과 농담 섞인 대답을 준비해 놨어. 어느 쪽이 좋아?"

"진지한 쪽이요."

로웰미나는 망설이지 않았다.

"그렇다면." 하고 웨인은 말했다.

"전쟁을 일으켜."

"……네?"

전혀 예상하지 못했던 대답에 로웰미나는 눈을 깜빡였다.

그런 반응은 예상하고 있었으리라. 웨인은 말을 이었다.

"알겠어? 로와가 지금 직면한 것은 집안 문제가 아니야. 제국 —— 아니, 대륙이 오랫동안 쌓아 온 남존여비 사상과 문화야. 그 무게와 두께가 어느 정도인지는 나도 상상이 안 돼."

"하지만." 하고 웨인은 말했다.

"그건 어디까지나 사람이 만든, 사람을 위한 산물이야. 언어나 예절처럼 인간을 상대로 할 때밖에 통하지 않는 국소적인 법칙 중 하나에 지나지 않아."

"……그런 식으로 생각한 적은 한 번도 없었어요."

웨인의 발언은 이해할 수 있다. 생명이 늙는 것이나 물건을 던지면 떨어진다는 것이 절대적인 법칙이라고 한다면, 확실히 사람이 정한 사상과 문화는 국소적인 법칙에 지나지 않는다. 나라의 형편, 사람의 형편에 따라 변하는 것이고 실제로 변해 온 역사가 있다.

'그렇다고 해도, 어떻게 자기 손으로 바꾸면 된다고 생각할 수 있는 거죠……?'

로웰미나는 웨인의 정체를 알고 있다. 고도의 교육을 받았다는 것도. 하지만 그것은 로웰미나도 동등한 조건이다. 그런데도 그녀는 웨인처럼 뚜렷하게 결론을 내릴 수가 없었다.

로웰미나한테 문제가 있는 건 아니다. 대부분의 인간이 로웰미나와 같은 가치관을 가지고 있다. 이것을 당연한 듯이 부정할 수 있는 웨인이 이상한 것이다.

"과거에 인간은 손으로 음식을 먹었지만 지금은 나이프와 포크를 쓰는 것이 상식이 되었어. 왜냐? 옛날에 누군가가 그렇게 하는 방식을 퍼뜨리고, 사람들이 받아들이고, 문화로 정착되었기 때문이야. 그 결과 손으로 먹는 사상과 문화는 멸망했어. 남존여비도 똑같이 말할 수 있지."

"……바꿀 수 있다고요? 사람의 손으로?"

웨인은 망설임 없이 고개를 끄덕였다.

"원래 사상과 문화에 선악은 없어. 있는 것은 그저 강약뿐이야. 약한 사람이 지는 것처럼, 약한 나라가 멸망하는 것처럼, 약한 사상과 문화도 도태돼. 그러니까 로와, 네가 지금 사회에 만연한 사상에 '아니다'라고 말하고 싶다면 자신의 사상을 강하게 만들어서 전쟁을 벌일 수밖에 없어."

"강하게 만들라……고 말해도, 어떻게 하면."

"사상의 강함은 공유하는 사람의 숫자에 의존해. 똑같이 불만을 가지고 있는 사람을 찾아서 동료로 삼아. 언어화해서 보급에 힘써. 감정론을 휘둘러서 민중의 공감을 사고, 언변을 구사해서 식자를 구슬려."

웨인의 대답에는 막힘이 없었고, 그래서 로웰미나는 전율을 금치 못했다. 정말로 이자는 자신과 같은 나이인 것일까. 유구한 시간을 살아온 현자가 아닐까 하는 생각마저 들었다.

"그리고 사상의 싸움에서 승리란 정의가 되는 것이야. 지금 올바르다고 일컬어지는 사상이 얼마나 강대하고, 제멋대로 다른 사상을 짓밟아 없애려 하는지 로와 스스로도 알고 있겠지? 그럴 수 있는 건 그 사상이 정의라서야. 짓밟혀 없어지지 않기 위해서는 자신의 사상을 정의의 자리에 놓을 수밖에 없어."

"……무모한 말을 하네요, 당신은."

지금 로웰미나의 솔직한 마음은 웨인의 말을 곱씹어 정리하는 걸로도 벅차서 어떻게 실행에 옮길지까지는 도저히 생각이 미치지 않았다. 하지만 그래도 그가 말하는 일이 쉽지 않은 길이라는 것은 이해할 수 있었다.

"경우에 따라서는 죽음에 이르겠지요. 웨인이 말한 방법을 쓰면요."

"하지만 하지 않으면 지금의 사회에 굴하게 돼. 그건 즉 영혼의 죽음이야. 그렇게 생각하면 마음이 편해지지? 육체가 죽을지 영혼이 죽을지, 좋은 쪽을 선택하면 되는 거야."

"전혀 마음 편하지 않아요……."

로웰미나는 탄식하며 고개를 저었다. 웨인이 하는 말은 엉망진창이다. 실현 불가능하다고 단언할 순 없지만 현실적이지는 않다.

하지만 그렇게 생각하는 한편으로, 그녀는 어쩐지 마음이 가벼워진 것을 느꼈다.

설령 현실적이지 않아도 벽에 도전하기 위한 길은 있다. 그 사실을 안 것만으로도 로웰미나에게는 커다란 변화가 생긴 것이다.

"……있잖아요, 웨인."

나온 목소리는 자신도 놀랄 정도로 부드럽고, 그리고 기대에 차 있었다.

"만약 내가 싸움을 선택하면…… 협력해 줄래요?"

"엥, 싫은데."

로웰미나는 웨인의 정강이를 걷어찼다.

"아야! 무슨 짓이야!"

"보통! 여기선! 고개를 끄덕여야죠!"

"바보 같은 소리 마! 나는 나대로 할 일이 있다고!"

"할 일이 뭔데요?!"

"여러 가지로 있다고, 여러 가지로! ……뭐 사실 꽤나 귀찮은 일이라서 도중에 튈 가능성이 더 높지만."

"그럼 지금 당장 포기하고 나에게 협력해 줘요!"

"너 아까부터 말도 안 되는 소리만 하고 있잖아?!"

"그건 당신도 마찬가지잖아요!"

두 사람은 크게 떠들면서 잠시 동안 말다툼을 했다.

그리고 시간이 지나 서로 머리가 식었을 때 로웰미나는 크게 한숨을 내쉬었다.

"──확실히 웨인 말대로 이건 내 문제였어요. 내가 어떻게든 하는 게 당연하겠죠."

생각해 보면 조언을 받았는데 도움까지 요구하다니 너무 뻔뻔하다.

하물며 자신이 알고 있다는 건 모르지만 웨인은 나트라의 왕태자. 그의 입장을 생각하면 부탁할 수 있을 리가 없다. 로웰미나는 멍청한 소리를 하고 말았다고 반성했다.

"고마워요, 웨인. 당신 덕분에 방침이 보이기 시작했어요. 나도 여러 가지로 생각해 볼까 해요."

"그거 잘됐군. 나도 응원 정도는 할게."

깊게 인사하는 로웰미나에게 웨인이 그렇게 대답했을 때, 방밖에서 니님의 목소리가 들렸다.

"웨인! 로와! 뭐 하고 있어, 이제 준비 다 됐어!"

"엇, 이야기에 열중해 버렸군."

"그러네요. 가요, 웨인."

두 사람은 나란히 방에서 복도로 나왔다.

그리고 잠시 동안 걸어갔을 때의 일이었다. 웨인이 주저하듯이 목소리를 냈다.

"아── 뭐, 저기, 로와."

"뭔가요?"

"필요하다고 생각하면, 우리를 멋대로 휘말리게 하면 되지 않을까."

로웰미나는 무심코 발을 멈추었다. 웨인은 아무 일도 없었다는 듯이 계속 걸어간다. 로웰미나는 황급히 뛰어 다가갔다.

"……휘말려 주겠다고요?"

희미한 기대를 품고 로웰미나는 물었다.

"아니, 나는 온 힘을 다해서 회피할 거야."

기대는 '이 자식이?' 하는 감정으로 바뀌었다.

하지만 이어지는 웨인의 말에 로웰미나는 그의 진의를 파악했다.

"그러니까 너도 온 힘을 다해서 휘말리게 만들라고. 그래서 내가 도망치지 못하면──뭐, 조금은 협력하게 될지도 모르지."

"…………."

이번에는 로웰미나도 발을 멈추지 않았다.

웨인 옆에서 나란히 걸으며 그녀는 잔뜩 뜸을 들인 후 작게 말했다.

"웨인은 이상한 사람이네요."

"로와한테만큼은 그런 말 듣고 싶지 않은데."

"그럼 저도 이상한 사람이라고 치죠."

로웰미나는 작게 웃었다. 그에 따르듯 웨인도 웃음을 띠었다.

그리고 두 사람은 나란히 걸어 동료들에게 향했다.

◆ ◇ ◆

"음."

얼굴에 닿는 햇살의 감촉에 로웰미나는 감고 있던 눈을 떴다.

"안녕히 주무셨습니까, 로웰미나 전하."

인사한 사람은 피시였다. 나트라에 도착한 뒤로 아침에는 피시가 로웰미나를 깨워 주고 있다.

로웰미나가 자고 있던 장소는 배정받은 왕궁 침실이었다. 부족 다툼을 정리한 후 로웰미나는 웨인과 함께 빠르게 왕궁으로 돌아왔다.

"좋은 아침이에요, 피시…… 후암."

"잘 주무셨는지요?"

"네, 그리운 꿈을 꿨어요."

"말씀하시는 모습을 보니 좋은 꿈이었던 듯하네요."

"그렇죠……. 저에겐 아주 소중한 기억이에요."

하기야 그렇게 생각하는 것은 자신뿐이리라.

그 후 귀족 저택에 숨어들고 나서 예상 밖의 일이 두 개 세 개 겹쳐서 와글와글 대소동이 벌어졌던 것이다. 사전에 나누었던 잡담 따위는 틀림없이 웨인의 머릿속에서 날아가 버렸을 것이다.

"피시, 오늘은 특별한 일정은 없지요?"

가볍게 기지개를 켜면서 확인을 위해 묻는다. 나트라에 도착한 후로 연일 회식과 각 지역 방문, 게다가 전장에 따라가기까지 했지만 오늘은 아무것도 없었을 터이다.

그러나 돌아온 대답은 기억과 달랐다.

"그 일 말씀입니다만, 섭정 전하께서 함께 차를 마시자고 초대하셨습니다."

"웨인 왕자에게서 말인가요."

그 이름을 의식하자마자 아직 잠들어 있던 뇌가 움직이기 시작한다.

"어떻게 하시겠습니까?"

"기쁘게 참석하겠다고 전해 줘요."

"알겠습니다."

다른 사람도 아니고 웨인이다. 실수로라도 그냥 잡담을 하기 위해 초대했을 리는 없다.

질리지도 않고 날 떠볼 생각인가. 아니면 다른 의도가 있는 것인가.

'뭐가 됐든 받아 주겠어요.'

로웰미나는 대담한 미소를 짓고 침대에서 일어났다.

그 날의 나트라 왕국은 이 계절치고는 드물게도 하늘이 맑게 개어 온화한 햇볕이 내리쬐고 있었다.

열린 창문으로 불어오는 바람도 평소에는 도저히 맞고 있을 수 없지만 오늘만큼은 햇볕과 차의 온기와 함께하니 기분 좋게 느껴졌다.

"이 나라에 와서 놀랄 일이 많이 있었는데, 나트라의 홍차 맛도 바로 그중 하나네요."

로웰미나는 자리에 앉아 백자 찻잔에 따라진 홍차를 느긋하게 음미했다.

"풍미가 풍부하고, 탁하지 않은 투명한 홍색도 훌륭해요. 이거라면 제국에서도 수요가 있을 텐데 왜 유통하지 않는 건가요?"

"원료인 찻잎이 산악지대에서밖에 나지 않아서 말이야."

대답하는 사람은 그녀의 맞은편 자리에 앉은 웨인이었다.

"여러 가지로 시험해 보고는 있지만 좀처럼 생산량이 가늠이 되지 않아. 덕분에 거의 국내에서만 소비하고 있지."

"그건 참으로 아깝네요."

"마음에 들었다면 선물로 가져갈래?"

"부탁할게요."

로웰미나는 미소 짓고 홍차를 마신다. 만약 이 자리에 예술가나 예술 지망생이 있었다면 그 완벽하게 아름다운 광경에 무심코 붓을 들었으리라. 하지만 이 방에는 그녀 외에는 웨인밖에 없었고, 유감스럽게도 웨인은 그런 종류의 인간이 아니었다.

"곧 귀국하네, 로와."

"네, 아주 의미 깊었어요."

제국 사절단이 도착한 지 곧 2주가 경과하려 하고 있었다. 웨인의 말대로 귀환 날짜가 얼마 남지 않았다.

"애석하게도, 오늘까지 웨인의 입에서 제국 찬탈에 협력하겠다는 확언을 끌어내지 못했네요."

"핫핫하."

웨인은 크게 웃고──깊숙이 찔렸다.

"말은 잘하네. 애초부터 그럴 생각도 없었던 주제에."

그 자리에 잠시 동안 침묵이 생겨났다.

그 찰나에 로웰미나가 드러낸 것은 곤혹한 얼굴이었다.

"이상한 말을 하네요."

그녀는 딱 보기에도 동요하고 있었다.

마치 갑자기 기억에도 없는 혐의를 받은 것과 같은 동요였다.

"그것 외에 뭘 위해서 여기 왔다는 거죠? 당신들과 옛정을 다지기 위해? 아니면 그냥 관광? 아니면 나트라가 빼앗은 금광산 확인인가요?"

"아니지. 커다란 리스크를 지면서까지 로와가 나트라에 온 이유는 하나야."

웨인은 꿰뚫어 보는 듯한 시선을 보냈다.

"──모든 것은, 제국을 구하기 위해. 그렇지? 로웰미나 어스월드."

로웰미나의 표정에서 동요가 사라졌다. 그리고 그녀는 키득하고 웃었다.

"과연 웨인……이라고 하고 싶지만, 역시 모르겠네요. 왜 내가 나트라에 오는 게 제국을 구하는 것과 연결되는 거죠?"

장난스럽게 묻는 로웰미나를 보고 웨인은 씁쓸한 표정이 되었다.

"솔직히 털어놓을 생각은 없다는 말이군."

"좋아." 하고 웨인은 말을 이었다.

"그럼 대놓고 말해 주지. 아마도 겨울이 끝나고 봄 즈음, 제국에 정복당한 과거의 연합국을 중심으로 일제 봉기가 발발할 거야. 너는 그걸 저지하러 온 거야."

"…………그것참."

로웰미나는 우아하게 홍차를 한 모금 마셨다.

"어떤 경위를 거쳐서 그 결론에 도달했는지 들어 볼까요?"

"헤노이와 에시오 부족이 쓰던 무기를 봤을 때 감이 왔어. 그건 대륙 서쪽에서 만들어진 것이고, 그것이 왜 나트라에 흘러들어 왔느냐고 하면 동쪽으로 가는 경유지점이기 때문이야. ──즉 그 무기는 내란에 대비해 제국에서 모으고 있는 것들 중 일부란 뜻이지."

"……영광된 제국이 서쪽의 무기를 쓰는 것은 유쾌한 이야기가 아니지요. 하지만 그렇게 이상한 일도 아니겠죠. 제국에서 만들어지는 무기는 일급품이지만 그것을 세 파벌이 서로 가지려고 다투면 숫자가 부족해져요. 고육지책으로 서쪽의 무기에 손을 대는 것은 자연스러운 일이 아닌가요?"

"이 정도까지 평등하게 분배되지 않는다면, 말이지."

웨인은 책상 위에 서류를 내던졌다.

"내 군사들을 총동원해서 조사했어. 각지에 모인 무기의 양이야. 어찌된 영문인지 세 황자로 이루어진 세 파벌에 균등하게 분배되어 있더군."

로웰미나는 서류를 들고 작게 신음했다.

"단기간에 이만큼이나 조사하다니…… 역시 나트라의 첩보망은 얕볼 수 없네요."

웨인은 말을 이었다.

"그 밖에 점령지의 동향도 조사했어. 연고, 공갈, 영달…… 표면적으로는 다양한 이유로 세 황자에게 따로따로 붙어서 결과적으로 파벌의 힘이 길항하고 있는 것처럼 보여. 하지만 무기의 흐름을 포함해서 보면 명백해. 이 상황에는 틀림없이 어떤 의도가 있어."

"……."

"파벌의 힘을 동등하게 만들고 내란의 불안감을 부채질한다. 다음으로 내란에 대비한다는 명목으로 대량의 무기를 점령지에 전달한다. 그리고 기회를 보아 동시에 각지에서 반란을 일으켜 단숨에 제국을 격파한다. 그런 시나리오가 지금 대륙 동부에서 움직이고 있어. 그렇지? 로와."

웨인의 말은 설득력이 있고 생생한 힘이 깃들어 있었다. 보통 사람이라면 그 열기에 이끌려 고개를 끄덕이고 말았을지도 모르는 음성이었다.

그러나 로웰미나는 그것을 쳐냈다.

"아직 부족하네요. 당신의 가설을 인정한다 하더라도, 그러면 왜 내가 여기에 있을까요? 내가 알고 있었다면 오라버니들에게 경고하면 되잖아요?"

"했겠지. 하지만 상대해 주지 않았다── 아니, 상대는 해 줬지만 방치하기를 택한 건가. 이만한 계획을 완전히 은폐하기는 어려워. 나라면 위장한 정보를 일부러 흘려서 상대를 방심시킬 거야. 아마도 세 황자에게는 반란 계획은 들어갔지만 규모는 실제보다 상당히 작게 예측하고 있을 거야. 그리고 황자들은 이 반란을 사전에 저지하는 것이 아니라 다른 두 파벌을 쳐낼 기회로 삼자── 그렇게 생각했겠지."

웨인은 코웃음을 쳤다.

"이것도 정확히는, 그렇게 생각하도록 주위로부터 유도당했겠지만 말이지. 든든하던 황제가 병사하고, 뒤를 잇는 것은 시원치 못한 황자들. 차라리 지금부터 서쪽과 내통해서──라고 생각하는 가신도 틀림없이 있겠지."

여기서 무엇보다 로와의 입장이 사무친다. 아무리 능력주의를 표방하는 제국이라도 역시 정치를 주도하는 것은 다수가 남성이고, 여성이 들어갈 여지는 거의 없다. 그리고 로와 스스로도 정치적인 공적을 가지고 있지 못하다.

그런 로와가 아무리 오라버니들에게 제국의 위기를 호소해도 주위의 간신들 때문에 쉽게 깨지고 마는 것이다.

"그리고 황자들에게 기대할 수 없다는 걸 깨달은 너는 도박을 걸었어. 그건 반란을 계획하고 있는 세력 중 하나를 미리 결기시켜 황자들의 위기의식을 불러일으키고 동시에 반란의 확실한 증거를 잡는다는 수였어. 그 무대로 선택된 것이──."

"나트라와 나트라에 인접한 가이런 주── 그곳을 본거지로 하는 앤트가델 후작이에요."

로웰미나는 감탄의 한숨과 시선을 웨인에게 보냈다.

"훌륭해요, 웨인. ……역시, 당신은 도달했군요."

"칭찬을 받아 영광이다, 이렇게 말하면 되는 건가?"

"상으로 키스해 줄게요."

"사양해 둘게."

"그건 유감이네요."라며 로웰미나는 어깨를 으쓱하고는 천천히 말하기 시작했다.

"대략 당신이 말한 대로예요. 세 파벌의 길항에 위화감이 들어 피시에게 협력을 받아서 조사해 계획을 알아차린 것이 여름 무렵이었어요. 하지만 오라버니들을 설득하지 못했고, 그렇다고 자력으로 해결할 수도 없는 나는 스스로를 미끼로 삼아 계획 진행을 방해하자는 생각을 떠올린 거예요."

"로와가 가진 황위계승권 말이군."

로웰미나는 고개를 끄덕였다.

"서쪽 나라들은 제국을 멸망시킨 후 동쪽으로 진출할 작정이겠지만, 반란을 일으키려 하는 구 연합국가에는 또 다른 속셈이 있어요. 그자들은 자국의 독립과 영달을 바라고 있지만 서쪽을 위협으로 생각하고도 있지요. 그래서 제국을 쓰러뜨리고 독립을 쟁취한 후에 서쪽의 간섭을 물리치기 위해서도 제국의 힘을 매끄럽게 흡수할 필요가 있는 거예요."

"반란이 성공하면 황자들은 틀림없이 모두 살해당할 거야. 이미 국내의 귀족과 결혼한 제1황녀도 처형 대상이겠지. 그렇다면 남은 것은 막내이자 독신인 제2황녀. 그자를 확보하면 제국의 유산을 흡수하기 쉽고…… 그뿐 아니라 자기 나라가 제2의 제국이라고 나서는 것도 불가능하지 않아."

"그럼, 그런 내가 제대로 호위도 없이 궁정 밖으로 나가면?"

"다소 무리가 있더라도 노리겠지."

'터무니없는 여자라니까' 하고 웨인은 생각했다.

논리는 알겠다. 달리 수단이 없으니 그렇게 할 수밖에 없었으리라.

하지만 그렇다 해도 과감히 결단을 내리지 못하는 것이 인간의 본성이고, 그렇기에 이런 외줄타기를 실행한 그녀의 담력이 보통이 아니라는 것을 안다.

"어디가 가장 나에게 달려들어 줄지 생각하고 또 생각해서 앤트가덜 후작으로 결정했어요. 여기도 반란 계획에 가담하고 있는 모양이지만 옛날에 연합을 배신한 과거 때문에 입장이 안 좋은 듯해서요. 나라는 장기짝은 무슨 일이 있어도 가지고 싶겠지요."

그리고 로웰미나는 생긋 웃었다.

"이 타이밍에 웨인이 비를 찾고 있다는 이야기가 들어온 건 정말 운이 좋았죠. 덕분에 인근의 앤트가덜 후작의 손이 닿는 위치에 나를 둘 수 있었으니까요."

본격적인 겨울이 되기 전에 나트라를 방문한 것은 앤트가덜 후작의 군대가 자신을 확보하려 움직일 여지를 만들기 위해서였다.

더구나 확보한 후에 한겨울이 되면 제국군이 움직이기 힘들어져서 봄의 일제 봉기까지 버틸 수 있다──고 앤트가덜 후작이 생각하게 만드는 효과도 내다본 것임에 틀림없다. 체재 기간을 길게 잡은 것은 후작이 군대를 일으키기 위한 시간을 벌기 위해서이리라.

　로웰미나는 태연하게 말하고 있지만 무서울 정도로 깊게 짜인 계획이었다.

　그렇기 때문에 웨인에게는 한 가지 이해할 수 없는 점이 있었다.

　"……내가 너를 앤트가덜 후작에게 순순히 넘기겠다고 하면 어쩔 작정이었지?"

　"십중팔구 그러지는 않을 거라고 생각했어요. 그리고 실제로 나트라에 오고 나서 절대로 그러지 않을 거라 확신했고요."

　"왜지?"

　"니님이요."

　예상 밖의 대답에 웨인은 약간 허를 찔린 모습이 되었다.

　그런 웨인을 향해 로웰미나는 옛일을 떠올리며 말했다.

　"학생 시절, 니님이 다른 생도와 결투를 한 적이 있었죠?"

　"……그게 왜?"

　"주위에서는 플람인이라고 모욕당한 게 이유라고 생각했지만, 평소의 조용하고 냉정한 니님을 아는 사람이 보면 아무래도 어색하죠. 그럼 왜 그렇게 했을까? ——그건, 자기 손으로 해결함으로써 당신이 나서지 않도록 하기 위해서 아니었나요?"

　"……."

　웨인은 대답하지 않았다.

　그러나 웨인이 내뿜는 무언의 압력이 무엇보다도 확실하게 이야기하고 있었다.

"당신과 니님 사이에는 특별한 유대감이 있죠. 그건 무엇보다도 우선되는 거라고 나는 봤어요. 나를 넘겨주면 계획이 성취되고 서쪽의 영향력이 비대해질 거예요. 특히 동서의 경계에 있는 나트라는 서쪽의 간섭에서 벗어나지 못하겠죠. ──그러니 당신은 그렇게 하지 않아요. 플람인이 노예로 취급당하는 서쪽에 만큼은, 당신은 결코 가담하지 않아요."

"……내 곁에 변함없이 니님이 있어서 아주 기쁘다, 고 했던가."

웨인은 탄식과 함께 머리를 쓸어 올렸다.

"묘한 표현이라고 생각했더니 과연, 그런 의미였나."

"물론 친구로서 솔직한 마음도 포함되어 있었어요."

"아무튼." 하고 로웰미나는 말했다.

"내 비밀은 이걸로 끝이에요. 나를 손에 넣기 위해 이제 곧 앤트가덜 후작이 군을 일으켜 나트라를 공격하겠지요. 그걸 웨인에게 막게 해서, 나는 제국을 구할 거예요."

로웰미나를 넘겨줄 수 없는 이상 앤트가덜 후작의 군대와 부딪치는 것은 피할 수 없다. 사절단 내방은 공식 행사로 모두에게 알려져 있다. 모르쇠로 일관할 수도 없다.

"……실망했나요? 친구라고 하면서 제국을 위해 당신들을 이용하는 나에게요."

혹시 청각에 자신 있는 사람이라면 알아차렸을까. 그 질문을 하는 로웰미나의 목소리에 희미한 떨림이 깃들어 있다는 것을.

어느 쪽이든 웨인의 대답은 하나였다.

"설마. 그래야 내가 아는 로와 펠비스지."

웨인은 씨익 웃었다.

"하지만 앤트가덜 군이 과연 정말로 쳐들어올까?"

로웰미나의 눈썹이 치켜 올라갔다.

"……과연. 그쪽도 손을 써 두었나요."

생각해 보면 지금 두 사람은 이렇게 여유롭게 문답을 하고 있다. 이미 대책을 세워 놓았다고 생각하는 편이 자연스럽다.

'하지만 시간적으로 그렇게 여유가 없었을 텐데…….'

이러한 사실도 부족 다툼을 정리한 후에 알아차렸을 터. 그때부터 오늘까지의 얼마 안 되는 시간에 취할 수 있는 수단은 뻔하다.

그리고 실제로 웨인의 수는 실로 안이했다.

"뭐, 대단한 일을 하지는 않았어. 앤트가덜 후작에게 편지를 좀 보냈을 뿐이지."

"편지……?"

"그래, 우리 나라에 체재하고 있는 어느 고귀한 분이 나트라를 떠나신 후에 앤트가덜 후작의 저택으로 향하실 거라는 편지를 말이야."

로웰미나의 얼굴에 놀람과 당황이 떠올랐다.

"……그게 뭐예요, 그 정도로……."

"그 정도라서 좋은 거야. 조잡하고, 대충이고, 그래서 쉽게 쓸 수 있지. 써 버리는 거야. 나트라에 쳐들어오는 건 로와가 있기 때문이지만, 그 로와가 수고를 들이지 않고 손안으로 들어온다면 굳이 싸울 필요가 없다──고 말이야. 특히 앤트가딜 후작은 보다 편한 쪽으로 가고 싶어 하는 남자지.”

“…….”

“내가 서쪽에 간섭받고 싶지 않다는 건 맞아. 하지만 그러기 위해 앤트가딜과 전쟁할 마음은 없어. 미안하지만 반란 저지는 다른 방법으로 해 줘야겠어.”

웨인의 말을 들으며 로웰미나는 맹렬하게 머리를 돌렸다.

이 타이밍에 결기시키지 않으면 계획은 파탄이 난다. 그렇다고 해서 아니라는 편지를 보내도 해결되지는 않을 것이다. 자신이 여기 있는 것은 공식 행사의 일환이다. 사절단이 귀국할 날은 바로 근처이니 아마 지금부터 편지를 보내도 닿기 전에 출발하고 말 것이다.

자신이 나트라로 향하던 시점에서 상당히 무리한 주장을 했다는 사실도 컸다. 여기서 체재 연장을 요구해도 사절단 대부분이 반대하리라. 그렇게 되면 강행하기는 어렵다.

──그러나.

“과연, 그런 수법으로 막히다니 상상도 못 했어요. 정말 놀랐어요. ──정말로 막혔다면 말이지만요.”

그리고 그 가능성은 결코 높지 않다고 로웰미나는 생각했다.

로웰미나는 웨인이 선대 앤트가딜 후작을 조사하는 김에 그 아들인 현 앤트가딜 후작에 관해서도 조사했다는 것을 모른다. 그러나 만약 알고 있었어도 마찬가지로 가능성은 낮다고 생각했으리라.

로웰미나는 자신이 있었다. 자신의 계획이 더 잘 통할 거라는 자신이.

"지금 당장 그 문으로 니님이 황급히 나타나서 적군 습격을 고해도 놀랍지 않아요."

하지만 자신을 가지는 데는 웨인도 뒤지지 않는다.

"아니, 그럴 일은 없어."

웨인은 소리 높여 말했다.

"내기해도 좋아. 앤트가딜 군은 절대 움직이지 않아!"

다음 순간, 쾅 소리를 내며 호쾌하게 문이 열렸다.

"―――전하!"

황급히 나타난 니님은 웨인과 로웰미나 앞에 무릎을 꿇었다.

"환담 중에 송구합니다. 급히 전해야 하는 일이 있어……!"

아연실색한 웨인에게 로웰미나가 승리의 미소를 보냈다.

"으음, 뭐더라. 분명히 그래…… 내기해도 좋아, 라고 했죠?"

"……아니, 아니아니아니 잠깐잠깐잠깐, 뭔가 오류가 있어서."

"포기가 늦네요, 웨인. 하지만 뭐, 내깃값을 받는 건 나중으로 해 줄게요. 지금은 우선해야 할 일이 따로 있으니까요."

로웰미나는 니님에게 시선을 돌렸다.

"그래서 니님, 앤트가딜 군은 지금 어디 있죠? 나도 관계없지 않으니 들을 권리는 있겠지요?"

당연한 질문에 니님은 눈을 깜빡였다.

"――아니요, 그런 군대 목격 정보는 들어오지 않았습니다."

"“엥?”"

"두 전하께 전해야 하는 일은 완전히 다른 건입니다."

"“에엥?”"

니님은 한 번 숨을 쉬고.

"앤트가덜 후작의 영식, 게라르트 앤트가덜 경이 바로 지금 왕궁에 도착하셨습니다!"

"“에에엥————?”"

웨인과 로웰미나는 나란히 경악의 소리를 질렀다.

　당대의 앤트가덜 후작, 그리너헤 앤트가덜에게 어스월드 제국 후작이라는 지위는 몹시도 바라던 바가 아니었다.

　'어리석은 아버지였어……. 교활하게 처신했을 뿐, 왕으로서의 긍지를 잊고 왕위를 버리다니.'

　애초에 자신은 원래 앤트가덜 왕가의 직계이며 언젠가는 앤트가덜 왕이 되었을 사람이다. 그런데 선대 앤트가덜 왕이라는 자가 제국에 복종한 탓에 후작가 따위의 굴욕적인 지위로 밀려나고 만 것이다.

　'제국에 속해서 뭘 얻었지? 국토의 절반을 빼앗기고 연합국에게는 배신자라 적시당하고, 제국 귀족에게는 신참이라 얕보이고, 이름뿐인 작위를 받았을 뿐 제국 정치에는 관여하지 못하고 있다.'

　모든 것은 아버지가 뿌린 씨앗이다. 그 뒷수습을 어이없게도 자신이 떠맡은 것이다. 본래 앤트가덜 왕이 되었을 터인 자신이.

　'그대로 연합에 속해서 제국을 멸망시켰다면 내 대에서 앤트가덜은 새로운 비약을 이루었을 것을.'

라는 것이 그리너혜가 평소에 품고 있는 지론이었다.

——자고로 부모 마음은 자식에게 전해지지 않는 법이다.

앤트가덜 왕은 꿰뚫어 보았다. 제 자식의 재능이 왕의 책무를 다하기에는 도저히 미치지 못한다는 것을.

제국이 무너지고 동대륙이 군웅할거 시대에 들어가면 반드시 제 자식 대에서 나라가 멸망하리라는 것을.

실제로 영지가 왕국 시절의 절반 정도가 됐으나 그리너혜는 그 관리를 만족스럽게 해내질 못했다. 영지는 황폐해지고 인심은 떠나가기만 했다.

그래서 앤트가덜 왕은 연합을 배신하고 제국에 붙었다. 앤트가덜 왕국을 끝내고 대륙 역사에 오명을 남기는 것을 각오했다. 모든 것은 제 자식을 살리기 위한 결단이었다.

그리고 제국의 가신이 된 후 제국 정치와 거리를 두고 있는 것도 앤트가덜 왕의 공작이었다. 마굴과도 같은 궁정에 제 자식이 머리를 들이밀면 곧바로 잡아먹히리라는 것을 알고 있었기에 접근하지 않아도 되도록 조처한 것이다.

그러나 그리너혜는 알아차리지 못했다. 거기서 알아차릴 만한 인간이었다면 앤트가덜 왕도 그런 결단을 내리지 않았을 테니 당연하다면 당연하지만.

그런 그리너혜에게 기회가 돌아온 것이 올해 여름의 일이었다.

"후작 각하께서 솔깃해 하실 이야기가 있습니다…….."

가신의 소개로 대면한 그 남자는 오울이라 이름을 대고, 처음에는 상인이라고 말했다. 그러나 몇 번이나 만나는 사이에 자신의 정체를 망국의 일족이라 밝히고 구 연합국의 제국에 대항한 일제 봉기 계획이 진행되고 있다고 말했다.

그리너헤는 두말 않고 뛰어들었다. 이제 앤트가덜 왕국을 부활시킬 수 있다. 그렇게 하면 모든 것이 잘될 것이다. 자신의 시대가 올 것이라고 그는 진심으로 확신했다.

그리고 오울에게 유도당해 황자의 한 파벌에 지지를 표명하고 내란 대비라는 명목으로 무기를 모으기 시작했다.

쇠락했다고는 하나 가이런 주에서 앤트가덜 후작가의 영향력은 건재했다. 무기도 병사도 잇따라 모여들었다. 일은 순조롭게―― 진행되는 듯이 보였지만 여기서 그리너헤의 나쁜 버릇이 튀어나왔다.

'――정말 잘될까.'

애초에 그는 선대에게서 용모와 야심을 이어받는 과정에서 용기와 기지를 빠뜨렸다고 칭해지는 남자다. 지금은 선대에 대한 비판을 감추려 들지 않지만 생전에는 단 한 번도 얼굴을 맞대고 이의를 제기하지 못했던 소심꾼이다. 이런 거창한 계획에 가담하고서 태연할 수 있는 그릇을 가진 자가 아니었다.

불안에 빠진 그리너헤는 오울에게 몇 번이나 계획의 상세 내용과 성공 확률을 요구했다. 그렇게 해서 안심하려 했지만 오울은 극비라며 그 요구를 회피했다. 그러자 그리너헤는 더욱 불안해져 불신감을 품었다.

뭔가 보험이 필요하다. 만약의 경우에 몸을 지키기 위한 카드

가. 그리너헤가 그렇게 생각하게 된 것은 당연한 귀결이며, 그렇기에 로웰미나 황녀가 인접국 나트라로 외유를 나간다는 소식은 바라지도 않았던 동아줄이었다.

황녀는 황위계승권을 가졌으면서도 수행원은 극히 소수다. 나트라는 바로 얼마 전 마덴과 전쟁을 하여 지친 상태다. 황녀를 손에 넣었을 무렵에는 한겨울이 되니 제국은 눈에 막혀 이쪽으로 진군할 수 없다. 그리고 봄이 되면 일제 봉기가 시작된다.

마치 신이 그리하라고 속삭이는 듯이 완벽하게 준비되어 있다. 원래 반란에 대비하고 있었던 만큼 병사는 금세 준비할 수 있었다. 남은 것은 그리너헤의 호령으로 나트라로 진군을 개시하는 것뿐.

그러나 그때 그리너헤의 움직임은 멈추었다.

그의 손에는 나트라에서 도착한 편지가 있었다.

앤트가덜 후작저의 한 방에서 그리너헤는 찌푸린 얼굴을 감추려 하지도 않고 대면한 상대를 노려보고 있었다.

"이것이 이전부터 후작 각하께서 소망하셨던, 계획에 참가하고 있는 분들의 명부입니다……."

책상을 사이에 두고 공손히 머리를 숙이는 자는 지금은 익히 아는 사이가 된 오울이다. 그러나 그것이 본명인지 아닌지는 그리너헤가 알 바가 아니고 또 관심도 없었다. 중요한 것은 이 남자가 봉기 계획의 창구라는 것이다.

"보시면 아시리라 생각합니다만, 이름을 올리신 것은 후작 각하가 머리를 나란히 하실 만한 분들뿐입니다. 이것을 각하께 드리는 것은 오로지 각하의 재능과 지혜를 신뢰하기 때문입니다. 계획의 성취에는 모든 분들이 보조를 맞추는 것이 무엇보다 중요하니, 부디 경거망동은 삼가 주시기를……."

"네놈이 말하지 않아도 알고 있다!"

오울이 내민 서류로 책상을 두드리며 그리너헤는 목소리를 높였다.

오울의 말대로 계획의 참가자 정보는 이전부터 그리너헤가 요구했던 것이다. 그러나 지금까지 오울은 그것을 보여 줄 생각이 없었다.

사정이 달라진 것은 그리너헤가 병사를 준비하기 시작하고부터였다. 그 목적이 나트라에 있는 로웰미나 황녀라는 것을 깨달은 오울은 당연히 당황했다. 그리너헤는 성공을 확신하고 있지만 오울 입장에서는 성패에 관계없이 봉기계획 실패의 위험성을 높이는 행위일 뿐인 것이다.

그래서 자중을 요구하기 위해 기분을 맞추려고 명부를 기록한 서류를 내민 것인데, 아무리 그리너헤라도 이 노골적인 대접에는 화를 낼 수밖에 없었다.

하물며, 지금의 그에게는 이런 것을 신경 쓸 때가 아닌 사정이 있었다.

"이제 됐다, 물러가라! 병사는 영내에 멈춰 두겠다!"

"……옛."

오울은 뒷모습에서 불복한 기색을 내비치며 방을 나갔다.

그러나 그리너헤는 그 무례를 바로 잊었다. 그뿐 아니라 그렇게나 원했던 계획에 관한 서류도 대강 훑어보고는 내던져 버렸다.

대신 그가 집어든 것은 편지 한 통이었다.

무엇을 숨기랴, 인접국 나트라의 왕태자가 보낸 서신이다.

내용은 간소했다. 나트라에 체재하고 있는 어느 고귀한 분이 앤트가딜 후작저로 내방하기를 소망하고 계시다──는 것이다.

'설마 이런 편지가 오다니…….'

이 고귀한 분이 로웰미나 황녀라는 것은 생각할 것까지도 없다.

그러나 의문이 있다. 어째서 로웰미나 황녀가 앤트가딜을 방문하기를 원하는가. 그리고 어째서 나트라의 왕태자를 경유해 그 연락을 하는 것인가이다.

이유는 명확하게 기재되어 있지 않았다. 그러나 구멍이 뚫릴 정도로 편지를 노려보자 문면 곳곳에 이 건은 로웰미나 황녀의 독자적 판단이며, 내밀하게 다뤄 주었으면 한다는 의도가 풍기는 것을 알 수 있었다.

'다시 말해, 로웰미나 황녀는 황자 파벌에게 행동이 알려지는 것을 꺼린 것이다.'

그렇게 생각하면 납득할 수 있다. 로웰미나 황녀 주위는 황자 파벌의 인간들로 득시글거린다. 대놓고 편지 같은 것을 보내면 내용은 눈 깜짝할 사이에 검열당하리라. 그래서 나트라 왕태자를 경유한 것이다.

다만, 어디까지나 편지 내용이 진짜일 경우의 이야기다.

'로웰미나 황녀가 이곳을 방문할 이유가 전혀 없거늘…….'

아무리해도 그 점을 알 수 없어서 그리너헤는 편지를 완전히 믿지 못하고 있었다.

만약 그리너헤가 좀 더 혁신적인 사고방식을 가진 인물이었다면 로웰미나가 황위를 위해 세 파벌을 제치고 파벌을 강화하려 하고 있다고 착각해서 납득했을지도 모른다. 그러나 남존여비 사상이 굳어진 그의 뇌에서 그런 발상은 꿈에도 떠오르지 않았다.

그리너헤로서는 편지를 믿고 싶었다. 이것이 옳다면 군을 보낼 필요도 없이 로웰미나 황녀가 스스로 제 손 안으로 들어오는 것이다. 실로 천운이다. 왕으로 금의환향하라고 운명이 재촉하고 있는 것만 같다.

그러나 동시에 역시 상황이 너무 좋은 것 아닌가 하는 생각도 스친다. 어떻게 할까──.

이렇게 고민하던 것이, 며칠 전의 일이었다.

이 고민은 예상 밖의 형태로 해결되었다.

원인은 우연히 제도 쪽에서 돌아온 아들 게라르트의 존재였다.

게라르트 앤트가덜은 제국에서 방탕아의 대명사 같은 존재다.

정치는 물론이고 무예나 교양에도 전혀 흥미를 보이지 않고, 온종일 주색에만 정신이 팔려 있을 뿐이었다. 그러다 사건을 일으킨 적도 한두 번이 아니고 그때마다 후작가의 지위를 이용해서 억지로 해결하는 인간이었다.

그 점은 그리너헤도 불쾌하게 생각하고 있었다. 어떻게 자신에게서 저런 돼먹지 못한 아들이 태어났는지 진지하게 고민할 정도였지만—— 뭐, 아들은 아들이다. 평판이 나빠도 소중한 후계자이니 언젠가 태도를 고쳐먹으리라고 낙관하고 있었다.

그 아들이 로웰미나 황녀에게 열을 올리고 있다는 이야기도 들었다. 연회에서도 다른 귀족들과 험악한 분위기가 되었을 때 로웰미나 황녀가 중재해 줬고, 그 이후로 몇 번이나 선물과 편지를 보냈다고 한다.

그리고 게라르트는 편지의 내용을 알자마자 이렇게 말했다.

"마침내 내 마음이 통한 거다! 황녀 전하는 나와 만나기를 바라고 계신 것이 틀림없어!"

게다가 게라르트는 지금까지의 구애에 대한 대답이 신통치 못했던 것은 다른 황자들이 앤트가덜과 황녀의 접근을 위험시했기 때문이 분명하다고 주장하고, "미래의 부인을 한시라도 **빨리 내 품에 맞아들여야 한다!**"고 말하고는 말릴 새도 없이 뛰쳐나가고 말았다.

아무리 그리너헤라도 아들의 이 폭주에는 어처구니가 없었다.

그러나 시간이 지남에 따라 '만약 그렇다면?'이라는 감정이 솟아나기 시작했다.

게라르트와 로웰미나 황녀의 혼담이 성립되면 앤트가딜은 제국 황족의 일원이 될 수 있다. 그뿐 아니라 언젠가 황제 자체가 일족에서 탄생할지도 모른다.

　그리너혜는 자기 능력에 자신이 있었다. 하지만 만약 봉기가 성공해서 제국이 멸망해 군웅할거 시대가 된 후에 제국만큼 판도를 넓힐 수 있느냐고 묻는다면 치솟았던 콧대도 납작해진다.

　'적어도 게라르트가 진위를 확인할 때까지 기다릴 가치는 있다.'

　로웰미나 황녀를 나트라에서 빼앗은 뒤 봉기 계획에 가담해 제국을 멸망시킬 것인가.

　로웰미나 황녀와 게라르트를 결혼시켜 제국의 황족이 될 것인가.

　그리너혜의 마음속에서 저울이 흔들리고 있었다.

　그 저울 자체가 두 사람의 책략으로 만들어진 허구라는 것도 모른 채.

　그리너혜의 저택은 가이런 주의 살뤼드라는 커다란 항구도시의 중심에 있다.

　원래 앤트가딜 왕가의 별장 중 하나였지만, 제국에 복종할 때 왕궁을 비워 주게 되어 대신 이 저택을 새로 후작가의 본거지로 만든 역사가 있었다.

평소에는 어업이 왕성하고 활기가 있는 곳이지만 현재 이 도시에는 그리너헤가 모은 병사들이 가득 있어, 그들이 여기저기서 소동을 일으키고 있었다.

영주인 그리너헤에게 도시 사람들의 진정이 들어오고 있었지만 그리너헤는 아무래도 좋다는 듯 상대하지 않았다. 그 결과 병사들은 더욱 통제를 잃었고, 행패를 두려워한 주민들은 숨을 죽이고 집에 틀어박히게 되었다.

그 꼴을 곁눈질하며 저택에서 나온 오울은 때때로 뒤를 경계하면서 골목길을 걸어가 이윽고 작은 가옥의 문 앞에서 발을 멈추었다.

그리고 문을 두 번, 한 박자를 쉬고 세 번 두드린다. 그러자 소리도 없이 문이 열리고 오울은 미끄러지듯 안으로 들어갔다.

가옥 안에는 남자들이 몇 명 있었다. 복장은 시민을 가장하고 있지만 언동에서는 위험한 분위기가 풍긴다.

"대장님, 그리너헤의 기색은 어땠습니까?"

"어리석다는 건 그놈을 위해 존재하는 말이야."

오울은 혀를 차며 남자들을 둘러보았다. 대장이라는 호칭대로 오울은 여기 있는 자들을 통솔하는 지위에 있었다. 그리너헤는 자기 발밑에 오울의 수하들이 몰래 모여 있다는 사실은 알지도 못했다.

그들의 목적은 제국을 멸망시키는 것이다. 그리너헤에게 말한 대로 그것에는 거짓이 없다.

그러나 그 이외의 부분도 진실이라고 단정할 수는 없다. 예를 들면── 출신 등.

"게라르트 쪽은 어떻게 됐지?"

"종자로 위장시켜 들여보낸 자에게서 이제 곧 나트라에 들어 간다는 연락이 왔습니다."

"막을 수는 없을 것 같군……. 왕태자와 황녀의 조사는 진척 이 있나?"

부하 한 명이 고개를 저었다.

"신통치 않습니다. 왕태자도 황녀도 주위로는 좀처럼 파고들 수가 없어서……."

"어디의 바보 놈들과는 완전히 다르군."

오울은 초조함을 감추려 하지도 않고 내뱉고는 다시 일동을 둘러보았다.

"아무튼 게라르트와 왕태자와 황녀, 셋의 움직임을 주시해 라. 제국 타도 계획을 이루기 위해서는 아주 작은 빈틈도 놓쳐 서는 안 된다."

""옛!""

지시를 받은 부하들이 신속하게 움직이기 시작했다.

그것을 지켜보며 오울은 시선을 서쪽으로── 나트라로 향했 다.

'젠장, 이렇게나 예상을 벗어난 전개가 될 줄이야…….'

황녀의 갑작스러운 나트라 방문. 그로 인해 순조로웠던 흐름 에 변화가 생겼다. 그리고 지금 그리너헤의 아들인 게라르트까 지 그 속에 뛰어들려 하고 있었다.

과연 지금 나트라에서 무슨 일이 일어나려 하는 것일까. 오울은 그것에 관해 이리저리 생각할 수밖에 없었다.

◆ ◇ ◆

"귀하가 나트라의 왕태자인가."

웨인이 왕궁 현관홀에 도착하자마자 목소리가 들렸다.

십수 명이나 되는 수행원을 거느린 남자는 20대 후반 정도일까.

굶주림과는 연이 없을 포동포동한 체형. 아마 고생이라는 것을 경험해 본 적이 없을 매끈한 얼굴. 몸에 걸친 의복은 최고급 옷감으로, 화려한 장식품이 자리가 부족할 만큼 잔뜩 장식되어 있다.

말하자면 사치를 부렸다──기 보다도 사치로 빚어낸 듯한 인간이었다.

"이렇게 대면하는 것은 처음이군, 웨인 왕자. 내가 그리너혜 앤트가덜의 아들 게라르트 앤트가덜이오."

"······이런, 잘 와 주셨습니다. 게라르트 경."

웨인은 억양 없는 음성으로 대답했다.

"예전부터 제국의 중신인 앤트가덜 후작가와 친분을 쌓고 싶다고 생각하고 있었기에, 경과 이렇게 만나게 되어 기쁘게 생각합니다. ──그나저나 갑작스러운 일에 다소 놀랐습니다. 어떤 용건으로 여기에 오셨는지요?"

그러자 게라르트는 기세등등하게 말했다.

"물론 내가 사랑하는 한 떨기 꽃, 로웰미나 황녀를 마중하기 위해서요."

'이 자식 제정신이냐아아아아아아아아아아아?!'

웨인은 무심결에 머릿속으로 딴지를 걸었다.

말할 필요도 없지만, 여기는 나트라 왕국의 왕궁이다. 국가 운영의 중추이며 웨인을 필두로 한 요인들도 다수 일하고 있기 때문에 항상 엄중하게 경비가 이루어지고 있다.

원래라면 관계없는 인간이 쉽게 들어올 수 있는 장소가 아니다. 물론 때로는 타국 사람을 초대하는 일도 있지만, 그럴 때도 사전에 면밀하게 조정한 후에 진행한다.

다시 말해 타국의 귀족이 수하를 줄줄이 매달고 약속도 없이 들이닥치는 것은, 무례한 것을 넘어 제정신인지를 의심할 짓이다.

'심지어 로와를 마중하러 왔다니 너 인마⋯⋯!'

니님에게서 이 게라르트가 로웰미나를 연모하고 있다는 것은 들었다.

틀림없이 앤트가델 후작에게 보낸 그 편지를 우연히 영지에 돌아왔던 게라르트가 읽고 만 것이리라. 그리고 연심을 주체 못해 이렇게 들이닥치기에 이르렀다고 보면 될까.

들이닥쳤다는 점에서는 로웰미나도 똑같지만 저쪽은 어디까지나 구실이 있었고 게다가 사전 조정도 마쳤다. 이쪽의 폭주와는 비교할 것이 못 된다.

'그리고 나를 얕보는 건 딱히 상관없지만, 최소한 좀 아닌 척이라도 하라고!'

아까부터 게라르트의 태도에는 웨인을 왕태자로서 공경하는 기색이 없었다.

아마도 자신이 웨인과 대등, 혹은 더 높다고 생각하고 있으리라. 앤트가덜 왕국이 제국에 복종하지 않고 독립을 유지하고 있었다면 그는 웨인과 같은 왕태자이니 그 마음은 모르는 것도 아니다.

그러나 그걸 이렇게 훤히 드러내면 곤란하다. 웨인을 주군으로 존경하고 있는 주위 사람들에게 모범이 되지 않는다.

"과연, 사정은 알겠습니다."

아무튼 자리를 바꾸자고 웨인은 결정했다. 하는 김에 주위의 불만이 가시도록, 게라르트가 조금은 자중하도록 아주 약간 독을 섞었다.

"예로부터 사랑은 사람을 맹목적으로 만든다 하는데—— 아무래도 그 이치로부터는 게라르트 경도 벗어나지 못했던 모양입니다."

"음, 그 말대로요."

'지금 비꼰 거거든요오오오오! 좀 알아들으라고오오오오오오!'

웨인의 바람은 개의치도 않고 게라르트는 말을 이었다.

"그래서, 나를 애타게 기다리시는 황녀는 어디에?"

'아무도 안 기다리는데' 하는 생각을 억누르며 웨인은 말했다.

"그리 초조해할 것 없습니다, 게라르트 경. 여성의 준비에는 시간이 걸리는 법이지요. 하물며 경과 같은 남성을 만난다면 머리카락 한 올일지라도 타협할 수 없겠지요. 여기서는 대범하게 처신하는 것이 남자의 도량이 아닐런지요?"

"……확실히 왕자의 말이 맞소. 나도 다소 마음이 급했던 모양이오."

'다소' 정도가 아니지만 그걸 지적할 수도 없다.

"방을 준비해 두었으니 먼저 거기서 쉬시는 것이 좋겠지요. 밤에는 두 분을 위해 연회를 열겠습니다."

"그럼 말씀 감사히 받겠소."

게라르트는 제 세상인 양 수행원들을 이끌고 궁정 안쪽으로 안내받았다.

그 뒷모습을 지켜본 후 웨인은 피로를 내비치며 중얼거렸다.

"자 그럼── 니님."

"예. 이쪽으로."

니님은 웨인을 가까운 방으로 안내했다. 방에는 아무도 없이 단둘뿐이다.

거기서 웨인은 작게 숨을 내쉬고,

"왜 온 거야 게라르트ㅇㅇㅇㅇㅇㅇㅇㅇㅇㅇㅇㅇㅇ!"

소리쳤다.

"오냐?! 보통 오냐고?! 여기 옆 나라 왕궁이거든?! 초대도 안 받았잖아?!"

웨인은 아우성치며 옆의 니님을 보았다.

"이봐, 니님도 그렇게 생각……하…….."

그러나 동의를 구하던 목소리는 꼬리를 흐리며 사라졌다.

그곳에 일찍이 없었을 만큼 기분이 안 좋은 니님이 있었기 때문이다.

"저기, 니님 양……?"

조금 전까지의 분노가 순식간에 날아가 버린 웨인이 쭈뼛쭈뼛 말을 걸자, 니님은 내뱉듯이 말했다.

"……게라르트 그 자식, 계속 웨인을 깔보고 있었지."

"아, 아아. 뭐 제국 후작가의 후계자인걸. 그 정도는 뭐."

"괜찮지 않아."

니님의 목소리에는 토를 달지 못하게 하는 위압감이 있었다.

"하나도 괜찮지 않아."

"……."

여기서 말을 실수하면 저 불쾌함이 자기한테까지 찔러 들어온다. 그렇게 확신한 웨인은 신중하게 말했다.

"그래, 괜찮지 않아. 하지만 그것 때문에 니님이 화내면 안 돼."

"내가 누구에게 어떻게 화내든 지적당할 이유는 없어."

"있고말고. 너는 내 심장이야. 그 마음을 저런 놈이 차지하는 건 내가 용서 못해."

그 논리에는 아무리 니님이라도 한 방 먹은 얼굴이 되었다.

웨인은 생겨난 빈틈을 놓치지 않고 얼른 말했다.

"게다가 화는 대체로 일을 실패하게 만드는 원인이 돼. 이왕이면 즐거운 생각을 하자고."

"……즐거운 생각이라니?"

웨인은 몇 초 정도 생각하고는,

"나에 관한 거라든가?"

농담처럼 말했지만, 니님은 몹시 진지한 얼굴이 되어 작게 말했다.

"……그렇게 할게."

"어, 으응."

웨인은 니님의 노기가 사라지는 것을 느꼈다. 납득해 준 것 같다.

웨인은 내심 안도하면서 근처의 의자에 앉았다.

그러자 몹시도 자연스럽게 그의 무릎 위에 니님이 앉았다.

"……니님 양?"

"신경 쓰지 마."

완전히 억지다. 하지만 니님은 그 억지를 밀어붙일 작정인 듯했다.

"군대가 온 게 아니라서 다행이야. 솔직히 이번만큼은 시간에 못 맞출 거라고 생각했어."

웨인이 로웰미나의 의도를 간파한 것은 부족 간 항쟁을 진정시켰을 때였다. 그 후에 편지를 보냈지만 편지가 닿는 것보다 빨리 출병했더라면 막을 수 없었으리라.

"저쪽이 직전까지 출병을 결단하지 않았던 게 다행이었어."

아무 일도 없었다는 듯이 이야기를 계속하는 니님을 보고 웨

©Falmaro

인은 그녀를 무릎에서 비키게 하기를 포기하고 대화에 응하기로 했다.

"……아니, 그 부분은 직전까지 고민하리라고 예상하고 있었어. 그걸 포함해도 아슬아슬하다고 생각은 했지만."

"그 앤트가덜 왕에 관한 연구 덕분에?"

"그런 거지."

웨인은 고개를 끄덕였다.

"그러너혜 앤트가덜은 결단에서 도망치고 책임에서 도망치면서 자신을 구해 줄 정답이 내려오기를 막연하게 기대하는 인간이야. 대륙의 운명을 좌우할 선택을 앞두고 즉단 즉결할 그릇이 못 돼. ……그런 놈을 구하기 위해 제국에 몸을 팔았으니, 앤트가덜 왕도 참 무모한 짓을 했지."

거의 희극 같은 이야기다. 적자인 그러너혜가 부친의 심정을 돌이켜보지 않는데, 옆 나라 왕태자가 그 마음을 오롯이 이해하고 있다니.

그러나 그런 웨인의 의식조차도 그러너혜의 아들인 게라르트에게까지는 이르지 못했다.

"그래서 웨인, 이제 어떡할 거야? 난 저걸 한시라도 빨리 내쫓고 싶은데."

"그러면 이번에야말로 군대가 쳐들어올 거야. 그러니 안 돼. ……내가 해야 할 일 중 하나는 지금쯤 방에서 엄청나게 고민하고 있을 로와를 방해하는 일이겠지."

니님의 입으로 게라르트의 내방을 보고받은 후, 로웰미나는 피시와 함께 방으로 돌아갔다. 자신의 계획이 파탄 났기에 수정할 수밖에 없어진 것이다.

"로와의 목적은 우리 나트라와 앤트가덜을 부딪치게 하는 거지. 그렇다면 이후에 열릴 연회를 망치려고 할까?"

"아니, 제국 중추에 뒷배가 없는 로와가 앤트가덜을 탄핵하려면, 앤트가덜이 자신을 유괴하려 했던 반역자라는 구도나 그에 가까운 것이 필요해. 우리 나트라와 앤트가덜이 그냥 싸우기만 해서는 안 되는 거야."

"그럼 어떻게 나올 것 같아?"

그러자 웨인은 메마른 웃음을 지었다.

"아마도, 로와가 할 선택은──."

"게라르트 앤트가덜을 농락하겠어요."

방에서 피시와 마주 보던 로웰미나는 조용하게 선언했다.

"그리고 나와의 혼인을 미끼로 봉기 계획의 전모를 증거와 함께 증언하게 하지요."

"예…… 그런데, 괜찮으시겠습니까?"

"전혀 괜찮지 않아요."

한숨을 내쉬며 로웰미나는 말을 이었다.

"게라르트가 나를 연모한다는 건 알고 있었지만 나트라 왕궁에까지 들이닥치다니 완전히 예상 밖이에요. 승부에 뒤처진 이상 지금까지의 계획에 집착했다간 더욱 나쁜 상황을 초래하겠죠."

"그자의 폭주는 섭정 전하가 보내셨다는 편지가 원인인 것으로 생각됩니다만, 그쪽 언급은 안 하시는 겁니까?"

"웨인의 생각대로 된 건 부아가 치밀지만, 변명하며 발뺌할 준비는 해 두었겠죠. 지금은 냐두겠어요. 나트라를 악역으로 만들어 봤자 나에게 이점은 없으니까요."

대륙 동부에서 준동하고 있는 일제 봉기 계획 저지. 이것이 로웰미나가 최우선해야 할 일이다. 무슨 일이 있어도 그 점은 흔들리지 않는다.

"그리고 이후의 연회에서 웨인도 게라르트와 나를 이으려고 움직이겠죠."

"섭정 전하와 협조하시겠다는 말씀이십니까?"

"네. 그 점에서는 저와 웨인의 이해가 일치하니까요."

"하지만." 하고 로와는 말을 이었다.

"그 뒤에는 이야기가 달라요. 나는 게라르트를 한편으로 만들어서 그를 선동할 거예요. 그리고——."

"로와의 계획에는 그다음이 있어."

웨인의 말에 니님은 작게 고개를 갸웃했다.

"일제 봉기 저지——의 다음이라는 뜻이야?"

"그래. 로와는 말이야, 진심으로 노리고 있어. ——황제위를."

니님은 놀라기보다 먼저 당황한 얼굴을 했다.

로웰미나가 애국자라는 것은 알고 있다. 그래서 자신을 미끼로 삼아 제국을 궁지에서 구하려 하는 것도 이해할 수 있다. 그러나 본인이 황제가 될 수 있느냐고 하면 이야기가 다르다.

"아무리 그래도 현실은 어려울 것 같은데."

"그래서 이번 건이 있는 거야."

"잘 들어." 하고 서두를 꺼내며 웨인이 말을 이었다.

"로와의 원래 계획은 자신을 미끼로 삼아서 앤트가딜에게 우리 나트라를 공격하게 하고, 앤트가딜을 악역으로 만드는 거였어. 그리고 앤트가딜 후작을 끌고 가서 봉기 계획을 털어놓게 해 백지화할 생각이었는데── 이때 외부에서 보면 마치 나트라가 로와에게 붙은 것처럼 보이겠지?"

이번에야말로 니님의 얼굴에 놀람이 스쳤다.

실제로는 떨어져 내리는 불씨를 쳐 낸 것뿐이지만 웨인의 말대로 나트라가 로웰미나를 따르는 것처럼도 보인다.

"하지만 나트라를 아군으로 삼았다고 하더라도 황제 선발에는……."

"간섭할 힘이 없지. 하지만 뒷배가 되는 국가가 있다는 간판은 내걸 수 있어. 거기에다 로와에게는 세 황자를 제치고 제국의 위기를 구한 지모와 담력이 있지. 둘 중 하나뿐이라면 효과가 약하지만 두 개가 모이면 달라질 거라고 생각되지 않아?"

"……."

생각된다.

지금까지는 쳐다보지도 않았던 제후들이 로웰미나에게 주목

할 것은 상상하기 어렵지 않다.

　그런 후에 로웰미나가 또다시 황제의 그릇임을 보이면 세 황자에게서 떠나 그녀에게 붙으려 하는 자도 나올 것이다.

　"……하지만 그 계획은 무너진 거지. 게라르트가 여기 왔고, 그를 농락한다면 이미 앤트가딜이 나트라를 공격할 이유는 없으니까."

　"그래. ……그래서 아마도 반대로 하려고 할 거야."

　"반대라니……?"

　웨인은 씨익 웃었다.

　"──게라르트의 손으로 그리너헤 앤트가딜을 토벌시키겠어요."

　이 말에는 피시도 화들짝 놀라 눈을 부릅떴다.

　"전하, 그 말씀은 대체……."

　"앤트가딜이 우리 쪽에 붙으면 봉기 계획 저지는 가능하겠죠. 하지만 황제 선발을 위해 앤트가딜을 내 세력으로 거두어들일 경우, 봉기 계획의 일원으로 참가했었다는 사실이 부담이 될 거예요. 내외적으로 명확하게 세탁할 필요가 있어요."

　"그러기 위해 게라르트가 부친을 치게 만드신다고요?"

　피시는 전율했지만 로웰미나는 아무렇지도 않게 끄덕였다.

　"줄거리는…… 그래요. 부친이 제국을 상대로 반란을 일으키려 한다는 것을 안 게라르트가 우연히도 황녀에게 옆 나라로 초대를 받아, 거기서 황녀에게 무시무시한 계획을 털어놓는다. 그 사실을 안 황녀는 게라르트와 함께 반역자를 토벌한다——정도일까요."

피시는 신음하면서 머리를 굴렸다.

아마도 로웰미나라면 가능할 것이다. 게라르트를 농락하고, 움직이고, 그녀가 말한 흐름을 일으킬 수 있을 터이다.

그러나 이것에는 문제가 있었다.

"전하, 저희 쪽의 수하들도 게라르트 경의 수행원들도 극히 소수입니다. 도저히 앤트가덜을 토벌하기에는……."

"부족하겠지요."

로웰미나는 생긋 미소 지었다.

"그러니, 나트라 병사를 빌리지요."

"라고 로와는 생각하고 있겠지만, 웃————기지 마!"

웨인은 외쳤다.

"제국이 쓰러지고 서쪽이 거만하게 구는 건 분명히 성가셔. 백 번 양보해서 그걸 막기 위해 협력하는 건 상관없어. 하지만 황제 선발은 이야기가 달라. 그런 걸 위해서 병력을 할애할 마음은 털끝만큼도 없다고."

"그리고 예산도 없고."

지난번 마덴과의 전쟁에서 쓴 비용이 지금도 왕국을 무겁게 짓누르고 있다.

여기서 또 앤트가덜과 전쟁을 한다면 재정은 쪼들리는 걸 넘어서 완전히 파산할지도 모른다.

　"그러니까 우리가 해야 할 일은 로와가 게라르트를 꾀는 걸 도우면서, 앤트가덜 토벌에 병사를 빌려주겠다는 언질을 주지 않는 거야."

　"상당히 힘든 회담이 될 것 같네."

　"뭐, 어떻게든 할 거야. 니님은 가신들 쪽 대응을 부탁해. 나와 로와의 혼담 이야기였는데 갑자기 게라르트가 튀어나와서 당황하고 있을 테니까. 그리고 게라르트의 수행원들도 적당히 취하게 해서 게라르트의 인품이나 입수할 수 있는 정보를 모아 줘."

　"알았어. 조치할게."

　웨인은 고개를 끄덕이고 가볍게 하늘을 올려다보았다.

　"라고 웨인은 생각하고 있겠지만, 그렇게 되지는 않을 거예요. 무슨 일이 있어도 병사를 내놓게 만들겠어요."

　"여기선 역시 게라르트 경을 이용해서 끌어내실 겁니까?"

　"네, 언젠가는 앤트가덜령을 이을 것이고 어쩌면 내 남편이 될지도 모른다면 필연적으로 지금 여기서 인연을 맺어 두고 싶다고 생각하겠지요. 웨인이니까 이런 방법, 저런 방법으로 게라르트의 허점을 이용하려 할 거예요. ……그 빈틈을 찌르겠어요."

　로웰미나는 피시를 보았다.

"아무튼 이쪽은 내가 하겠어요. 따라온 오라버니들의 가신들이 어떻게 된 일이냐고 지금쯤 소란을 부리고 있을 테니, 피시는 그쪽을 조용하게 만들어 줘요."

"예, 맡겨 주십시오."

로웰미나는 고개를 끄덕이고 조용히 눈을 감았다.

'이거야 원, 이렇게 커다란 계획에 휘말리게 하려고 하다니. 꽤 하는군, 로와 녀석.'

'완전히 빠뜨렸다고 생각했는데 이렇게나 회피하다니, 과연 웨인이네요.'

'하지만──.'

'그렇지만──.'

' '──마지막에 웃는 자는, 바로 나야/바로 나예요.' '

이리하여 두 책략가는 서로 승리를 확신하며 연회로 향했다.

그리고 금방 밝혀질 것이다.

이 두 사람의 확신 중 어느 쪽이 착각이었는지──.

"──과연 게라르트 경. 훌륭한 견식을 가지고 계십니다."

"게라르트 님 같은 분이 본무대에 나서시지 않다니, 제국에 커다란 손실이네요."

"이거 참, 핫핫하."

달이 뜬 밤. 개최된 연회에서 나트라 왕태자 웨인과 어스월드 제국 황녀 로웰미나 사이에 낀 게라르트는 인생의 절정 속에 있었다.

"웨인 왕자와 로웰미나 황녀가 그렇게까지 말씀하시니, 이거 쑥스럽습니다."

현재, 작전은 제1단계이다.

즉, 웨인과 로웰미나가 협력해서 게라르트를 띄워 주어 마음의 벽을 팍팍 허무는 것이다.

"무슨 말씀을 하시나 했더니."

웨인이 호탕하게 웃었다.

"저는 단지 사실을 말했을 뿐입니다. 제 입은 있지도 않은 그림자에 미사여구를 늘어놓을 만큼 가볍지 않다고 자부하고 있지요."

'마음에도 없는 소리를' 이라는 로웰미나의 시선이 꽂혔지만 웨인은 물론 무시했다.

"웨인 전하의 말씀대로이고말고요."

그러자 이번에는 로웰미나가 옅게 미소 지었다.

"지금도 제국의 후작가라는 중요한 기둥으로서 지탱해 주시고 계시지만, 게라르트 님은 앤트가덜 왕가의 피를 이으신 분입니다. 그 고귀한 혈통을 생각하면 저희가 아무리 말을 늘어놓아

©Falmaro

도 부족할 정도예요.”

‘입술에 침 하나 안 바르고 잘도 지껄인다’는 웨인의 시선이 날아왔지만 로웰미나는 당연히 무시했다.

“아니, 핫하하, 이거 참 난처하군요.”

작전은 순조로웠다. 웨인과 로웰미나라는 지위가 높은 인간에게 격찬을 받아 게라르트는 희색이 만면했다.

당연히 두 사람을 의심하는 마음은 티끌만치도 없었다. 만약 게라르트의 자존심을 그릇 모습으로 볼 수 있었다면, 지금쯤 황금으로 되어 번쩍이는 두 사람의 말이 술과 함께 콸콸 따라지고 있을 것이다.

한편 이 연회에 참석한 다른 자들은 복잡한 얼굴을 하고 있었다.

연회에는 게라르트의 종자들과 제국 사절단 일부와 그들을 접대하는 나트라 왕국 가신들이 배석해 있었는데, 게라르트의 종자들은 주인의 기분이 좋으니 기뻐하고 있었지만 왕태자와 황녀가 나란히 접대하는 것은 아무래도 과하게 보이는지 당혹감도 있었다.

제국 사절단은 당혹감을 넘어 불쾌감을 내보이고 있었다.

피시가 사전에 이야기를 해 두었지만, 애초에 그자들은 황자측의 인간이므로 로웰미나의 계획을 알릴 수가 없었다. 게라르트가 갑자기 찾아와서 로웰미나 황녀가 웨인 왕자와 함께 응대하게 되었다고밖에 말하지 못했다.

그래서 그들 입장에서는 한창 타국에서 공식 행사 중에 게라르트가 끼어든 형태가 되었다. 심지어 그 무례를 덮어 주기 위해 로웰미나 황녀가 일부러 응대하고 있는데도 황녀를 향한 그 불경한 태도에는 실소를 금할 수 없었다.

상대가 후작가라는 점도 있어서 직접 입 밖에 내지는 않지만, 모두가 제국 귀족의 심각한 망신이라고 생각하고 있었다.

그리고 사실을 듣지 못한 것은 나트라의 가신들도 마찬가지였다. 로웰미나 때문에 전쟁에 휘말릴 뻔했다는 걸 알면 성가신 일이 일어나리라는 웨인의 판단이었다.

그러나 그들에게는 웨인을 향한 신뢰가 있기 때문에 사절단만큼의 당혹감은 없었다. 아무튼 웨인에게 지시받은 대로 응대하려는 의사가 있었다.

그런 이유로, 연회는 진행되고 있었지만 주위에서 '어떻게 된 거야?' '모르겠어…….' 라는 속삭임이 새어 나오고 있는 상황이었다.

하지만 그런 잡음은 당연히 게라르트의 귀에 들어가지 않았다. 웨인과 로웰미나라는 두 책사가 공모하여 그를 상대하고 있는 것이다. 이런 결과는 당연하다 할 수 있었다.

그러나 두 사람이 협력하는 것은 어디까지나 게라르트를 농락한다는 한 점뿐. 작전이 제2단계로 접어들면 웨인과 로웰미나는 주도권을 쥐기 위해 불꽃을 튀기기 시작할 것이다.

"우리 나트라 왕국이 두 분이 만나는 데 일조할 수 있었던 것은 실로 기쁜 일입니다. 이 소식을 들으면 부군이신 앤트가델 후작께서도 필시 기뻐하시겠지요."

웨인이 이렇게 말하면,

"어머, 그럼 저와 함께 돌아오라고 재촉하실 거예요. 모처럼 게라르트 님과 얼굴을 맞댈 기회를 얻었는걸요. 잠시 이 건은 숨기고 우리만의 시간을 즐기지 않으시겠어요?"

로웰미나가 그렇게 게라르트에게 속삭인다.

지금 두 사람이 주거니 받거니 하는 말을 알기 쉽게 번역하면 이렇게 될 것이다.

"얼른 그리너헤에게 연락해서 군대를 해산시키고 오라고."

"그렇게는 못 하죠. 차라리 그리너헤가 폭발할 때까지 애를 태우겠어요."

물론 게라르트에게 이 번역된 내용이 들어가는 일은 없다.

제대로 사용되지 않는 데다 술에 푹 절어 버린 그의 뇌에 들어가는 것은 두 사람이 말한 그대로의 내용뿐이다. 그것을 알기 때문에 두 사람은 설전을 펼쳤다.

"그런데 로웰미나 황녀, 만약 그대와 게라르트 경이 부부가 된다면 앤트가덜뿐만 아니라 제국의 일대 사건이 될 텐데 혼란 속에 있는 신민들에게 큰 격려가 될 것이 틀림없으리라 생각합니다. 한시라도 빨리 공표하는 것이 황족의 의무가 아닐런지요?(번역: 됐으니까 앤트가덜이랑 붙어서 봉기 계획이나 깨부수러 가.)"

"하지만 대접만 받고 아무런 보답도 하지 못한 채 나트라를 떠나는 것은 마음이 편치 않습니다. 어떠신가요, 웨인 왕자. 우리와 함께 제국으로 가시지 않으시겠어요? 저와 게라르트 님을 이어 준 분이신걸요. 마음으로부터 환영한답니다.(번역: 나트라가 제 뒷배라고 주위에 알려 준다면야 생각해 보죠?)"

"말씀은 감사합니다. 그러나 저는 아바마마의 대리로서 이 나라를 지탱해야만 합니다. 로웰미나 황녀께 황족의 자세에 관해 말해 놓고서 스스로가 소홀히 할 수는 없으니까요.(번역: 절대안가. 황제 선발은 자기 힘으로 어떻게든 하라고.)"

"그런가요……. 그럼 오늘이라도 편지를 쓰도록 하지요. 오라버니들과 그리너헤 후작의 놀란 표정이 눈앞에 떠오르는 것만 같네요.(번역: 편지 내용, 공공연하게 알립니다?)"

"그렇다면 저도 서신을 보태도록 하지요. 미래의 앤트가딜 후작과 그 부인을 위해서라면 그 정도의 조력은 아깝지 않습니다.(번역: 네엥~?! 무슨 말인지 모르겠는뎁쇼~?!)"

등등. 이런 상태로 두 사람은 한동안 대화를 계속했지만 갑자기 그 흐름에 변화가 생겨났다.

"전하, 환담 중에 실례합니다."

뒤로 물러나 있던 니님이 웨인에게 슬쩍 서류를 내밀었다.

"서둘러 전하께서 확인해 주셨으면 하는 안건이."

웨인은 서류를 훑어보았다. 다른 사람의 눈이 닿아도 괜찮도록 겉보기에는 흔한 사업 보고서였지만 웨인과 니님만이 아는 암호가 들어가 있다.

"실례합니다. 잠시 두 분께서 시간을 보내셨으면 합니다."

양해를 구하자, 이때라는 듯 로웰미나는 게라르트에게 공세를 가했다.

그것을 들으며 웨인은 암호를 해독했다. 내용물은 웨인이 니님에게 의뢰했던, 게라르트에 관한 조사 보고서였다.

　'으음, 어디 보자. 게라르트가 앤트가덜령에 귀환했던 것이 우연이 아니었다고 판명…… 어, 진짜로?'

　예상 밖의 서두에 웨인은 무심결에 니님을 보았다. 그러자 그녀가 작게 고개를 끄덕여 농담이 아니라는 것을 알렸다.

　'아니 하지만, 우연이 아니라니 어떻게 된 거지……?'

　당황하면서도 계속 읽어 나간다. 거기에는 게라르트의 반생이 기록되어 있었다.

　게라르트 앤트가덜은 제국 후작가의 적장자로 태어나 무엇 하나 불편한 것 없이 자랐다.

　앤트가덜령에 있는 동안 그에게 고뇌와 갈등, 좌절과 후회 같은 것은 없었고 마차로 잘 포장된 도로를 달리듯이 순풍에 돛 단 듯한 인생을 보냈다.

　그러나 제도로 가자 이야기는 달라졌다. 권력이라는 껍질로 보호받아 온 게라르트에게 배신자 앤트가덜이라는 모멸이 가차 없이 쏟아진 것이다.

　온실에서 자란 게라르트에게 이 스트레스는 어마어마했다. 결과적으로 그는 쉽게 주색에 빠져들어 황금과 보석을 뿌리며 자신에게 듣기 좋은 말만 하는 인물로 주위를 채웠다. 제국에서도 알아주는 방탕아가 완성된 것이다.

　그럴 때, 게라르트는 어느 연회에서 로웰미나를 만나 몇 번이나 구애를 하게 된다. 이것이 단순히 첫눈에 반한 것이었다면 구원의 여지가 있겠으나 그 실체는 달랐다. 그는 단순히 로웰미나의 인기를 느끼고 그런 그녀를 손에 넣을 수 있다면 분명 자신도 인정받을 수 있으리라── 그런 열등감에 무의식적으로 로웰미나를 원한 것이다.

그러나 그런 일그러진 구애가 로웰미나의 마음에 닿을 리 없어 쌀쌀맞게 회피당하기만 했다. 그러자 이번에는 분노가 그의 마음을 채웠다. 설사 황녀라 해도 후작가의 적장자인 자신을 이렇게 취급해도 되는 것인가. 이런 부조리함이 용서받을 수 있는 것인가, 하고.

황녀가 갑자기 나트라로 향했을 때 그 분노는 폭발했다. 겉으로는 외유였지만 실상은 혼담을 나누러 간다는 것을 들은 게라르트는 사용인들을 모조리 닦달해 로웰미나를 더러운 말로 매도했다. 그가 후작가의 인간이 아니었다면 틀림없이 불경죄로 체포당했으리라.

그 후, 그는 갑자기 제도에서 앤트가덜령으로 돌아왔다.

왜인가?

나트라에서 귀환하는 로웰미나 일행을 습격하기 위해서이다.

'푸핫?!'

여기까지 읽었을 때 웨인은 마음속으로 뿜었다.

'이거 진짜야……?'

무심결에 니님을 보자 그녀는 얌전히 고개를 끄덕였다. 뺨이 약간 굳어 있는 이유는, 그녀 또한 게라르트가 이 정도의 인간일 거라고는 생각하지 못했기 때문이리라. 물론 웨인도 설마 후작가의 자식이 일방적인 억하심정으로 황녀의 습격을 계획했으리라고는 예상도 못했다.

심지어 그다음을 계속 읽어 보면 게라르트에게 그것은 옳은 행위였던 듯하다. 배신한 것은 로웰미나 쪽이고, 제 손으로 직접 깨우치게 해 주지 않으면 기분이 풀리지 않는다──아니, 정의를 위해 그렇게 해야만 한다고 믿어 버린 것이다.

그런 상황이 바뀐 것은 예의 편지가 원인이었다.

편지를 읽은 게라르트는 남들의 이목도 개의치 않고 눈물을 흘렸다고 한다.

「오오────── 믿은 보람이 있었다. 내 마음은 전해졌던 거다.」

로웰미나를 매도했던 사실 따위는 이미 그의 머릿속에서 빠져나가 있었다. 대신 떠오른 것은 아내로 맞은 로웰미나를 옆에 거느리고 제국 시민으로부터 축복받는 자신의 모습이었다.

이리하여 그는 로웰미나를 마중하기 위해 나트라로 향하겠다고 부친에게 고하고 뛰쳐나온 것이다.

'…………과연.'

자료를 다 읽은 웨인은 작게 한숨을 쉬었다.

'이 자식 위험해…….'

밥맛이 뚝 떨어진다.

나쁜 성향이 있는 인물이라고 생각은 했지만 이 정도일 줄이야. 달리 대체해서 이용할 수 있는 상대가 있었다면 틀림없이 그쪽으로 갈아탔으리라.

그리고 이 무슨 운명의 장난일까. 웨인은 그 게라르트를 친우인 로웰미나와 붙여 놓을 궁리를 해야만 하는데——.

'뭐 그건 상관없지.'

1초의 망설임도 없이 웨인은 그 점에 결론을 지었다.

'내가 우선해야 할 것은 내 이익이야. 게다가 지금의 상황도 반쯤은 로와가 초래한 거나 다름없고! 즉 자업자득!'

웨인은 본인이 들으면 얼굴을 확 굳힐 만할 생각을 하면서, 도발하는 듯한 시선을 로웰미나에게 보냈다.

'——게다가 이 정도 인간도 제어할 수 없다면 황제는 꿈도 못 꾼다고, 로와.'

그러자 그의 시선을 느낀 로웰미나는 작게 미소를 지었다.

로웰미나는 웨인과 달리 게라르트의 수행원들을 탐색할 수단이 없다.

그러나 제도에 있을 때부터 게라르트의 인성은 파악하고 있었다. 그가 보통 방법으로 다룰 수 없는 기질을 가졌다는 것은 잘 알고 있었다.

이미 파악했고, 제어할 수 있다. 제어할 것이다. 그런 자신감과 자부심을 담은 미소였다.

그러나 그때였다. 무언으로 의사가 서로 통하는 듯한 웨인과 로웰미나의 모습에, 사이에 있던 게라르트가 반응했다.

"……그러고 보니, 그런 편지를 보낸 걸 보면 두 분은 이전부터 아는 사이였소?"

게라르트의 그 말에 어두운 질투심이 깃들어 있다는 것을 두 사람은 명백하게 알 수 있었다.

그리고 물론 두 사람은 게라르트가 그런 감정을 품었을 경우도 상정하고 있었기에 동요하지 않았다.

"아아, 제국에 유학했던 시기에 만나서 말입니다. 이거, 생각해 보면 참 아까운 짓을 했습니다. 당시 게라르트 경에 관해 들었다면 우의를 다지기 위해 찾아뵈었을 텐데요."

거짓과 참을 섞어 술술 늘어놓는 웨인에게 게라르트는 작게 끄덕였다.

"……확실히, 나도 제도에서 오랫동안 지냈지만 웨인 왕자의 소문은 전혀 귀에 들어오지 않았소. 제도에서는 어떻게 지내셨는가?"

여기서 신분을 위장하고 사관학교에 다니며 수석의 성적을 받았──고 정직하게 말하면 게라르트는 크게 얼굴을 일그러뜨리리라. 웨인은 거짓과 참을 뒤섞어 대답했다.

"저로서는 제국의 문화를 만끽하고 싶었지만, 유감스럽게도 제국에서 배워야 할 것이 너무 많았지요. 종일 저택에서 보내고, 오락이라면 여가로 검을 휘두르는 정도였습니다."

이거라면 게라르트가 자신의 존재를 몰라도 부자연스럽지 않다. 웨인은 그렇게 생각했지만 게라르트는 예상 밖의 부분을 물었다.

"호오…… 왕자는 검 실력에 자신이 있으시오?"

"……뭐, 취미 정도입니다만."

웨인은 어쩐지 불길한 흐름을 느꼈지만, 막을 새도 없이 게라르트가 말했다.

"이거 우연이군. 검술이라면 나도 좀 소양이 있소."

' '절대 거짓말이야——.' '

웨인과 로웰미나는 순식간에 같은 결론에 도달했다.

그러나 이에 관해서는 다른 사람들도 같은 감상을 품으리라. 게라르트의 체형, 근육량, 발놀림, 모든 점에서 검술에 소양이 있는 인간의 것이 아니었다.

그렇다면 왜 게라르트는 그런 거짓말을 한 것인가.

'내가 로와와 사이가 좋아 보여서 열 받으니까 검으로 때려눕혀서 점수를 올리려는 심산인가.'

라는 이유이다.

그런 목적이라면 최소한 다른 수단으로 덤비는 게 낫지 않나. 보통 사람이라면 그렇게 생각할 것이다. 그러나 게라르트도 아무렇게나 검을 고른 것은 아니다. 웨인과 로와는 알 방도가 없는 일이지만, 그는 평소부터 자신의 종자를 검으로 때려눕히고 흡족해했던 사실이 있었다.

하기야 어떻게 게라르트의 심기를 거스르지 않고 잘 질 것인지 종자들이 매일 고심하고 있다는 사실은 게라르트도 알 방도가 없었지만—— 아무튼, 검에 소양이 있다는 게라르트의 말에 거짓은 없었다. 적어도 그에게는 말이다.

'어떡하지 이거.'

웨인은 로웰미나에게 시선을 던졌다.

로웰미나도 황당함을 내비치며 시선으로 대답했다.

'적당히 상대해서 만족시켜 줄 수밖에 없잖아요.'

'그 적당히라는 게 어려운데요오오오오오오.'

'파이팅~! 이에요.'

자기는 보고 있기만 하면 되니 로웰미나는 여유로운 표정이었다. 웨인은 '이런 제길!' 하고 마음속으로 욕지거리를 뱉었다.

"어떻소, 왕자. 로웰미나 황녀 앞에서 우리의 검술을 보여드리는 것이."

게라르트의 발언에 주위가 동요의 빛을 띠었다. 당연하다. 웨인도 게라르트도 중요인물이니 만에 하나 부상이라도 입었다간 큰 문제가 된다.

"전하······."

뒤로 물러나 있던 니님이 한 발 앞으로 나섰다. 그것을 웨인은 손으로 제지했다.

"걱정 마라, 여흥이다. 목검을 가져오거라."

웨인은 상의를 벗고 목검을 받아 회장 중앙으로 나갔다.

주위의 가신들과 사용인들이 황급히 자리를 넓히는 가운데 똑같이 목검을 손에 든 게라르트가 웨인 앞에 섰다.

"왕자, 승패 결정은 어찌 하려오?"

"먼저 검을 떨어뜨린 쪽으로 하지요."

두 사람은 자세를 취하며 마주 보았다.

이때 주위 사람들은 웨인의 승리를 확신하고 있었다. 딱히 웨인의 역성을 들어서가 아니다. 온몸이 흔들리고 안정되지 않은 게라르트에 반해 호흡과 시선, 검 끝에 흐트러짐이 없는 웨인을 보고 검술 실력의 격차를 느낀 것이다.

그러나 정작 두 사람은 주위와 전혀 다른 생각을 하고 있었다.

'웨인 왕자가 나를 돋보이도록 만들겠어.'

게라르트는 그렇게 자신의 승리를 확신했고,

'자, 어떻게든 원만하게 수습되도록 정리해야지.'

웨인은 서로의 체면과 그 후의 전개도 포함해 머리를 굴리고 있었다.

'목적을 위해서는 게라르트에게 승리를 돌릴 필요가 있어. 하지만 내 입장도 있으니 남들 눈이 있는 데서 너무 쉽게 질 수는 없다.'

그렇게 되면 노려야 할 것은—— 게라르트가 들고 있는 목검이다.

게라르트는 목검을 허술하게 쥐고 있어 쉽게 쳐서 떨어뜨릴 수 있으리라.

그리고 떨어뜨림과 동시에 자신도 목검을 놓아 무승부로 가져가는 거다. 그러기 위해 승패 조건을 검을 떨어뜨리는 것으로 설정한 것이다.

'솔직히 취한 게라르트가 계속 검을 휘두를 수는 없겠지. 십중팔구 금방 지칠 거야. 몇 합쯤 주고받으면서 숨이 차는 것과 동시에 떨어뜨리게 할까.'

웨인이 방침을 굳혔을 때 상황이 움직였다.

"에에에이야아아아아아아아!"

침묵을 견디지 못한 듯이 게라르트가 괴성과 함께 웨인을 노리고 땅을 찼다.

검을 치켜들고 기술도 뭣도 없이 돌진한다. 피하기도 받아내기도 쉽지만 필요한 것은 값싼 승리가 아니다.

"흡———."

목검끼리 부딪쳐 건조한 소리가 홀에 울려 퍼졌다.

그 소리가 두 번, 세 번 이어지고, 웨인은 밀리는 것처럼 꾸미면서 게라르트의 움직임과 그가 든 목검의 위치를 냉정하게 파악해 나갔다.

그러는 동안 웨인의 예상대로 게라르트의 호흡이 흐트러지고 발놀림이 둔해졌다. 적당한 때다. 웨인은 타이밍을 재면서 호흡을 정돈하고———.

'———지금이다!'

발을 내딛었다.

순간, 게라르트의 발이 꼬였다.

"헤엑———?"

그것은 취해서인가, 아니면 웨인의 기백에 눌려서인가.

진실은 확실치 않지만 마치 웨인의 움직임에 맞춘 것처럼 게라르트는 자세를 무너뜨렸다.

그리고 앞으로 고꾸라지면서 게라르트의 머리 위치가 내려가고, 묘하게도 그 앞에 있는 것은——— 바로 지금 게라르트가 든 목검을 노리고 날린 웨인의 검이었다.

'아니이이이이이이이이이이이이?'

웨인은 마음속으로 절규했다. 이대로는 게라르트의 얼굴이 두 번 다시 볼 수 없을 처참한 오브제로 변할 것이 틀림없다.

'우오오오오오오오오꺾여어어어어라아아아아아아아아!'

웨인은 팔에 전력을 담았다.

그의 기도와 근육에 의한 지시가 닿은 목검은 기적적으로 궤도를 틀어 게라르트의 얼굴을 스치고 반쯤 놓치고 있던 게라르트의 목검에 명중했다.

둔탁한 소리와 날카로운 소리가 거의 동시에 울려 퍼졌다.

한쪽은 게라르트가 바닥에 넘어지는 소리였고, 다른 한쪽은 게라르트의 목검이 바닥에 내동댕이쳐지는 소리였다.

그리고 웨인은 목검을 휘두른 자세로 잠시 굳어 있다가, 이윽고 천천히 자세를 풀고 검을 내렸다.

주위에서 환성이 울려 퍼졌다.

옆에서 보면 완벽하다고 할 수 있는 웨인의 승리다. 게라르트에 대한 호감도가 낮으니 나트라의 가신들은 물론이고 제국 사절단마저도 박수를 치고 있었다.

그리고 당연히 그 갈채를 한 몸에 받고 있는 웨인과 그 모습을 바라보는 로웰미나는 이렇게 생각하고 있었다.

'큰일났다아아아아이겨버렸어어어어어어어!'

'왜 이기고 난리예요 당신으으으으으으으으으으은!'

둘이서 나란히 절규하고 있었다.

궤도를 바꾸기 위해 팔에 전력을 쏟았기 때문에 목검끼리 충돌한 순간 검을 놓지 못했던 것이다. 덕분에 무승부로 만들 수가 없었다.

'지, 지금 슬쩍 검을 떨어뜨려서 얼버무린다든지……!'

웨인은 잔꾀를 짜내려고 했지만 관중의 눈이 허락하지 않는다.

어떻게 할까 하고 필사적으로 머리를 회전시키던 그때.

"전하!"

니님이 소리를 질렀다. 그에 호응해 웨인이 순식간에 돌아보자 거기에는 얼굴을 수치심과 분노로 물들이며 떨어뜨렸던 목검을 주워 이쪽으로 돌진하려 하는 게라르트의 모습이 있었다.

'──큰일이다.'

순간 웨인이 품은 감정은 기습을 당했다는 데서 생긴 초조함──이 아니었다.

이런 상황에 이르러서도 게라르트의 공격을 목검으로 막는 것은 웨인에게 어려운 일이 아니었기 때문이다.

웨인이 우려하는 것은, 이대로는 게라르트가 약속된 승부에서 완패했음에도 기습을 한 비겁자가 되어 버리는 것이었다. 그렇게 되면 그의 명예를 회복시키기는 몹시 어렵다.

'막으면 안 돼. 게라르트가 공격했다는 사실이 남는다. 같은 이유로 받아넘기는 것도 안 돼. 아무튼 받아 내지 않고 회피할 수밖에 없어. 그것도 몹시 자연스럽게, 공격을 피했다고 생각되지 않도록──!'

할 수 있을까. 아니다. 할 수밖에 없다.

웨인은 게라르트와 육박하기까지의 찰나의 시간에 온 힘과 마음을 다해 그의 돌진 경로를 파악하고, 그리고──.

피했다. 뒤로 돌면서, 스쳐 지나듯이.

'좋아, 완벽해————!'

이제 방금 게라르트의 행위를 목검을 주우려다 균형이 무너져 고꾸라진 거라고 억지를 써서 밀어붙이면 된다. 그렇게 생각하면서 웨인이 바로 옆을 스쳐지나간 게라르트를 눈으로 좇는데————.

이제 와서 얘기지만, 연회가 열리고 있는 이 방은 2층이다.

덧붙여 말하면, 겨루기를 하는 사이에 두 사람은 실내의 벽 쪽에 그리 멀지 않은 위치까지 와 있었다. 그리고 당연히 그 벽에는 창문이 몇 개나 달려 있다.

그곳에 게라르트는 뛰어들었다.

"앗."

하고 웨인이 말했다.

크고 요란한 소리가 나며 창유리가 부서졌다.

"엑."

하고 로웰미나는 놀랐다.

게라르트의 기세는 창문을 깬 것으로 그치지 않고, 그대로 그의 상체가 창틀을 넘어갔다.

""잠깐.""

하고 웨인과 로웰미나는 소리를 높였다.

두 사람이 보는 앞에서, 방에 남아 있던 게라르트의 하반신이 떠올라————.

떨어졌다.

창문 밖으로.

곧바로 무거운 것이 지면에 부딪치는 소리가 들렸다.

"————."

그 자리에 있던 모두가 일련의 광경에 아연실색해 굳었다.

그때 제일 먼저 제정신으로 돌아와 움직인 사람은 물러나 있던 니님이었다.

멍하니 있는 모두의 앞을 달려 나가 창틀을 넘어서 망설임 없이 뛰어내린다. 니님에게 2층은 문제없는 높이였다.

이어서 웨인, 로웰미나, 마지막으로 종자들도 황급히 창틀로 달려가 아래를 내려다보았다.

"게, 게라르트 님?!"

"니님! 게라르트 경은 무사하신가?!"

모두가 지켜보는 가운데, 니님은 땅에 누워 움직이지 않는 게라르트 옆에 무릎을 꿇고 용태를 확인했다.

몇 초 후, 니님은 몹시 난처한 표정을 지었다.

"그, 뭐라 말씀드려야 할지."

두 사람을 올려다보며 니님은 쭈뼛쭈뼛 말했다.

"참으로 말씀드리기 어렵습니다만── 돌아가셨습니다."

웨인과 로웰미나는 나란히 얼굴을 마주 보았다.

연회 다음 날.

집무실은 무거운 분위기에 휩싸여 있었다.

그 원인은 물론 책상에 푹 엎드려 우울한 오라를 발하는 웨인이었다.

옆에는 니님이 대기하고 있지만 그녀의 표정도 씁쓸하다.

"……있잖아, 니님."

엎드린 채 웨인이 목소리를 냈다.

"왜?"

"만약의 이야기지만——— 갑자기 수상한 편지를 보내 옆 나라에 사는 대귀족의 자식을 불러들인 사람이 있다고 치자."

"응."

"그리고 그 사람이 현지에서 죽었다고 치자고."

"응."

"주위가 어떻게 생각할 것 같아?"

니님은 잠시 뜸을 들인 뒤 말했다.

"———확실하게 암살당했다고 생각하겠지."

"그렇겠지이이이이이이이이이이이이이이이이!"

웨인은 외치면서 일어나더니 책상을 쾅쾅 두드렸다.

"아니, 진짜, 왜지?! 왜 죽는 거야 게라르트?! 질투에 휩쓸려서 할 줄도 모르는 검술 시합을 걸더니, 졌다고 열 받아서 기습을 하려다가 힘을 주체하지 못하고 창문에서 떨어져서 목 골절이라니. 너 임마, 너, 너 말이야아아아아아아아!"

"놀랄 정도로 깔끔하게 죽어 버렸지……."

"덕분에 이쪽도 죽을 것 같다고! 계획이 파탄 난 정도가 아냐! 이대로라면 앤트가딜은 물론 제국과 전쟁할 가능성마저 있다고!"

어찌 됐건 게라르트는 제국에 이름을 올린 앤트가딜 후작의 자식. 한 치의 의심도 없는 귀족이다. 그런 자가 타국에 초대받은 후에 죽었다면 앤트가딜 후작에게도 제국에도 쳐들어갈 대의명분으로 충분하고도 남는다.

"왜, 왜 이렇게 된 거야……. 나는 그저 게라르트를 치켜세우고 잘 구워삶아서 로와와 붙여 귀국시키고 싶었을 뿐인데……."

얼굴을 덮으며 저주 같은 신음소리를 흘리는 웨인.

니님도 그의 기분은 알 수 있었다. 설마 이렇게 판세를 완전히 뒤집는 사태가 되리라고 어찌 예상할 수 있었으랴. 그러나 이대로 내버려 둘 수는 없다.

"원망은 끝난 다음에 실컷 들어 줄 테니까 아무튼 지금은 정신을 차리자. 이제부터 어떡해야 할지 생각할 필요가 있어."

니님의 정론을 들은 웨인은 "끄어~." 하고 한층 더 크게 망자처럼 신음한 후, 침울했던 얼굴을 슥 되돌렸다.

©Falmaro

"──일단 제국이 곧바로 움직일 일은 없어."

"동감이야. 제국은 황자들의 세 파벌로 분열되어 있는 데다 서로 비등비등하지. 여기서 나트라에 곧바로 쳐들어오는 행동을 취하지는 않을 거야."

"다음은 앤트가딜 후작인데…… 게라르트가 데려온 종자들의 확보는 어떻게 됐어?"

"대부분 확보해서 연금했어. 하지만 두 명이 어느새 자취를 감췄어. 확보한 자들의 증언에 따르면 신참 종자들이었던 것 같아."

"멍청이의 종자치고는 판단이 빠르군……."

"게라르트의 죽음이 곧장 그리녜헤에게 알려질까?"

"그럴 가능성이 크고, 그렇지 않더라도 목격자 중에 로웰미나가 데려온 제국 가신단도 있으니까. 제국 귀족이 죽었다면 본국에 보고할 테지. 그렇다고 그 녀석들을 연금할 수는 없어. 언젠가 앤트가딜 후작의 귀에도 들어갈 거야."

"하지만." 하고 웨인은 말을 이었다.

"귀에 들어간다고 해도 앤트가딜 후작은 곧바로 움직이지 않을 거야. 그자는 틀림없이 아들이 어떤 의도로 살해당했는지 생각하고, 고민하고, 망설이면서 시간을 허비하겠지."

"설마 사고사라곤 꿈에도 생각 못하겠지."

"나도 꿈에도 생각 못했지만 말이야!"

"아아아아진짜아아아!" 하고 다시 아우성치기 시작한 웨인을 니님이 달랬다.

"그래그래, 진정해. 아무튼 우리는 그 사이에 손을 써야만 하는 거네."

"그래, 맞아……."

웨인은 크게 한숨을 쉬었다.

"나의 생각, 로와의 생각, 앤트가딜의 생각, 기타 등등…… 그 모든 것이 엉망진창이 된 지금은 먼저 주도권을 쥔 자가 크게 유리해져. 조심스럽게 말하자면 상황은 아직 동점……!"

"그렇게 말하는 걸 보니 꽤나 코너에 몰렸다는 뜻이네."

"시끄러워! 소극적으로 생각해 봤자 엎지른 물을 주워 담을 수도 없으니까 상관없다고! 아무튼 이제부터 내가 계속 선수를 쳐서 이 건으로 암약하는 무리들 모두가 울상을 짓게 만드는 건 아직 충분히 가능한 범위 내……일 거야……!"

그때 집무실 문을 노크하는 소리가 났다. 사절단 대응을 맡고 있는 관리 중 한 명이었다.

"실례합니다, 전하. 지금 막 로웰미나 황녀께서 급히 면회 요청을 하셨습니다."

'흐갸아아아아아아아아아아아?!'

웨인은 마음속으로 울상을 지었다.

"어떻게 하시겠습니까?"

"…………로웰미나 황녀의 요청이라면 거절할 수 없지. 들어오시도록 전하게."

"예."

종자가 물러나고 문이 닫힌다.

그리고 잠시간의 침묵 후 니님은 중얼거렸다.

"선수를 빼앗겨 버렸네."

"으어어어어어어어어어어!"

웨인은 외쳤다.

"큰일 났다. 로와가 어떻게 나올지 아직 생각이 정리가 안 됐는데……!"

"제국 귀족을 죽게 한 일로 항의한다거나."

"가능성은 커. 그렇다면 그것과 함께 뭘 요구할지가 문제인데…… ."

웨인은 빠르게 머리를 굴렸지만 결론을 낼 틈도 없이 다시 문에서 노크 소리가 났다.

"로웰미나 황녀 전하를 모셔왔습니다."

'좀 천천히 데려오라고오오오오오!'

관리에게 마음속으로 말도 안 되는 불평을 날리는 사이에 관리를 따라 모습을 드러낸 로웰미나가 웨인을 향해 인사했다.

"바쁘신 와중에 죄송합니다, 웨인 왕자."

"……아니, 무슨 말씀을. 나트라에 로웰미나 황녀를 거부할 문은 없습니다."

아주 약간 굳은 미소를 띠며 웨인은 말했다.

"다만 아시는 바대로 어젯밤 사건의 대처에 바빠서요. 가능하면 짧게 부탁드리고 싶군요."

견제하면서 태도를 관찰한다. 그러면서 웨인의 마음속은 결의에 불타고 있었다.

'자 와라, 뭐든지 말해, 반드시 받아쳐 주마……!'

지금 여기서 로웰미나에게 주도권을 넘길 수는 없다. 저쪽이 뭘 요구할지 알 수 없지만 뭐가 됐든 완강히 밀어내는 것이 유일한 정답이다.

"그럼, 짧게."

"크흠." 하고 로웰미나는 가볍게 헛기침을 하고, 웨인도 그에 대응해 호흡을 정돈하는데──.

"항복할게요."

"──에엥?"

웨인은 무심결에 당황한 목소리를 냈다.

"게라르트가…… 죽었다고……?"

집사의 보고에 그리너헤는 들고 있던 서류를 떨어뜨렸다.

"어…… 어떻게 된 일이냐?! 무엇 때문에 그 녀석이 죽어야 하는 거냐?!"

"그, 그것이, 지금 막 게라르트 님의 종자가 달려와 나트라 왕궁에서 게라르트 님이 낙사하셨다고……."

"말도 안 된다! 무슨 착각이겠지!"

"저도 그렇게 생각했습니다. 그러나 종자가 이것을……."

집사가 내민 것은 게라르트의 단도였다. 온통 보석 장식이 박혀 있는 그것을 잘못 볼 수는 없다.

"종자의 말에 따르면 게라르트 님께 붙어 있던 다른 자들은 모두 나트라 병사에 의해 붙잡히고 자신만 겨우 탈출했다고……."

그리너헤는 발밑이 무너지는 듯한 감각을 느꼈다.

바로 옆에 있던 책상에 손을 짚고 간신히 몸을 지탱하며 그는 쥐어짜내듯이 말했다.

"그 종자는 지금, 어디 있느냐……?"

"몹시 쇠약해져서 쉬도록 명령했습니다. 나트라 병사를 피해 여기까지 도망치면서 아무것도 먹지 못했던 듯하여……."

"……알았다. 그자가 눈을 뜨는 대로 무슨 일이 일어났는지 전부 캐내라. 그리고 잠시 혼자 생각하겠다. 아무도 방에 가까이 하지 마라."

"옛……."

집사가 물러가고, 혼자가 된 그리너헤는 괴로운 표정이 되었다.

"어떻게 된 거냐……. 어째서, 무슨 일이……."

무의식중에 입에서 흘러나오는 물음은 지금 실제로 그의 가슴 속을 지배하는 의문이었다.

게라르트가 죽었다. 이국 땅에서 그 목숨을 잃었다.

'병사…… 사고…… 아니, 그럴 리가.'

게라르트는 살해당했다. 틀림없다.

그렇다면 왜. 어째서 살해당해야만 했나.

'일의 시작은 편지였다. 아마도 편지는─── 게라르트를 노린

함정이었어.'

게라르트가 로웰미나 황녀를 사모한다는 것을 알고, 저택에
돌아와 있을 때를 노려 편지를 보내서 감쪽같이 꾀어내 게라르
트를 죽인 것이다.

즉 나트라가 계획을 짰다. 종자들을 붙잡았다는 점에서 봐도
틀림없으리라. 입을 막기 위해 그렇게 한 것이다.

그렇다면 왜 나트라가 게라르트를 죽일 필요가 있었는가.

'게라르트에게 원한……. 하지만 그걸 위해 이렇게까지 할
까? 하물며 게라르트는 제국 귀족…… 그것도 후작인 나의 아
들이다.'

그런 사람을 일부러 불러들여 죽이다니 너무 무모하다. 입을
막는다 하더라도 언젠가는 밝혀질 것이고, 그렇게 되면 제국에
싸움을 건 거나 다름없다.

그때 그리너헤는 퍼뜩 깨달았다.

'그래. 아들이 살해당한 거다. 이거라면 쳐들어갈 대의명분
으로 더할 나위 없어. 그리고 로웰미나 황녀를…….'

그리너헤에게 그것은 말하자면 역발상이었다. 하지만 곧바로
다른 의심이 떠올랐다.

'……아니, 애초에 로웰미나 황녀는 암살 계획을 알고 있었
나?'

편지는 왕태자 명의이긴 했지만 내용은 황녀의 의사를 알리는
것이었다.

왕태자의 독단이 아니라 황녀의 동의하에 편지를 보냈다고 한

다면── 협력하고 있다고 생각하는 것이 자연스럽다.

　그렇다면 왜 황녀가 왕태자의 제국 귀족 암살에 협력한 것인가.

　"────설마."

　그리너헤는 그 예감에 전율했다.

　'들킨 것이 아닐까…… 반란 계획을…….'

　그것이야말로 그리너헤에게는 최악의 상상이었다.

　아마도 로웰미나가 모든 것을 알고 있지는 않으리라. 그렇다면 이렇게 우회적인 짓을 할 필요가 없다. 그러나 로웰미나가 파악한 일부의 정보 중에 자신이 반란 계획에 가담하고 있다는 내용이 있었던 것이다.

　그래서 로웰미나는 어떤 계책을 짰다. 나트라의 왕태자와 뭔가 거래를 해 게라르트를 꾀어낸다. 그리고 게라르트에게 반란 계획에 관한 정보를 끌어내려 한 것이다.

　'살해당했다는 것은 역할이 끝났다는 뜻이다……. 어디까지냐. 게라르트는 어디까지 알고 있었던 거냐…….'

　반란 계획에 관한 것은 아무리 그리너헤라도 타인에게 흘리진 않았다. 아들인 게라르트가 상대라도 마찬가지였다. 그러나 병사와 무기를 모으는 그리너헤를 보고 뭔가 눈치챘을 가능성은 있다.

　만약 게라르트가 전모를 알고, 또 폭로했다면── 나트라를 공격할 때가 아니다. 보고를 받은 제국군이 이곳으로 향할 가능성도 있다.

　'지금 바로 방어를……. 잠깐, 그보다 어떻게든 변명을…….

아니, 차라리 황녀를 확보해 버리면……. 하지만…… 하지
만…….'

사고가 빙글빙글 소용돌이쳐 결론이 나오지 않은 채 위기감만
이 고조되어 간다.

상황은 이미 완전히 그리너헤가 이해할 수 있는 범주를 뛰어
넘었다.

그럼에도 생각만은 멈추지 못하고 그리너헤는 출구가 보이지
않는 미궁을 계속 헤매고 있었다.

"도대체 어떻게 된 거냐……!"

게라르트의 사망 보고를 받은 것은 그리너헤만이 아니었다.

포박당하지 않고 도망친 게라르트의 종자. 그 종자는 오울이
심어 두었던 수하였고, 그 밀정이 보낸 보고가 지금 오울에게
도착했다.

"게라르트가 죽다니……. 하필이면 이 타이밍에."

"황녀 앞에서 왕태자와 연무를 하다가 사망했다고 합니다
만……."

"역시 암살일까요? 사고일 가능성이 크다고 되어 있긴 합니
다만."

"그것 말고 뭐가 있겠나. 아무리 게라르트라도 다른 나라에서
사고사할 만큼 멍청이일 리가 있겠느냐."

하지만 그렇다면 무엇 때문에.

당연하다 해야 할지, 오울 또한 그리너헤와 같은 의문에 도달했다.

그러나 그가 그리너헤와 다른 점은 그 의문의 답을 내는 것보다 우선해야 할 일이 있다는 것을 잊지 않았다는 것이다.

'나트라와 앤트가덜이 전쟁을 벌이면 그 결과가 어떻든 수많은 이목이 집중된다. 반란 계획 준비가 끝나지 않은 단계에서 그렇게 눈에 띄는 일은 피해야만 한다.'

오울은 심사숙고해 결단했다.

"──모두 들어라. 지금부터 작전을 변경하겠다."

로웰미나가 웨인의 방으로 향하기 조금 전.

로웰미나는 피시와 함께 방에서 얼굴을 맞대고 신음하고 있었다.

"곤란하게 되었네요…….."

게라르트를 내세워 나트라를 휘말리게 해서 앤트가덜 후작을 대역죄로 친다.

로웰미나의 그 구상은 지금 산산이 부서지고 말았다.

웨인이 말했던 대로 전부 허사가 되어 머리를 쥐어뜯고 있는 사람은 그 혼자만이 아닌 것이다.

"피시, 게라르트는 틀림없이 사망한 거죠?"

"예…… 저도 사체를 검사했으니 틀림없습니다. 또한 사인에 수상한 점은 없었고, 목 골절로 인한 즉사입니다."

"그런가요……. 이 상황에서 암살은 생각하기 힘드니 역시 사고사겠지요."

로웰미나는 깊이 한숨을 쉬었다.

그러자 피시가 진지한 얼굴로 말했다.

"황공하오나 전하, 이제는 일단 귀국하시는 것도 고려하셔야 한다고 생각합니다."

로웰미나의 시선에 날카로움이 더해진다. 그러나 피시는 주눅 들지 않았다.

"원래부터 이 계획은 살얼음 위를 걷는 것이었습니다. 오로지 황녀 전하의 계획이 알려지지 않고 때를 맞이하는 것이 무엇보다 중요했습니다. 그러나 계획은 섭정 전하께 간파당했고, 게라르트 경을 이용하는 계책도 수포로 돌아갔습니다. 사절단으로 동행하고 있는 황자파 가신들도 지금은 게라르트 경의 죽음에 동요하고 있지만, 이미 예정되었던 귀국일을 맞이한 이상 이곳에 머무르려 하면 의혹을 품을 겁니다. 이미 이 땅에서 책략을 부리기는 곤란해졌다고 진언 드립니다."

피시의 말은 철두철미하게 정론이었다.

게라르트의 죽음을 핑계로 나트라에 머무르는 것은 받아들여졌다. 하지만 애초에 사절단의 다수는 어째서 게라르트가 나타났는지, 어째서 그렇게까지 웨인과 로웰미나가 그를 대접했는지 답을 얻지 못했다. 언젠가 로웰미나에게 불신을 품을 것은 틀림없었다.

"제국을 궁지에서 구하고 거기에 더해 황제위로 나아가려 하시는 전하의 의사는 잘 알고 있습니다. 그러기 위해서는 전하의 계획이 최대의 기회였다는 것도요. 하지만———."

"……기회를 놓치고 말았나요."

"예……."

피시는 괴롭게 고개를 끄덕였다.

피시도 현재 상황에 안타까움을 느끼고 있었다. 대사직에서 실각하여 썩고 있을 때 자신을 발탁하여 다시 제국을 위해 일할 기회를 준 로웰미나에게는 큰 은혜를 입었다.

여자의 몸이면서도 황제위를 노리는 야망에도 끌렸다. 피시 또한 외교관으로서 출세했을 때 남존여비 풍조 때문에 몇 번이나 벽에 부딪친 경험이 있었다. 그것을 뒤엎으려 하는 로웰미나에게 협력하고 싶다는 마음은 강했다.

더구나 그녀의 재능과 애국심은 진짜다. 제국을 궁지에서 구하기 위해 자신을 미끼로 삼아 외국에 몸을 던질 왕족이 얼마나 될까.

계획이 성공만 했더라면. 그런 마음은 들지만 이미 도리가 없는 일이다.

"이 이상 놓친 사냥감의 그림자에 집착했다간 전하의 옥체마저 위험합니다. 이제는 제도에 돌아가 차선책을 생각해야 합니다."

일이 여기까지 왔으니 가장 우선해야 할 것은 로웰미나의 안

전이다. 설령 장본인인 로웰미나가 아무리 반발하더라도 일단 그녀를 무사히 귀국시키는 것. 그것이 자신에게 부과된 역할이라고 피시는 확신하고 있었다.

"……피시."

아름답고도 차가운 음색으로 이름이 불리자 피시는 마음을 다잡았다.

심기에 거스르는 것을 두려워하여 입을 다무는 것은 신하의 수치. 그녀는 등용된 지 아직 몇 개월 정도밖에 안 됐지만 로웰미나가 그만한 충절을 품을 가치가 있는 인물이라고 확신하고 있었다. 무슨 말을 듣든 간언을 철회하지 않으리라고 피시가 굳게 결의하는데——.

꼬옥, 하고 끌어안겼다.

"왓, 어, 저, 전하?"

피시는 완전히 예상 밖의 사건에 눈을 희번덕거렸다.

"이건, 저어, 어떤 의도이신지……?"

"사실은 동경했어요. 신뢰할 수 있는 가신에게 충고를 듣는 것 말이에요. 지금까지 내 주위에는 그런 인재가 없었으니까요."

무슨 그런 어린아이 같은 말씀을—— 하고 말하려다가 생각이 미쳤다. 그 탁월한 지모 탓에 잊어버리기 쉽지만 로웰미나는 아직 십대 중반의 소녀인 것이다.

하지만 지금은 그럴 때가 아니다. 피시는 마음을 독하게 먹고 말했다.

"농담이 지나치십니다. 사태는 일각을 다투고 있습니다. 이런 행동을 하고 계실 때가 아닙니다.”

“네, 알아요.”

로웰미나는 피시에게서 떨어지더니 생긋 웃었다.

“피시, 그대의 간언 한 마디 한 구절 모두 정론이에요. 이 이상 이 땅에 머무르고자 하면 내 목숨도 위험하겠지요.”

“그러시면.”

“하지만 내 목숨의 행방 같은 것은 사소한 일에 지나지 않아요.”

눈을 크게 뜨는 피시 앞에서 로웰미나는 말을 이었다.

“황제위로 가는 길이 막힌 지금은 제국 황녀로서, 또 제국을 사랑하는 한 사람의 신민으로서 우선해야 할 것은 제국의 안녕이에요.”

“그것을 위해 목숨을 걸고 이 땅에 남으시겠다고요?”

“그것이 최선이라고 판단했다면요.”

두 사람은 조용히 마주 보았다.

서로의 굳은 의지가 시선에 깃들어 두 사람 사이에 불꽃이 튄다.

그리고 당연하다 해야 할까── 꺾인 것은 피시 쪽이었다.

“……전하께서는 어스월드 제국의 정통한 황녀 전하이십니다. 무슨 일이 있어도 사소하다는 말로 치부할 수 있는 목숨이 아니십니다. 그것만은 잊지 마십시오.”

“고마워요, 피시.”

“신하인 저에게 인사를 하실 필요는 없습니다. 더욱이 아직 문제는 무엇 하나 해결되지 않았으니까요."

피시의 말은 지당했다. 로웰미나의 결의가 아무리 굳고 숭고해도 가로막는 난관을 없애 주지는 않는다.

"그 일 말인데…… 지금부터 웨인 왕자를 찾아가려고 해요."

"섭정 전하를 의지하시려고요?"

"제국을 유지하고 싶은 것은 나도 그분도 같아요. 내가 이번에 공을 세우는 것을 포기하고 제국을 위해서만 움직인다면 그분도 협력해 줄 거예요."

"논리적으로 생각하면 말씀하시는 대로입니다. 하지만 사람에게는 감정이 있습니다. 섭정 전하 입장에서 우리는 나트라에 큰 재앙을 가져온 원망스러운 상대죠. 쉽게 고개를 끄덕여 주실지……."

"그 부분은 걱정 없어요. 웨인 왕자는 사감을 버리고 이익을 취하는 인물이니까요."

그렇게 단언하고 나서 로웰미나는 쓴웃음을 지었다.

"뭐, 만약 안 된다고 할 경우에는 잔뜩 비위를 맞춰 보죠. 어디까지 통할지는 모르겠지만요."

"그때는 저도 함께하겠습니다."

주군의 결의에 피시는 그저 깊게 머리를 숙였다.

"——이런 경위예요."

자신의 사정 설명을 마친 로웰미나는 니님이 내 온 홍차 잔을 입에 가져갔다.

　"잘만 하면 될 거라고 생각했던 게 오만이었던 건지. 아무튼 나는 이번 일을 이용해 출세하려던 건 포기했어요. 이제부터는 반란을 저지하는 데만 집중할 생각이에요. 그러니 협력해서 계획을 짜지 않겠어요?"

　"……."

　로웰미나의 맞은편에 앉은 웨인은 뒤로 물러나 있는 니님에게 시선으로 물었다.

　'어떻게 생각해?'

　'거짓말은 아닌 것 같은데.'

　"끄음." 하고 웨인은 신음했다.

　"솔직히 믿기 어렵다는 마음은 있어."

　"어머, 친구의 말을 의심하다니. 내가 두 사람을 속일 거라고 생각해요?"

　"이 회합, '온 힘을 다해 속이려고 했지만 실패했으니까 협력하죠'라는 내용이잖아?"

　"뭐 그 말이 맞지만요."

　로웰미나는 아무렇지도 않은 모습으로 고개를 약간 갸웃했다.

　"어떡하면 믿어 줄 건가요?"

　"그건 신뢰해 줬으면 하는 쪽이 생각해야 하는 거 아닌가?"

　"지당해요. 그러네요…… 그럼 일단, 옷이라도 벗을까요?"

　"신뢰라는 걸 천 쪼가리 한 장의 두께라고 생각한다면 말리진 않겠지만."

웨인은 어깨를 으쓱했다.

"게다가 나를 너무 얕봤어. 누가 봐도 금세 알아차릴 그런 미인계에 걸릴 정도로 나는 얼빠진 놈이 아냐."

"밖에서 기다리는 피시도 함께 상대할 거예요."

"자세한 얘기를 들어 보지……!"

"──에잇."

니님이 들고 있던 펜이 웨인의 뒤통수에 꽂혔다.

"웨인, 장난치지 마. 시간 없잖아."

"알았어 알았어. 알았다고."

뒤통수를 문지르며 웨인이 말했다.

"로와. 확인하겠는데, 반란을 저지하기 위해서라면 뭐든 하겠다고 생각하면 되나?"

"물론이에요. 이미 수단을 가릴 처지가 아니니까요."

"……알았어. 그럼 그리너헤와 앤트가딜령에 관해 알고 있는 걸 전부 말해."

로웰미나는 고개를 끄덕이고 알고 있는 모든 정보를 이야기했다. 처음부터 로웰미나는 나트라로 하여금 앤트가딜을 쳐부수게 할 작정이었던 것이다. 보유한 병력과 지리 등은 깊숙하게 조사해 놓았다.

"최대 동원 병력은 4천……. 가이런 주 전체라면 그 배는 되겠지만 앤트가딜뿐이라면 타당한 숫자야. 무구도 서쪽의 것으로 통일시켜 배분했나. 하지만 훈련도가 낮은 데다 지휘관이 부족하군."

"그리고 말도 모자란 모양이에요. 전쟁이 벌어지면 저쪽은 보병이 중심이 되겠지요."

"전쟁이 벌어진다면 말이지."

웨인의 단언에 로웰미나는 고개를 갸웃했다.

"지난번에 부족 간 분쟁을 무혈로 처리한 것도 그렇지만, 설마 정말 소문대로 박애주의에 눈뜬 거예요?"

"그럴 리가 있어? 그건 단순히 인적 자원 낭비를 막기 위해서였어. 자국 사람을 자국 군대로 토벌하다니 손해가 크잖아. 그리고 이번에 전쟁을 피하고 싶은 이유는 더 단순해──. 돈이 없어."

"없다니, 어느 정도나요?"

"들으면 놀랄걸? 현재 예산으로는 방어용을 빼고 움직일 수 있는 병력은 5백 정도야."

로웰미나는 믿을 수 없다는 듯이 눈을 부릅떴다.

"……농담이죠?"

"진짜. 진짜로 진짜야. 마덴 전쟁에서 아직 전혀 회복하지 못했어. 그렇지, 니님?"

"네. 그 이상의 병력을 움직였을 경우 국정에 끼칠 영향을 간과할 수 없는 영역에 있습니다."

"그렇다고 내가 5백으로 4천에게 정면으로 이길 자신은 없고 말이지. 바칼이 지휘하면 한 번쯤 기회가 있을지도 모르지만 서쪽에 둔 그를 불러들일 시간이 없어. 그런 이유로 최소한 정면

승부를 걸 생각은 없어.”

이유를 열거하자 로웰미나는 마지못해 고개를 끄덕였다.

“……과연. 그렇다면 전쟁이 나게 하지 않겠다는 건 이해할
수 있어요. 하지만 무력행사가 불가능하다면 어떻게 이 사태를
해결할 건가요?”

“문제를 한 번 더 살펴봐. 우리의 목적이 그리너헤를 군사적
으로 쳐부수는 건가? 아니잖아. 그자의 입으로 반란에 대해 증
언하게 해서 일제 봉기를 막는 거야. 즉, 최대한 돈을 들이지 않
고 그리너헤의 마음을 꺾어서 굴복시키면 돼.”

웨인은 씨익 웃었다.

“그리고 우리는 학생 시절부터 이런 어려운 문제를 몇 번이나
해결했지. ──자, 나쁜 계략을 시작하자.”

그리너헤에게 게라르트의 사망 소식이 알려진지 열흘 정도가
경과했다.

겨울이 코앞이라 도시 쪽에서도 눈을 볼 수 있게 되었다.

“주인님, 도시민에게서 병사의 행패를 막아 달라는 진정이 잇
따르고 있습니다.”

“병사 측에서도 처우에 관한 불만이 터져 나오고 있습니다.
이대로는 탈주자가 나오는 것도 시간문제일 듯합니다…….”

“주인님, 주 총독과 대리관에게 서한이 도착했습니다. 부디

확인해 주시기 바랍니다.”

자식이 목숨을 잃었어도 영내에서 일어나는 문제가 멎어 주지는 않는다. 부하들에게서 연이어 쏟아지는 보고는 모두 그가 나서서 정리해야 하는 내용이었다.

그러나 지금의 그리너헤에게는 그것들을 상대할 심리적인 여유가 없었다.

“에잇, 그런 사소한 것들은 너희가 정리해 놓아라! 그보다 나트라다! 나트라의 조사는 어찌되었느냐!”

이 열흘간 그리너헤는 움직이지 않았다. 정확히 말하자면 움직일 수 없었다.

나트라에 쳐들어가 로웰미나 황녀를 확보하고 싶은 마음은 있었다. 그러나 군대를 움직이자마자 제국군이 올지도 모른다는 공포가 그리너헤에게서 그 선택지를 빼앗았다.

한 일이라고는 저택 경비를 엄중히 한 것 정도다. 한편 도시 쪽도 경계를 강화하라고 지시는 내렸지만 감독하는 자가 부족하고 그리너헤 자신도 확인을 게을리 하고 있기 때문에 거의 효과는 없었다.

“그것이, 아직 아무 연락도…….”

“이 쓸모없는 놈들! 제길! 여봐라, 돌아온 게라르트의 종자는 지금 어쩌고 있느냐!”

“예, 겨우 회복되어…….”

“그렇다면 당장 불러와라! 무슨 일이 일어났는지 내가 직접 묻겠다!”

그리너헤는 마구 화풀이를 하며 부하에게 지시를 내렸다. 언제 제 몸에 위험이 닥칠지 모른다는 중압감은 안 그래도 빈곤한 그의 품위를 완전히 빼앗아 갔다.

그런 그 앞에 사용인 한 명이 황급히 뛰어 들어왔다.

"주, 주인님! 큰일 났습니다!"

"시끄럽다, 무슨 일이냐!"

"죄, 죄송합니다. 그것이…… 지금 대문에 손님이……."

"손님이라고? 멍청하긴, 쫓아내라! 지금은 상대하고 있을 시간이 없다!"

"주인님께서 매우 다망하시다는 것은 잘 알고 있습니다. 하지만 내방하신 분이──."

"─────."

사용인이 그 이름을 고하자마자 그리너헤는 방에서 뛰쳐나갔다.

복도를 달려 빠져나가, 계단을 달려 내려가 당도한 저택 현관에는 사람 몇 명이 서 있었다.

"──처음 뵙겠소. 앤트가딜 후작."

중심에 서 있는 사람은 한 명의 소년.

품위 있는 모습은 그가 고귀한 출신이라는 것을 보여 주며, 그 젊음과 용모는 그리너헤가 들었던 어떤 인물과 일치했다.

"네놈…… 설마, 정말로."

"그렇소."

소년은 그리너헤를 향해 대담한 웃음을 지으며 말했다.

"내가 나트라 왕국 왕태자, 웨인 살레마 아바레스트요."

'자, 중요한 승부처다.'

놀람, 당황, 분노── 다양한 감정이 소용돌이치는 그리너헤의 시선을 똑바로 받으며 웨인은 마음속으로 머리를 굴렸다.

최대한 돈을 들이지 않으면서도 확실하게 그리너헤의 마음을 꺾으려면 어떻게 해야 하는가.

답은 단순명쾌하다. 자신이 꺾으러 가면 된다. 그것이 지금 웨인이 여기 있는 이유였다.

그러나 당연히 거기에는 커다란 위험이 따른다.

"위병! 나와라!"

그리너헤가 소리를 질렀다. 그러자 곧바로 무기를 든 병사들이 그리너헤 쪽으로 달려왔다.

'뭐 이렇게 될 줄 알았어.'

그리너헤 입장에서 보면 불 속으로 날아든 벌레 정도가 아니다.

그러나 이 반응은 이미 예상한 바였다. 더구나 똑같이 소수의 수행원만을 데리고 적진에 뛰어든 것은 로와가 이미 했던 일. 웨인이 겁낼 이유는──.

'……큰일 났다, 죽을지도.'

금방이라도 덮쳐들 것처럼 위병들이 줄줄이 모여드는 모습에는 아무리 웨인이라도 약간 기가 죽었다.

"전하."

데려온 호위 중 한 명—— 라클룸이 검에 손을 가져간다.

"기다려. 아직 이르다."

호위를 손으로 제지하며 웨인은 목소리를 높였다.

"앤트가딜 후작, 병사를 물려주기 바라오. 나는 귀공과 싸우러 온 게 아니오."

"무슨 소리를 지껄이느냐! 내 아들 게라르트를 죽여 놓고서……!"

"바로 그 점이오. 우리 사이에는 커다란 인식 차이가 있지. 그것을 풀고 서로에게 다가가기 위해 이렇게 직접 온 것이오."

"호오, 인식 차이라고? 뭐가 어떻게 다르다는 거냐!"

그러자 웨인은 의미가 담긴 표정을 지었다.

"원한다면 설명하지. ——그런데 괜찮겠소? 이 자리에서 말해도."

그리너헤의 얼굴에 동요가 퍼졌다. 그 반응으로 웨인은 간파했다.

'짚이는 곳은 있다. 짚이는 곳을 우리가 알고 있을지도 모른다는 것에 놀라지 않았다. 그렇다면 십중팔구 게라르트의 죽음은 반란 계획과 관련되었다고 생각하고 있어. ——좋아.'

재빠르게 방침을 정하는 웨인. 그의 사고 속도는 그리너헤 따위와는 상대도 되지 않는다.

"앤트가딜 후작, 서로를 위해서 대화 자리를 마련해야 한다고 생각하지 않소? 로웰미나 황녀 전하께 전갈도 받아 왔소. 그리고 게라르트 경의 시신도 인도하고 싶소."

웨인은 저택 바깥을 가리켰다. 그곳에는 짐차와 그 위에 실린 귀인용 관이 있었다. 안에는 게라르트의 시신이 들어 있었다.

"아드님의 시신 앞에서 피를 보고 싶지는 않으시겠지?"

"윽, 큭……."

이것은 그리너헤의 정을 노리고 한 말이 아니다. 게라르트의 핑계를 댐으로써 그리너헤가 병사를 물릴 이유를 마련한 것이다.

그리고 예상대로 그리너헤는 마지못한 척하며 고개를 끄덕였다.

"……좋다. 자리를 준비하지."

웨인은 씨익 웃었다.

"훌륭하오. 결실 있는 회합이 될 거라 약속하겠소."

"나트라 왕태자가?!"

부하의 보고에 오울은 무심코 경악한 목소리를 냈다.

"예, 틀림없습니다……! 지금 막 앤트가덜 저택에 도착했습니다."

"……이놈이고 저놈이고!"

근처의 의자를 걷어차 마음대로 되지 않는 데 대한 분노를 발

산하면서 오울은 서둘러 생각을 정리했다.

"왕태자의 수하들은 어느 정도냐?"

"고작 다섯 명입니다."

"……."

어처구니없는 이야기다. 일국의 왕태자가 고작 그 정도 인원수만 데리고 외국으로 향하다니.

그와 동시에 아무도 그런 짓은 하지 않을 거라고 생각하기 때문에 바로 이 기습이라 할 만한 내방이 성공한 것이리라. 만약 백 명 단위로 데려왔다면 도시에 도착하기 전에 들켰을 것이다.

그러나 이번만큼은 그 결단력이 목숨을 재촉할 것이다. 이 도시에 있는 것은 그리너헤의 수하들만이 아니다.

"바로 움직일 수 있는 부하들은 몇 명 있지?"

"열 명 정도입니다."

"모두 모아라. 만약 왕태자가 살아서 저택에서 나온다면 우리가 처리한다."

"예의 그 건으로 잠복시킨 자들은 어떻게 할까요? 다시 불러들일 수도 있습니다만."

"……아니, 그쪽은 움직이지 않아도 좋다. 병행해서 진행해라."

"옛!"

부하에게 지시를 내리면서 오울은 자신이 선수를 빼앗겼다는 것을 자각하고 있었다.

주도권을 쥐고 있는 자는 틀림없이 나트라 왕태자다.

'그러니 더욱, 여기서……!'

굳게 결의하며 오울은 준비를 시작했다.

◆ ◇ ◆

"가장 먼저, 게라르트 경의 죽음에 관해 사과하고 싶소."

준비된 방의 자리에 앉아 그리너헤와 일대일로 마주한 웨인은 입을 열자마자 사죄했다.

"믿어주지 않으실지도 모르나, 나로서는 게라르트 경을 죽게 할 생각은 없었소."

"믿을 수 있을 리가 없지 않나!"

'뭐, 그렇겠지.'

내뱉는 그리너헤에게 웨인은 마음속으로 동의했다.

당사자가 아니었다면 자신이라도 암살당했다고 생각할 상황이다. 설마 멋대로 창문에서 떨어져 죽다니 누가 생각할 수 있으랴.

"만약 그렇다면 아들은 왜 죽은 거냐."

그것은 웨인이 기다리던 질문이었다.

"그것은 물론 황녀 전하의 의사이시오."

"뭣이라……?!"

"단도직입적으로 말하지. 앤트가덜 후작. ──황녀 전하는 모든 것을 알고 계시오."

악덕을 쌓아온 자에게 타인이 속삭이는 '알고 있다'는 말만큼 의심암귀에 사로잡히게 만드는 것은 없다. 하물며 그것이 자신보다 권위 있는 자에게서 나온 말이라면 그 효과가 절대적이라는 것을 그리너헤의 표정이 말해 주고 있었다.

"알……알고 있다니 무슨 말이냐."

그리너헤는 떨리는 목소리로 애써 평정을 가장하며 시치미를 떼려 했지만 웨인은 가차 없이 추가 공격을 가했다.

"물론, 귀공이 반란 계획에 가담했다는 것이지."

"뭣……!"

"충고해 두겠소만."

웨인은 반사적으로 뭔가 말하려던 그리너헤를 제지했다.

"변명이 통할 단계는 한참 전에 지났소. 증거도 충분히 모였소. 만약 여기서 나를 죽인다 해도 언젠가 제국군이 이 땅을 향해 올 테지."

"마, 말도 안 되는……. 그런 일이……!"

허세다. 증거는 아무것도 없다. 그리너헤는 아직 벗어날 수 있는 위치에 서 있었다.

'자아, 걸려들어라, 걸려들어라…….'

물론 웨인도 이 허세만으로 끌어들일 수 있으리라고는 생각하지 않았다. 그리너헤를 유도하기 위한 미끼다.

"말도 안 된다, 그럴 수가……. 그래! 그렇다면 네놈은 뭘 하러 여기 온 것이냐! 설마 게라르트의 사체를 끌고 나에게 사형 선고를 내리러 오기라도 했다는 거냐!"

걸렸다. 웨인은 그 한순간을 놓치지 않았다.

"귀공을 구하러 왔다고 하면 웃을 건가?"

"무……무슨 소리냐."

"로웰미나 황녀는 후작가를 없애 버릴 생각이오. 제국을 사랑하는 황녀는 제국의 적을 용서하지 않지. 나는 제국 유학 시절에 황녀와 인연을 맺어서 말이오. 그래서 협력했지만── 나와 황녀는 조금 생각이 다르오."

그리너혜는 알아차리지 못한다. 웨인의 마치 진실 같은 말을 듣고 있는 동안 허구를 전제로 다시 허구를 겹겹이 쌓아올려, 전제가 되는 허구가 마치 진실인 것처럼 마음속에 침투해 버렸다는 사실을.

"우리 나트라에게 가이런 주는 말이 잘 통하는 이웃으로 있어 주는 편이 좋소. 후작가가 없어지면 영지는 몰수되고 주 총독이 모든 실권을 장악하게 될 텐데──. 그건 곤란하오. 그 남자에게는 왕가의 혈통에 대한 경의라는 것이 없어서 말이지."

"음……."

"제국의 가신이 되기는 했어도 귀공은 앤트가딜 왕가의 피를 이은 엄연한 왕족. 그런 고귀한 인간이 배척당하고 혈통의 무게를 모르는 속인이 활개를 친다니, 정말 두려운 미래라고 생각하지 않소?"

말할 필요도 없지만, 웨인은 티끌만치도 그렇게 생각하지 않았다.

애초에 혈통 같은 것에 대단한 가치는 없다는 것이 원래 웨인의 생각이었다.

하지만 가치가 있다는 인식이 대륙, 특히 귀족 간에 만연하고 있다는 것도 알고 있었다. 그렇다면 그것을 이용하는 데 주저할 필요는 없다. 웨인은 사상가가 아니라 정치가다.

그리고 예상대로 혈통을 구실로 내밀자 그리너헤는 경계심을 누그러뜨렸다.

"그것은…… 그렇지, 그 말대로다. 하지만 구한다니 도대체 어떻게……."

"뭐, 걱정할 필요는 없소. ──만악의 근원인 게라르트 경은 이미 죽었으니!"

"뭐────?"

아연해진 그리너헤를 향해 웨인은 무시무시한 미소를 지었다. 다른 사람이 여기 있었다면 마치 악마가 미소 지은 것처럼 보였으리라.

"무시무시한 이야기야. 정말이지 두려워해야 할 이야기지! 제국에 대한 충성을 잊고 자신의 야심을 위해 육친을 연금하고 반란 계획에 가담해 독립을 바라다니, 인면수심이란 바로 이런 걸 말하는 것이오!"

"……자, 잠깐, 설마."

"하지만 제국 내에서 그자의 평가를 생각하면 아마도 많은 사람들이 납득할 테지! 어쩌면 귀공에 대한 동정표마저 모여들지도 모르겠군! 어쨌거나 그런 흉악한 도적의 존재를 알아차리고 함정을 파 없애는 데 성공한 로웰미나 황녀 전하의 지모는 훌륭하다고밖에 말할 방도가 없지!"

"네놈, 게라르트에게 모든 죄를 뒤집어씌우고————."

"물론!"

그리너헤의 말은 웨인에게 가로막혔다.

"물론, 귀공의 죄는 추궁당하겠지. 제 자식의 행동을 갚는 것은 부모의 의무! 그러나 반란 계획에 관여한 증거를 모두 제출하고 아들을 막지 못한 자신의 죄를 인정하고 증언을 한다면, 영지 삭감으로 그치겠다는 언질을 황녀 전하께 받았소……!"

"으윽————."

그리너헤는 몸을 떨었다.

웨인이 한 말의 의미와 그가 발하는 압도적인 위압감이 그리너헤를 전율시킨 것이다.

"앤트가딜 후작, 어쩔 수 없는 일이었소. 귀공은 피해자요. 수치를 견디고 나트라에서 기다리고 계시는 황녀 전하의 자비에 매달리는 것이 어떻겠소."

스멀스멀. 독을 불어넣듯이 웨인은 그리너헤를 도망칠 길로 이끌어간다.

인간은 막다른 곳에 몰렸을 때 도망칠 곳이 아무데도 없다면 폭발할 수밖에 없다. 그러나 도망칠 길이 있다면, 있는 것처럼 보인다면, 그곳으로 도망쳐 들어가는 것이 인간의 본성이다.

"게라르트는."

갑자기 그리너헤가 쥐어짜듯 말했다.

"역시 게라르트는, 암살당한 것이군……."

"나로서도 고심한 끝에 한 일이오. 그러나 필요한 희생이었다

©Falmaro

고 할 수 있겠지.”

완전히 거짓말이다. 그냥 사고로 죽은 것뿐이다. 그러나 죽어 버린 이상 사후의 명예도 죽은 이유도 전부 다 이용해 주겠다. 죽은 자는 말이 없다. 그저 산 자에게 이용될 뿐이다.

“필요한 희생……인가…….”

“자식을 애도하는 마음은 잘 아오. 그러나 우선해야 할 것은 혈통의 존속이겠지? 귀공이, 앤트가덜 가문이 존속만 한다면 후세에 얼마든지 햇빛을 볼 기회가 있소. 자, 앤트가덜 후작. 지금은 돌아가신 부군처럼 현명한 판단을 내릴 때요.”

“…….”

그리너헤는 깊게 침묵했다.

그의 뇌리에서는 일찍이 없었을 정도의 기세로 사고가 돌아가고 있으리라.

‘넘어와라 넘어와라 넘어와라 넘어와라……!’

웨인은 기도하면서 말없이 그가 결론을 내리길 기다렸다.

그리고 길고 긴 고요 끝에 그리너헤는 말했다.

“……여행 준비를 하지. 잠시 시간을 주게.”

‘으랏차아아아아아아아아아아아아아!’

마음속으로 승리 포즈를 취하며 웨인은 만족스럽게 고개를 끄덕이고 손을 내밀었다.

“귀공은 훌륭한 결단을 내렸소. 이제 모든 것이 원만하게 해결될 거요.”

◆ ◇ ◆

　방을 준비하겠다는 그리너혜의 제안을 고사하고 웨인은 호위와 함께 저택을 나갔다. 목적지는 도시의 여관이다.

　귀인이 먼 길을 갈 때 혼자서 맨몸으로 갈 수는 없다. 호위와 시중을 드는 인원을 선발하고, 그를 위한 비용과 물자를 준비하고, 목적지까지의 길과 도중에 쉴 장소를 어디로 할지 조사한 후에야 겨우 출발하게 된다.

　그래서 그리너혜가 준비기간이 며칠은 필요하다고 주장했지만 웨인은 고개를 저었다.

　"말했잖소. 황녀 전하께선 다 알고 계신다고."

　그리너혜는 얼마 전까지 나트라 침공을 계획하고 있었다. 준비는 거의 끝났을 것이고, 실제로도 그렇게 말하자 그리너혜는 다음 날에는 준비를 끝내겠다고 말을 뒤집었다.

　그리너혜가 그렇게 시간을 벌려 했던 이유는 체념을 못하는 타고난 성격이 하나, 마음의 준비를 할 시간을 원했던 것이 하나, 그리고 마지막 하나는———.

　"전하."

　갑자기 옆에서 걷고 있던 라클룸이 목소리를 냈다.

　"그래, 안다."

　아직 대낮인데도 도시 안은 고요했다.

　주둔하고 있는 병사들이 행패를 부린 결과 도시 주민들이 겁먹고 틀어박혀 있다는 이야기를 들었을 때, 그것을 방치하고 있는 그리너혜에게는 상당히 어이가 없었지만──.

'이 고요함은 좀 다르다.'

처음에 도시에 발을 들였을 때와는 다른 공기다. 누군가가 의도적으로 부근의 사람을 물린 것이다. 그것을 웨인은 특유의 관찰안으로, 라클룸은 타고난 직감으로 인식했다.

"피해 갈 수 있겠나?"

"……아니요, 앞뒤로 기척이 있습니다. 포위당했습니다."

돌바닥 위를 태연히 걸으며 라클룸은 다른 호위를 향해 손가락으로 지시를 내렸다. 그들은 재빠르게 웨인을 둘러싸듯이 전개했다.

"아마도 저 샛길 안에도 배치되어 있을 겁니다."

"용의주도하군."

그리너혜의 수하는 아니다. 사전에 이쪽의 동선을 파악하고 사람을 전부 물리고 매복한다는 신속한 계획은 그의 장기짝들이 할 수 있는 곡예가 아니리라.

그럼 누구인가. 그 결론을 내리기도 전에 전방과 후방을 가로막듯이 사람 그림자가 튀어나왔다.

"돌파하겠습니다. 뒤처지지 마시도록."

"안다. ──가자!"

웨인 일행은 검을 뽑고 습격자를 향해 땅을 박찼다.

앤트가덜 저택 옆에는 예배당이 있다.

백성에게 진정을 받아 건설한 것으로 그리너헤 자신은 신심이 깊지는 않았다. 그러나 지금 그는 거기에 있었다. 자식의 시신이 담긴 관과 함께.

"…………."

게라라트의 죽은 얼굴은 평온했다. 시신의 상태도 나트라 측이 조심스럽게 다루었으리라는 것을 알 수 있었다. 그것을 바라보는 그리너헤의 모습은 자식을 잃고 감정의 갈피를 못 잡는 부모 그 자체였다.

그러나 사실은 달랐다. 그리너헤의 가슴속에는 슬픔이 전혀 없었다.

"……마지막까지 바보 같은 아들이었지."

실의를 내비치며 그렇게 중얼거리고, 곧바로 그리너헤는 자조 어린 미소를 지었다.

"아니…… 그것도 당연한가. 내 자식이니."

조금 전의 웨인과의 회합이 뇌리를 스쳤다.

그때 자신은 압도당하고 있었다.

제국의 후작쯤 되는 인간이 스무 살 이상 어린 젊은이의 기백에 삼켜진 것이다.

아아, 생각난다. 그렇다. 아버지인 앤트가덜 왕과 대면했을 때에도 이랬었다.

'아버지와 같거나, 어쩌면 그 이상인가…….'

스스로 적지에 뛰어들어 달변으로 상대를 설득하고 유유히 귀환한다. 그런 짓을 실행하려 하는 자는 상당한 바보이거나 영웅일 텐데, 거기에 성공까지 했으니 그는 그야말로 영웅의 자질을 가진 것이리라. 그리고 앞으로 앤트가덜 왕과 마찬가지로 대륙을 휘어잡고 역사를 견인하는 걸물이 될 것이다.

자신도 계속 그렇게 되고 싶었다. 아버지처럼, 아버지보다 위대해지고 싶었다.

그러나 오늘 그 소년과 대면하고 나서 통감했다.

될 수 없다. 자신은 결코 거기까지 닿을 수 없다고.

"후──후후, 후후후."

가슴에서 끓어오르는 이 감정을 뭐라 표현하면 좋을까.

분노는 아니다. 증오도 아니다. 불꽃과 같은 아름다움도, 물과 같은 화려함도 없다. 거칠고 못난, 바위 같은 이 격정을.

"생각해 보니 너를 칭찬한 적이 한 번도 없었구나."

그리너헤와 게라르트. 아비와 자식. 자식인 게라르트는 목숨을 잃었고 아비인 그리너헤 또한 머지않아 역사의 바다에 가라앉으리라.

"이제 와서 내가 너를 위해 눈물 흘려 보았자 아무런 위로도 되지 않겠지."

오기다. 이 감정의 이름은 오기다.

이제부터 할 일은 아무도 돌아보지 않는 길가의 돌에게 허락된, 처음이자 마지막으로 하늘에 건 모험이다.

"그러니 이것이 작별 선물이다. 도전해 주마. 그 젊은 영웅에게."

그리너헤는 발길을 돌렸다.

예배당 밖에서 기다리고 있던 종자를 향해 명령을 내린다.

"움직일 수 있는 병사를 긁어모아라. 나트라 왕태자를 포박하고 로웰미나 황녀를 손에 넣겠노라……!"

검격이 골목길에 울려 퍼졌다.

그것은 웨인의 호위와 습격자들이 만들어 내는 소리였다.

'곤란하군…….'

웨인은 상황을 냉정히 관찰하면서 마음속으로 혀를 찼다.

습격자의 숫자는 열 명. 그에 반해 웨인의 호위는 다섯 명. 숫자는 압도적으로 저쪽이 유리하다.

그러나 호위들은 나트라군에서도 고르고 고른 정예병이다. 수적 불리함이 있어도 무너지지 않고 웨인 주위를 굳게 지키며 대등한 상태를 유지하고 있는데──.

'아니, 유도당하고 있다.'

습격을 버티는 사이에 웨인 일행은 이 골목길까지 쫓겨 들어왔다. 거기에 전술적인 의도가 있다는 것을 웨인은 간파했다.

'이 칼싸움 소리를 들은 시민이 신고하거나, 혹은 소식을 들은 경비가 달려올 때까지 시간은 그리 걸리지 않을 거다. 그렇다면 저쪽은 단기결전을 희망할 터. 유도당해 온 이 부근에 반드시 함정을 쳐 두었을 거다.'

어디냐. 웨인은 가옥의 벽으로 등 뒤를 막으면서 시선을 여기저기 돌렸다. 골목길은 좁아서 결코 대규모 함정은 팔 수 없다. 아마도 심플하고 단 한 번뿐인, 허를 찌를——.

"——이런!"

그 순간, 웨인이 등을 맡기고 있던 벽이 창의 일격과 함께 반대편에서 꿰뚫렸다.

"으어어어어어어억?!"

순식간에 몸을 돌린 웨인의 외투를 창날 끝이 스치며 찢었다.

"쳇!"

웨인을 처리하지 못한 것에 새로운 습격자——오울은 혀를 찼다. 재차 찌르기를 넣었지만 웨인의 검이 그것을 튕겨냈다.

"전하!"

"이쪽은 괜찮다! 눈앞의 상대에 집중하라!"

초조해하는 라클룸에게 목소리를 높여 자제하도록 밀어붙인다. 그러면서도 웨인은 새로 나타난 남자에게서 시선을 떼지 않았다.

"설마 피할 줄이야. 꽤나 운이 좋군."

웨인은 코웃음을 쳤다.

"지금 그것이 운으로 보이나? 처음 만나지만 그 옹이구멍 같은 눈에는 동정이 가는군."

'위험했어어어어어어! 못해못해못해! 두 번은 절대 못해!'

폭발할 듯한 심장을 강철 같은 정신으로 억누르며 웨인은 생각했다.

'이놈이 출현하자마자 습격자들의 기색이 날카로워졌다. 정신적 지주인 건 틀림없어. 이놈을 죽이면 다른 놈들은 무너진다. 하지만⋯⋯.'

창을 겨누는 오울을 보고 힘든 적이라고 확신했다.

파고들 빈틈이 전혀 없다. 그러기는커녕 방어에 전념해도 언제까지 버틸지.

'그렇다면⋯⋯.'

웨인은 대담한 미소를 지었다.

"과연, 너희가 그리너헤 후작을 반란 계획에 끌어들인 놈들이군."

"⋯⋯."

"뭐, 대답할 리 없나. 그럼 멋대로 알아맞혀 주지. 너희의 정체는 제국에 멸망당한 과거 연합국의 생존자──."

웨인은 꿰뚫듯이 말했다.

"라는 명목으로 움직이는, 서쪽의 공작원이다."

오울이 창을 내질렀다.

웨인은 검의 옆면으로 창의 궤도를 틀었다. 일격이 무겁다. 손이 저릿했다.

"이런 변경의 후작까지 끌어들이려 하다니 집요하기도 하지. 하지만 잘못 골랐군. 그자는 역병신이나 다름없었다. 덕분에 너희 계획이 너덜너덜해지지 않았나?"

"⋯⋯."

"아직 수정할 여지가 있다고 생각하는 얼굴이군? 정말 그런가? 이봐, 사실은 이 도시에 동료가 더 있겠지. 하지만 그자들은 다른 건 때문에 움직일 수 없어. 안 그런가?"

그 말에 처음으로 오울의 얼굴에 동요가 스쳤다.

"알아맞혀 주지. 그자들의 임무는 입막음을 위해 그리너헤를 암살하는 거다. 그리고 저택에 있는 봉기 계획의 증거도 전부 말소하려 하고 있지. 특히 지금은 저택 안이 소란스러워졌을 테니 분명 움직이기 쉽겠지."

'이 남자는……!'

오울은 마음속으로 전율했다. 전부 웨인의 말대로다. 이 젊은 왕태자는 나트라에 있으면서도 오울의 움직임을 전부 읽어냈다는 뜻이다.

하지만 그뿐이다. 설사 읽혔다 하더라도 상관없다. 자신의 수하들은 이미 저택에 잠입했고, 웨인 일행은 여기서 발이 묶여 있으니까――.

"――내 부하들이 이것뿐이라고 누가 말했지?"

오울이 경악에 눈을 부릅떴다.

앤트가딜 저택은 위아래로 대소동이었다.

지시와 병사들이 다급하게 날아다니고 때로는 노성도 튀어나온다.

마치 폭풍 같은 상황이었지만 그것을 아무렇지도 않게 쳐다보고 있는 이들도 있었다.

"도대체 무슨 일일까요?"

"글쎄. 또 주인님이 무슨 생각을 떠올리신 거겠지."

한가롭게 그런 대화를 나누고 있는 것은 하급 사용인들이었
다. 메이드들에게 부과된 일은 저택에 관련된 것이라, 그 외의
일에는 관심도 없고 역할도 없다.

"그보다 그 꼬마에게 식사를 가지고 가렴."

"아아, 참 그렇지요."

식사를 담은 트레이를 받아들고 사용인 소녀가 향한 곳은 병
실이었다.

그곳에서는 열흘 정도 전에 숨이 거의 끊어질 듯하며 도착한
게라르트의 종자가 쉬고 있었다.

"그건 그렇고, 으음~."

복도를 걸으며 사용인은 혼잣말을 했다.

"게라르트 님이 출발하시기 전에 배웅했었는데, 종자들 중에
그런 애가 있었던가……. 있었다면 기억했을 것 같은데. 꽤나
귀여우니까."

그렇게 중얼거리며 병실로 가고 있는데 문득 복도 안쪽 모퉁
이에 사람 그림자가 보였다.

"어라, 저기는……."

이 저택에는 사용인이 드나들기는커녕 다가가는 것조차 허락
받지 못하는 방이 몇 개 있다. 그 방에는 보물이나 중요한 서류
등이 보관되어 있다고 들었지만 자세한 것은 그녀가 알 바 아니

다. 중요한 것은 사람 그림자가 보인 복도 모퉁이 안쪽에 그 방이 있다는 것이다.

아마도 저택 구조에 익숙지 못한 병사가 길을 잃은 것이리라고 소녀는 생각했다. 식사를 운반하던 도중이기도 하니 내버려 두어도 괜찮겠지만, 주인인 그리너헤가 이 사실을 알면 기분이 나빠져 사용인들에게 마구 화를 낼 것이다.

'어쩔 수 없네요~.'

소녀는 타박타박 복도 안쪽으로 걸어가 모퉁이 너머로 고개를 쑥 내밀고 들여다보았다.

"저기~ 거기는 출입금지……."

하던 말이 도중에 멎었다.

모퉁이 앞에 있는 사람은 남자 두 명이었다. 병사 복장을 한 그들은 소녀의 목소리에 화들짝 놀란 모습으로 돌아보았다.

그러나 놀란 것은 소녀 쪽도 마찬가지였다. 그 병사 중 하나가 문 앞에 한쪽 무릎을 꿇고 열쇠를 돌려 열려 하고 있었기 때문이다.

"저기, 뭐 하는──── 꺅!"

남자 한 명에게 팔이 붙들려 소녀는 억지로 모퉁이 안쪽으로 끌려갔다. 들고 있던 트레이가 바닥에 떨어져 소음을 냈다.

"제대로 망을 보라고 했잖아……!"

"미안. 금방 처리할게."

자신에게 무슨 일이 일어났는지, 그리고 이제부터 무슨 일이 일어나려 하는지 소녀는 이제야 겨우 인식했다. 이 두 사람은 도둑이나 뭐 그런 것이고── 자신은 그 장면을 목격하고 만 것이다.

 사람을 불러야 해. 그렇게 생각했지만 판단이 너무나도 늦었다. 그때는 이미 입이 남자의 손에 막혔고, 게다가 남자의 다른 한 손에는 단도가 들려 있었다.

 '아, 아, 안 돼.'

 버둥거리며 도망치려 했지만 완력 차이는 압도적이었다. 손을 풀지 못한 채 남자가 든 예리한 칼날이 빨려들 듯이 소녀의 목가로 지나가──.

 "……앗?"

 남자가 들고 있던 예리한 칼이 남자의 머리에 박혔다.

 무슨 일이 일어났는지 이해할 수 없다──. 남자와 소녀가 묘하게도 똑같은 표정을 짓고, 남자는 소녀 위에서 덮치듯이 무너져 내렸다.

 그리고 갑작스러운 일에 멍해진 소녀 곁에 어느새 소년 한 명이 서 있었다.

 소녀는 그 얼굴을 알고 있었다. 일주일 전에 저택에 뛰어 들어온 게라르트의 종자다.

 "식사, 미안해. 기껏 가져와 줬는데."

 하지만 동시에 당황했다. 그 소년의 머리카락은 검은색이었을 터. 그런데 지금 옆에 서 있는 그의 머리카락은 마치 눈처럼 희었다.

 "뭐, 아무튼 안심해. 금방 끝날 테니까."

백발의 소년── 나나키 랄레이는 무뚝뚝하게 말했다.

　"그리너헤를 지키라고?"
　그날, 웨인에게 불려 집무실에 온 나나키는 웨인의 지령에 당혹감을 숨기지 않았다.
　"왜 그런 짓을 할 필요가 있는 거야?"
　"내 예상으로는 십중팔구 그리너헤는 암살될 거다."
　웨인의 대답은 간결했다.
　"하수인은 그리너헤를 반란 계획에 끌어들인 서쪽의 공작원. 이유는 계획이 이 이상 파탄 나는 것을 두려워해서다. 그러니 그리너헤가 죽지 않도록 지켜 주길 바란다."
　"……귀찮네. 죽게 두면 안 되는 거야?"
　웨인은 고개를 저었다.
　"안 돼. 지금 그자가 죽으면 상당히 곤란해진다. 살아서 증언해 줘야 해."
　나나키는 불만스럽게 신음했다.
　"내 주인은 플라냐야. 그 녀석의 곁에서 떨어지는 건."
　"안다. 당연하겠지만 네가 부재중일 동안 플라냐의 호위를 늘릴 생각이다."
　"……꼭 내가 가야 해?"
　"꼭 네가 가야 해."
　웨인은 단언했다.

"이 임무에는 고도의 변장술이 필요해. 내가 아는 사람 중에 그 조건에 들어맞는 사람은 나나키, 너뿐이다."

──플람인은 화장이 특기.

예로부터 대륙 서쪽에서 널리 알려진 속담이다.

왜 그런 속담이 생겨났는가 하면 플람인이 가진 하얀 머리카락과 붉은 눈동자라는 특징적인 외모 때문이다.

대륙 서쪽에서 차별받는 계급인 플람인은 그 인종적인 특징 탓에 쉽게 판별당한다. 그것을 피하기 위해 머리나 눈동자 색깔을 감추려 한 것이 시작이었다고 전해진다.

차별 계급은 비웃으면서 그 말을 입에 담지만 플람인에게는 생존하기 위한 필수 기술이다. 부모에게서 자식에게로, 그 자식이 성장해 부모가 되면 다시 자기 자식에게로 전수한다. 그렇게 해서 계속 이어져 내려온 변장술은 대륙에서 가장 발전했다고 한다.

그리고 나나키는 그 플람인 중에서도 기술이 가장 우수한 사람이었다.

"……어쩔 수 없네. 그럼 어떻게 숨어들면 돼?"

"정면으로."

그렇게 말하고 웨인이 내민 것은 게라르트의 단검이었다.

"이것을 가지고 게라르트의 종자라고 칭하면서 게라르트가 죽었다는 것을 알려. 최대한 쇠약해진 것처럼 연기하면서. 그렇게 하면 너는 저택에 누워 지낼 수 있고, 의심암귀에 사로잡힌 그리너헤는 저택 경비를 엄중히 하겠지. 이걸로 암살자도 그리 쉽게 다가가지는 못할 거야."

"그럼 나는 잠입한 다음에는 아무것도 안 해도 되는 거야?"

"아니, 잠시 지나면 나도 저택에 들이닥칠 작정이다. 아마도 저택에 큰 소란이 일어나겠지. 암살자는 그 틈을 노려 그리너헤를 살해하고 봉기 계획의 증거를 파기하려 할 거야. 그걸 저지하고 증거를 확보해 주길 바란다."

"쉽게 말하네."

"쉽잖아? 나나키에겐."

나나키는 대답하지 않고 단검을 받아 품에 넣었다.

그리고 발길을 돌리려던 순간, 나나키는 말했다.

"마지막으로 하나만 물을게. 이건 플라냐를 위한 일이 되나?"

"되고말고. 내가 거짓말을 한 적이 있나?"

"꽤 있잖아."

웨인은 눈을 피했다.

나나키는 코웃음을 치면서 말했다.

"하지만 뭐…… 플라냐를 위해서라고 말했을 때는 아직 한 번도 거짓말하지 않았지."

그리고 나나키는 방을 나갔다.

그 모습은 곧바로 주위의 경치에 녹아들었고, 그는 누구에게도 들키지 않고 앤트가덜 후작의 저택으로 떠나——.

"뭐, 뭐냐 네놈은?!"

지금 이렇게 암살자와 대치하고 있었다.

"보면 몰라? 동업자야."

나나키는 남자를 노리고 바닥을 찼다.

남자는 놀라면서도 허리춤의 단검에 손을 뻗으려 했지만, 늦었다.

그 손끝이 검집에 닿기도 전에 나나키는 소리도 없이 남자의 품속까지 파고들어 남자의 단검을 뽑고 그대로 남자의 턱을 꿰뚫었다.

"컥……?!"

남자는 신음소리를 내고는 찔린 단검에 손을 뻗으려 했지만 그러기 전에 힘을 잃고 바닥에 쓰러졌다.

"……."

소년은 말 없는 시체가 된 남자를 일별한 후 뒤돌아보았다.

"어때? 금방 끝났지…… 어라."

나나키가 부른 쪽에 있던 소녀는 남자의 시체를 치우지도 못한 채 정신을 잃고 있었다.

눈앞에서 사람 두 명이 살해당하는 광경은 소녀에게 너무나도 자극이 강했던 듯했다.

"……뭐 됐나. 수고가 줄었군."

암살을 저지한 다음에는 봉기 계획의 증거를 손에 넣어야 한다. 한편 시체를 숨겨야 하니 신속하게 행동해야 했다.

"지금쯤 웨인도 궁지에 몰렸으려나."

그렇게 중얼거리면서 나나키는 정신을 잃은 소녀를 적당한 방에 눕히기 위해 들어 올렸다.

◆ ◇ ◆

그리고 나나키의 예상대로 웨인의 상황은 재미있는 장면에 접어들고 있었다.

"수하를—— 이미 저택에 심어두었나."

"알아차리는 게 조금 늦었군."

웨인은 오울을 향해 도발하는 듯한 미소를 띠었다.

"내 부하는 우수하거든. 암살을 막고 저택에 숨겨져 있는 반란 계획에 관한 증거도 손에 넣었을 무렵이겠지. 자, 어쩔 거지? 느긋하게 내 상대를 하고 있을 상황인가?"

"큭……!"

오울의 마음에 희미한 망설임이 생겨났지만, 그는 그 망설임을 정신력으로 봉쇄했다.

"그렇다면 지금 바로 네놈을 죽이고 달려가면 될 일——!"

날카로운 기합과 함께 오울은 혼신의 일격을 쏘아냈다.

"아아, 그렇군. ——그렇게 나올 거라 생각했다!"

그 움직임을 예견한 웨인은 창을 피하고 그 반동을 이용한 칼날로 오울의 목을 노렸다.

그러나 오울도 대단한 자였다. 웨인의 완벽한 카운터를 종이 한 장 차이로 피하고 역으로 그 틈을 노려 창을 휘두르려고 팔에 힘을 넣고—— 깨달았다.

검을 쥐고 있지 않은 웨인의 다른 한쪽 손에서 빛을 반사하는 무언가가 쏘아진 것을.

'암기?! 아니, 하지만 맞는 곳은 어깨. 맞아도 치명상은.'

치명상은 입지 않는다. 그렇게 생각한 순간, 스며들듯이 목소리가 닿았다.

"──독."

그때부터 오울은 신들린 것처럼 반응했다.

몸을 억지로 비틀어 지금 막 꽂히려 했던 암기를 회피한다. 오울이 아니었다면 불가능했을 움직임. 오울이라 해도 다른 모든 것을 희생하지 않으면 이루어낼 수 없는 기적이었다.

"──못쓰지, 암살자가 살려고 하면."

그 빈틈을 놓칠 리 없는 웨인의 검이 오울의 한쪽 팔을 잘라냈다.

"크악────?!"

보통 사람이라면 절규하며 쓰러졌을 것을, 구르듯이 웨인에게서 거리를 벌린 오울은 과연 대단했다.

그러나 상처가 깊다는 것은 누가 봐도 명백했다. 피가 흐르는 팔을 다른 쪽 손으로 누르며 오울은 거친 숨과 함께 외쳤다.

"왕후귀족이 암기를 쓰느냐……!"

"설령 악독하고 무도하다는 말을 듣는다 해도, 왕족이 행한다면 그것이 바로 왕도다."

웨인은 대담하게 웃었다.

하지만 실제로는 암기에 독은 발려 있지 않았다. 평소에 다루기가 어려워지는 데다 빼앗길 경우 오히려 궁지에 빠지기 때문이다.

"큭……!"

오울은 모든 것이 계략이었다는 것을 깨달았다. 자신에게 저택의 증거를 손에 넣어야만 한다는 의식을 심어 목숨을 내놓지 못하도록 심리적인 벽을 만든다. 거기에 절묘한 타이밍으로 속삭인 말은 그야말로 독 그 자체. 대가가 한 팔로 끝난 것은 오히려 요행이라 할 수 있었다.

"대장님! ──크억?!"

오울이 무너진 영향은 곧바로 다른 습격자들에게도 전파되었다. 한번 길항 상태가 무너지면 이미 멈출 방법이 없다.

"자, 어쩔 거지? 계속할 텐가?"

오울은 부서질 듯 이를 악물었다.

"네놈의 머리를 반드시 가지러 가겠다……. 웨인 살레마 아바레스트."

"그런가. 이젠 안 와도 되는데."

오울은 소리쳤다.

"……모두 물러나라! 후퇴한다!"

오울의 지시가 떨어지자마자 습격자들은 썰물이 빠지듯이 이탈했다.

호위들이 일순 쫓으려 했지만 웨인이 제지했다.

"내버려 둬라. 그보다……."

골목길에서 나온 웨인은 앤트가덜 저택 쪽으로 눈길을 보냈다.

그 방향에서 대인원이 이쪽을 향해 오는 기척이 났다.

"우리를 구하러 온…… 듯한 분위기는 아니군요."

"그래. 이렇게 됐나……."

그리너헤가 시간을 벌려 했던 이유는 세 가지.

체념을 못하는 성격과 마음의 준비. 그리고 마지막 하나는 웨인과의 회합을 파기하고 끝까지 로웰미나 황녀를 손에 넣을지 말지 고려할 시간이 필요했기 때문이다.

그것을 꿰뚫어 보았기 때문에 웨인은 최대한 빨리 출발하도록 그리너헤를 재촉했다.

우유부단한 그리너헤이니 그렇게 하면 결단하기 전에 시한이 다 되어 포기하리라 생각한 것이다.

그러나 그 예상은 뒤집어졌다. 무슨 이유인지 알 수 없지만 웨인이 내다보지 못한 곳에 그리너헤를 움직인 무언가가 있었던 것이리라.

"전하, 어떻게 하시겠습니까?"

"별수 없지. 플랜 B로 간다."

"그 말씀은?"

웨인은 어깨를 으쓱했다.

"꼬리를 말고 도망친다는 뜻이지. 도중에 적당히 말을 빼앗아 단숨에 거리를 벌리자."

"옛!"

오울 일행을 뒤따르듯 웨인 일행도 재빨리 그 자리를 떠났다.

◆ ◇ ◆

막상 행동을 시작해 보자 그리너헤는 자신이 얼마나 무능한가 하는 사실을 똑똑히 알게 되었다.

우선 동원하려 했던 병사가 좀처럼 모이지 않았다. 평소부터 규율로 엄격히 관리하지 않았기 때문에 갑자기 불러들이자 많은 병사들이 응하지 않고 있었다.

게다가 모여도 좀처럼 통제가 되지 않는다. 이것은 현장 지휘관이 부족하기 때문이다. 그리너헤가 목소리를 높여 따르도록 명령해도 얕보는 기색이 공공연하게 전해져 온다.

그래도 어떻게든 병사들을 따르게 하려 애쓰고 있는데, 웨인 일행을 포박하라고 먼저 보냈던 병사들에게서 전령이 도착했다.

"각하, 확인했으나 왕태자와 호위들은 숙소에 돌아가지 않은 듯합니다."

"그리고 그에 관한 일입니다만, 조금 전 인상착의가 비슷한 인물들이 말을 빼앗아 도시 밖으로 도망쳤다는 보고가 있습니다. 아마도 이 무리가 왕자와 그 호위들이라 여겨집니다."

"으윽……!"

이것은 그리너헤에게 커다란 타격이었다.

그의 계획은 나트라의 중추인 웨인을 포박하여 나트라의 기능을 정지시키고 그 틈에 쳐들어가서 로웰미나 황녀를 손에 넣는 것이었다.

웨인의 실상을 알기 전이었다면 놓쳤다 해도 문제없다며 대범하게 굴었으리라. 그러나 웨인이 가진 영웅의 기량을 직접 목격한 지금, 그리너헤에게는 그가 군을 이끈다면 그 위협이 상상을 초월하리라는 확신이 있었다.

무슨 일이 있어도 이대로 놓칠 수는 없다. 그리너헤는 목소리를 높였다.

"지금 당장 나트라 방면의 관문을 봉쇄하라! 보병은 이대로 출병 준비를 해 두어라! 나는 기마를 이끌고 웨인을 추적하겠다!"

"가, 각하께서 직접 추적을 지휘하시는 겁니까?"

"무슨 불만이라도 있느냐?!"

"아, 아닙니다……."

부하는 말을 흐렸지만, 그리너헤도 이것이 고육지책이라는 것은 자각하고 있었다. 총대장인 그리너헤가 본진에서 떨어져 추적대에 참가하는 것은, 신변이 위험한 것은 물론이고 작전 전체의 지휘 정체로도 이어진다.

그러나 그리너헤는 추적대를 지휘하기를 선택했다. 달리 맡길 만한 부하가 없다는 이유도 있고, 제 손으로 웨인을 포박해 보이겠다는 오기도 있었다.

어쨌거나 그리너헤는 긁어모은 4백의 기마 중에서 한층 발이 빠른 말을 50기 선출해 이들을 이끌고 도시를 출발했다.

상대는 고작 다섯 명. 50기나 있으면 전력은 충분하고도 남는다. 문제는 따라잡을 수 있을지 어떨지이다. 이쪽이 출발할 때까지 그자들은 상당히 거리를 벌렸으리라.

그러나 그 점에서 그리너헤는 자신이 있었다. 나트라로 이어지는 길에 있는 몇 군데의 관문에는 봉화로 신호하여 봉쇄하도록 전달해 놓았다. 물론 관문을 피할 방법은 있겠지만── 시간을 크게 잡아먹을 것이다.

그리고 예상대로 두 번째 관문에서 목격 증언을 얻었다. 봉화를 보고 봉쇄하려 했을 때 몇 기의 기마가 억지로 돌파했다고 한다. 심지어 통과시켜라, 안 된다 실랑이를 벌였기 때문에 돌파하고 얼마 지나지도 않았다.

"이대로 전속력으로 쫓아라! 반드시 생포해야 한다!"

그리너헤는 호령을 내리며 말을 달렸다.

그리고 마침내 지평선 저편에서 달리는 웨인 일행을 시야에 포착했다.

"있다! 저기다!"

아마도 웨인은 나트라와의 국경에 아슬아슬하게 병사를 준비해 놓았으리라. 거기까지 달려가면 손쓸 방도가 없다. 하지만 이 거리라면 고르고 고른 말을 가진 이쪽이 먼저 따라잡을 수 있다. 그리고 따라잡기만 하면 인원수 차이가 크니 승패는 생각할 필요도 없다.

'잡을 수 있다, 잡을 수 있어⋯⋯!'

그리너헤의 부대가 약간 높은 언덕에 접어들었다. 이 언덕을 넘으면 기다리는 것은 내리막길인 분지. 그곳이 웨인의 종착점이다.

'보고 있거라, 게라르트. 너를 죽인 저 애송이를 이 손으로 붙잡아 주마……!'

그리고 부대는 단숨에 언덕을 달려 빠져나가──.

분지에 포진한, 수백 명 규모의 나트라군을 목도했다.

"교섭으로 그리너헤의 마음을 꺾을 수 있을지 어떨지는 50대 50 정도야."

니님과 로웰미나를 끼운 작전회의에서 웨인은 그렇게 말했다.

"그러니까 안 됐을 때를 대비한 작전을 짜 두겠어."

"당연한 판단이지만, 애초에 적지 한가운데에서 실패해도 괜찮은 건가요?"

로웰미나의 물음에 웨인은 대답했다.

"만약 실패해도 그리너헤는 곧바로 나를 어떻게 할 자는 아니야. 그러니 상대가 망설이는 사이에 도시에서 튈 거야."

"나트라까지 도망칠 수 있을까?"

다음은 니님의 질문이었는데, 이번에는 웨인이 고개를 저었다.

"힘들겠지. 그러니 포착당하지 않도록 병사를 소수로 분산시켜 후작령에 침투시켜 둘 거야. 말의 속도와 관문 위치, 주변 지리로 봤을 때…… 그래, 이 분지 부근에서 합류시킬까."

테이블에 펼쳐진 지도의 한 점을 가리키는 웨인. 그 상세한 지도는 웨인을 승리하게 만들기 위해 로웰미나가 제공한 것이다. 덕분에 후작령의 지리가 완전히 드러나 몰래 병사를 침투시키는 일도 어렵지 않다.

"내가 도망친 것을 알게 된 그리너헤는 병사를 이끌고 쫓아오겠지. 하지만 속도를 중시한다면 끌고 올 수 있는 기병은 백 기나 되면 괜찮은 편일 거야."

"……과연. 관점을 바꾸면, 4천은 된다는 앤트가덜 군에서 백기만 돌출시키는 거구나. 그렇다면 우리 쪽의 적은 세력으로도 쓰러뜨릴 수 있어."

"그리너헤 후작은 필시 혼비백산하겠지요. 상대가 몇 명밖에 안 된다고 생각하고 소수정예로 쫓아왔는데 수백 명의 나트라 군이 기다리고 있을 테니까요."

니님과 로웰미나가 감탄한 듯이 끄덕이는데 그때 웨인이 말을 얹었다.

"이봐이봐이봐, 둘 다 만족하기엔 좀 이르거든? 이게 끝이 아니야."

"끝이 아니라니……. 그다음은 그리너헤를 포박하기만 하면 되는 거 아니야?"

"아까 말했잖아. 군사적으로 쳐부수는 게 아니라 마음을 꺾는 게 목적이라고. 그냥 붙잡기만 해서는 정말 고집불통이 돼서 협력하지 않겠다고 할지도 몰라."

'그러니까' 하고 웨인은 심술궂게 웃었다.

"그물을 하나 더 쳐 둘 거야."

◆ ◇ ◆

"마…… 말도 안 돼."

눈앞의 광경에 그리너혜는 전율을 금치 못했다.

이곳은 앤트가덜 후작 영지. 그런데 어떻게 나트라군이 포진하고 있는 것인가.

그리너혜의 의문은 당연했지만 지금은 그 대답을 구할 상황이 아니었다.

"각하, 바로 후퇴하시지요!"

"관문까지 돌아가면 버틸 수 있을 겁니다!"

부하들이 절박한 목소리를 냈다.

그들의 간언은 옳다. 피아의 전력차이는 명백했다. 나트라군은 4백 정도 될까. 정연히 포진한 모습은 적임에도 아름다움마저 느끼게 했다.

그에 반해 이쪽은 50기. 그것도 추격극으로 모두 지쳤다. 싸움을 걸기는커녕 이 자리에 머무르는 것조차 무모하다고 단언할 수 있었다.

그러나 그리너혜는 움직이지 않았다. 더 정확히 말하자면 움직일 수 없었다. 이길 수 있을 리 없다는 것은 안다. 그러나 여기서 도망치는 것은 웨인을 포박하는 것을 실질적으로 포기한다는 뜻이다. 자신의 계획이 소리를 내며 무너져 가는 모습을 떠올리며 망연자실하고 만 것이다.

만약 이때 나트라군이 공격을 개시했다면 그리너헤의 부대는 모래성보다 쉽게 무너졌으리라. 그러나 그렇게 되지는 않았다.

그보다 더욱 예상 밖의 사건이 일어난 것이다.

"──응?"

전조는 발밑에서 전해지는 땅울림이었다. 다음으로는 등 뒤에서 중저음이 들렸다. 무슨 일인가 하여 그리너헤의 병사들이 뒤를 돌아보자 모래먼지가 피어오르고 있었다. 그것을 만들어 내고 있는 것은── 이쪽으로 닥쳐오는 군세였다.

"배, 배후에서 군단이 접근합니다! 숫자는…… 대략 천!"

부하 한 명이 비통한 음성을 냈다. 그도 그럴 수밖에. 앞쪽에 나트라가 포진하고 있는데 배후에서 수수께끼의 세력이 출현한 것이다. 완전히 도망갈 길이 막힌 형국이 되었다.

"기, 깃발은 어디 것이냐?! 설마 나트라인가?!"

어디서 어떻게 온 것인지는 이제 아무래도 좋다. 만약 나트라 군이라면 남은 길은 항복하거나 죽음을 불사하고 뛰어들거나, 둘 중 하나뿐이다. 그리너헤는 온몸의 오장육부가 얼어붙는 듯한 긴장감을 품으며 부하의 대답을 기다렸다.

"저것은…… 아닙니다! 제국군의 깃발입니다!"

"뭐라고?!"

그리너헤는 설마 도시에 두고 온 보병이 따라잡은 것인가 하고 생각했다가 곧바로 고개를 저었다. 아무래도 그 군세가 도착하기에는 너무 빠르다. 그렇다면 어디의 군대인가. 알 수 없다.

그러나 제국군임에는 틀림없고, 그렇다면 제국 후작가인 자신과 한편일 것이다.

"지금 바로 배후의 군과 합류한다! 이쪽 깃발을 내걸고 전속력으로 후퇴를──."

"가, 각하! 기다리십시오!"

그리너혜의 지시를 자르며 부하 한 명이 떨리는 목소리로 다가오는 군세의 중심을 가리켰다.

"저것을…… 저 깃발을!"

그리너혜가 그가 가리킨 쪽을 보자 거기에는 세 깃발이 내걸려 있었다.

하나는 제국군의 깃발.

다른 하나는 주군(州軍)의 깃발.

그리고 두 깃발을 좌우에 두고 찬연히 펄럭이는 마지막 깃발은──.

"로웰미나 황녀 전하의 깃발이라고……?!"

그리너혜의 목적인 로웰미나. 그녀가 지금 군세를 이끌고 다가오려 하고 있었다.

"허참, 이렇게 무모한 짓은 두 번 다시 못합니다."

그 군대를 구성하는 병사 대부분이 가이런 주군에 속해 있었다.

그리고 군세의 중앙. 주위를 정예병으로 꽉 메워 가장 엄중하게 경비되고 있는 그곳에서 말에 타고 쓴소리를 하는 사람은 노년의 남성이었다. 바로 가이런 주의 총독이다.

"예, 잘 알고 있습니다. 총독님께는 아무리 감사를 드려도 부족합니다."

대답하는 사람은 총독 옆에서 달리는 마차 안에 있는 소녀, 로웰미나였다.

"총독님의 배려는 반드시 오라버니들께 전하겠습니다."

"전하의 말괄량이 같은 행동도 잊지 말고 전하셨으면 좋겠군요."

총독의 쓴소리를 한 귀로 듣고 한 귀로 흘리고 있는데 전령이 말을 가까이 몰아 왔다.

"보고드립니다. 분지에서 나트라군 및 그리너혜군을 확인했습니다."

"그런가. 그럼 왕태자와 후작을 이리로 모시도록."

"옛!"

지시를 내리는 총독을 곁눈질하며 로웰미나는 작게 중얼거렸다.

"그럼, 마지막 마무리를 시작하도록 하죠."

과연 이것이 현실일까. 자신이 꿈이라도 꾸고 있는 것은 아닐까. 그리너혜의 심경은 이미 그 영역에 도달하려 하고 있었다.

그는 지금 진을 펼치는 작업을 서두르고 있는 주군(州軍) 속을 걷고 있었다. 앞뒤로 나트라군과 주군 사이에 끼어 어디로도 도망칠 수 없게 되었을 때 로웰미나 황녀의 이름으로 불려온 것이다.

이 명을 거절할 수도 없어 안내자에게 이끌려 가고 있지만 그 발걸음은 이제부터 형이 집행될 사형수처럼 무거웠다.

차라리 이 길이 끝나지 않았으면 좋겠다고까지 생각하기 시작했지만 그런 기도가 통할 리도 없어, 그는 커다란 천막 앞에 도착했다.

"앤트가딜 후작을 데려왔습니다."

"들어오라."

재촉을 받아 천막 입구를 지나자 그곳에는 세 사람이 기다리고 있었다. 웨인과 로웰미나와 총독이다.

"앤트가딜, 부름에 따라 찾아뵈었습니다⋯⋯."

로웰미나 앞에서 무릎을 꿇는다. 바닥을 바라보는 그의 뇌리에서는 앞으로 자신이 걷게 될 미래가 떠올랐다가 사라진다. 그 대부분이 자신의 죽음이라는 결말을 맞이하고 있었다.

'어떡하면, 어떡하면⋯⋯.'

필사적으로 뇌를 움직인다. 이 궁지에서 벗어날 방법이 없을까. 뭐든 좋다. 뭔가, 뭔가──.

그때 그의 눈에 이쪽을 바라보는 웨인의 모습이 들어왔다.

"그럼 바로──."

"황녀 전하!"

로웰미나의 말을 그리너헤가 억지로 잘랐다.

"그 전에 한 가지, 저의 의문에 답해 주십시오!"

"앤트가덜 후작! 무례하오!"

"상관없습니다. ……후작, 제게 묻고 싶은 것이 뭐지요?"

그리너헤는 깊이 호흡한 후 웨인을 보았다.

"무엇 때문에 이 자리에 나트라의 왕태자가 있는 것입니까……!"

그리너헤는 다그쳐 말했다.

"이 땅은 우리 제국의 영지! 그런데 나트라의 왕태자가 군대를 끌고 왔습니다! 이는 침략을 의도한 것이 아닙니까?!"

웨인을 규탄하는 것. 그것이 그리너헤가 이끌어 낸 활로였다. 그가 여기 있을 정당성을 잃으면 자신을 처단하지 못하게 되리라고 생각한 것이다.

물론 이 자리에 있는 모두가 결탁했다면 정당성의 유무 따위는 상관없겠지만―― 묘하게도 그의 착안점은 좋은 부분을 지적하고 있었다. 웨인과 로웰미나는 결탁했지만 총독은 그렇지 않았기 때문이다.

"무슨 소리를 하는가 했더니."

그러나 당연하게도 총독과 사전 교섭을 게을리할 두 사람이 아니었다.

"서한에 답신도 하지 않고 부하들도 그 정도밖에 데리고 오지 않은 점이 의문이었는데, 설마 앤트가덜 후작, 아무것도 모르고 이 땅에 온 것이오?"

"무, 무슨, 무슨 뜻이오……?"

총독은 한숨을 내쉬고 어처구니없다는 눈빛으로 말했다.

"나트라의 왕태자 전하께서 여기 계시는 것은 당연한 일이
오. ──지금부터 나트라와 제국군의 군사 연습을 시작할 것이
니."

"─────뭣?"

"지금쯤 연습이 시작됐을 무렵일까요."

나트라 왕궁의 한 방에서 제국 대사인 테오르드 탈름은 감개
무량하게 중얼거렸다.

"그러네요. 예정대로라면 나트라군, 앤트가덜군, 주군이 모
였을 시간이겠지요."

대답하는 사람은 니님이었다.

"탈름 대사께서 크게 애써 주셔서 어떻게 감사드려야 할지 모
르겠습니다."

"아니, 무슨 말씀을요. 모처럼 로웰미나 황녀님과 웨인 전하
께서 만나셨는데 게라르트 경의 사고사라는 불행한 사건으로
마무리되는 것은 저로서도 마음이 불편했으니까요."

탈름은 그의 외교관 인생에서 수많은 속주를 돌아다녔고 가이
런 주 총독과도 연줄을 가지고 있었다. 웨인이 그 점에 착안해
서 그에게 중개를 부탁해, 총독과 교섭해서 가이런 주에서 군사

연습을 한다는 계획을 세운 것이다.

이로 인해 나트라군을 합법적으로 제국령에 둘 수 있게 되었다. 아무리 애써도 규탄할 거리가 될 일은 없다.

또한 명목상으로는 '로웰미나의 생떼에 대응하기 위해서'이다. 그녀는 웨인을 사모해 나트라에 들이닥쳤고 거기다 전장까지 따라간 말괄량이라는 것이 대외적인 평가이기에, 여기서 또다시 웨인의 지휘를 바로 옆에서 보고 싶다고 주장해도 그리 부자연스럽지는 않았다.

"그런데 저, 보좌관님. 예의 금광산에 관해서입니다만……."

"안심하십시오, 탈름 대사. 왕태자 전하는 말이 아니라 행동으로 보여 주시는 분이십니다. 반드시 대사님의 노력에 보답하실 겁니다."

탈름을 움직이는 데는 금광산에서 채굴된 금을 교섭용으로 사용했다. 물론 언젠가는 제국에 유통할 작정이었기에 타격이 되지도 않지만.

"그렇습니까. 이야, 그렇다면 무사 귀환을 기다리기만 하면 되겠군요."

"정말 그렇습니다."

그렇게 말하고 니님은 옅은 미소를 지었다.

"군사……연습……."

'그게 뭐야' 하고 그리너헤는 생각했다.

그런 말은 못 들었다. 하지만 거짓말이 아니라는 것은 총독의 표정이 말해 주고 있다.

"그런, 말도 안 되는 일이……."

하루 이틀 만에 할 수 있는 일이 아니다. 사전에 상황을 상정하고 준비해야만 한다.

즉 웨인은 저택을 찾아왔던 시점에 전부 완료해 놓았던 것이다. 자신을 설득할 수 있다면 그걸로 좋고, 실패한다면 여기까지 도망쳐 나트라군과 주군으로 협공하리라고. 군사 연습이라는 명목까지 제대로 준비해 놓고.

"가능한 건가…… 그런, 그런 일이."

한 방 먹여 주고 싶다고 생각했다. 그 정도라면 불가능하지 않다고 여겼다.

그러나 모든 것은 그의 손바닥 위였던 것이다. 자신보다 한참 어린 소년에게, 자신이 무슨 생각을 하고 어떻게 행동할지 간파당하고 있었던 것이다.

'――――이길 수 없다. 아무리 해도, 나는.'

인정한 순간 온몸에서 힘이 빠졌다. 무너져 내리려던 몸을 떠받친 것은 재빠르게 옆으로 다가온 웨인의 손이었다.

"……아무래도 앤트가덜 후작은 다소 몸이 좋지 않은 듯하군요."

옥구슬이 구르는 듯한 로웰미나의 목소리에는 단두대 같은 차가움이 서려 있었다.

"죄송하지만 총독님, 나트라군과 주군만으로 연습 준비를 진행해 주실 수 있을까요?"

"병사도 없고 지휘관도 이런 상태라면 어쩔 수 없겠군요."

총독은 고개를 끄덕이고 천막을 나갔다.

그리고 그의 기척이 멀어졌을 때 로웰미나가 말했다.

"그런데 후작, 그대는 어떻게 할 생각입니까?"

"……어떻게, 라 하심은."

"어느 쪽이든 상관없습니다, 저는."

이렇게까지 말하면 그리너헤도 알아들을 수밖에 없었다.

살 것인지 죽을 것인지 여기서 선택하라고 그녀는 말하고 있는 것이다.

교섭을 한 번 종잇조각으로 만들고 웨인을 포박하려 했던 자신에게, 그것이 최후의 온정이라는 것은 생각할 필요도 없었다.

"저, 저는……."

위대한 인간이 되고 싶었다.

그러나 그 꿈은 이루어지지 않는다는 것을 알았다.

그렇다면 적어도 영웅의 궤적에 흉터를 남기려고 했다.

하지만 그것도, 그것마저도 과분한 소원이었다면.

"부디, 황녀 전하께서 자비를 베풀어 주십시오——."

그리너헤가 할 수 있는 일은 이제 머리를 숙이는 것뿐이었다.

에필로그

    짧은 가을이 끝나고 나트라에는 본격적인 겨울이 찾아왔다.

    니님이 회랑의 창문으로 밖을 본다. 멀리 보이는 산악지대에는 이미 눈이 쌓여 있었다. 머지않아 평지인 도시 쪽도 눈으로 물들 것이다.

    내쉬는 숨은 한 발 빠르게 새하얘져서 창유리에 닿아 얼룩을 만든다. 손끝으로 얼룩을 닦으려 했을 때 목소리가 들렸다.

    "오오, 보좌관님."

    회랑 저편에서 걸어오는 사람은 관리 한 명이었다. 니님은 창 바깥으로부터 시선을 옮겼다.

    "마침 잘됐습니다. 납입된 동계 비축품에 관한 서류가 여기 있습니다."

    "아아, 고맙습니다."

    관리에게 서류를 받아들고 죽 훑어본다.

    "……음. 사절단 대응 때문에 겨울나기 준비가 늦어지고 있어서 어찌될지 걱정했는데, 이거라면 괜찮을 것 같네요."

    "예, 간신히 겨울을 날 수 있을 것 같습니다. ……그런데 전하와 황녀님의 혼인은 아깝게 되었네요."

관리는 작게 한숨을 내쉬었다.

"설마 제국에서 변고가 발생해 미뤄지다니."

몇 가지 예상 밖의 일이 있었지만 사절단은 무사히 제국으로 귀환했다. 그러나 그때를 전후하여 제국 전체에 반란의 조짐이 있다는 정보가 퍼져 각지에서 혼란이 일어났다.

혼란한 상황은 지금도 계속되고 있어 도저히 황녀와의 혼인을 진행할 상황이 아닌 관계로 정세가 안정될 때까지 이 이야기는 동결하기로 했다. 이 일에는 수많은 왕국민들이 유감스러워했다.

"……네, 정말 그렇네요."

작게 대답하면서 니님은 뇌리에 얼마 전의 일을 떠올렸다.

"이걸로 당분간은 이별이네요."

이것은 사절단이 귀국하기 직전의 일.

니님과 로웰미나는 작은 테이블을 사이에 두고 마주 보고 있었다.

웨인의 모습은 없다. 정말로 둘만 가지는 티타임이었다.

"우여곡절은 있었지만 웨인과 니님에게 큰 도움을 받았어요. 고마워요."

"감사 인사를 할 필요는 없어. 나는 내가 해야 할 일을 했을 뿐이니까."

"여전히 차갑네요. 하지만 그런 점도 좋아해요, 니님."

"그래그래, 고마워."

냉정하게 대답한 후, 니님은 말했다.

"그보다 로와, 진짜야?"

"뭐가요?"

"웨인과의 혼담을 중지한다는 이야기."

"아아." 하고 로웰미나는 알아들었다.

"내가 제국에서 세력을 확대하려면 외국 왕족에게 시집가는 것보다 독신으로 있는 편이 유리하니까요. 이제부터 제국에서 일어날 혼란을 이유로 들면 부자연스럽지도 않고요."

막힘없이 대답하는 로웰마나에게 니님은 "끙~." 하고 작게 신음하고,

"하지만 로와는 웨인을 좋아하잖아?"

챙그랑, 하고 로웰미나가 들고 있던 컵이 테이블 위에 떨어졌다.

"……."

로와는 아무 일도 없었다는 듯이 컵을 들었다.

"뭐, 뭐 그렇죠. 물론 친구로서."

"여자로서."

"…………."

컵을 든 로웰미나의 손이 잘게 떨리기 시작했다.

"무, 무슨 소리예요! 왜 내가 그런! 그런 이상한 녀석을 좋아한다니 어디서 난 정보예요?!"

"응, 일단 컵을 내려놔. 옷이 더러워져."

니님의 재촉에 로웰미나는 컵을 놓았다.

그리고 한껏 침묵한 후 그녀는 쭈뼛쭈뼛 입을 열었다.

"어……언제부터 알았어요?"

"학생 시절부터."

"나, 그렇게 알기 쉬웠어요?!"

"꽤."

"…………."

로웰미나는 얼굴을 가리고 고개를 숙였다. 귀가 빨개져 있었다.

사절단을 이끌고 나트라로 향할 때, 로웰미나는 구실을 여러 개 만들었다.

겉으로는 사절단의 일원. 속으로는 결혼을 전제로 한 회담. 그 진의는 황제가 되기 위해 웨인에게 협력을 구하는 것. 그렇게 연막을 치고 실은 자신을 미끼로 제국을 궁지에서 구하려는 것이었다.

하지만 아니다. 그녀는 진심으로 사절단의 일원이 돼 나트라를 알고 싶다고 생각했고, 웨인과 결혼해도 좋다고 생각했고, 황제가 되기 위해 협력해 주었으면 좋겠다고도 생각했다.

다시 말해 그녀가 준비한 구실은 모두 그녀의 진심이기도 했던 것이다.

'뭐, 그걸 알아차린 건 나중이었지만.'

그렇게 니님이 생각하고 있는데 이윽고 로웰미나가 마음을 가다듬고 고개를 들었다.

"……그래요, 인정할게요. 분명히 그런 감정은 있어요. 하지만 이번 혼담에 관해서는 이걸로도 상관없어요."

"황녀로서의 입장 때문에?"

"그것도 있어요. 하지만 뭐라고 하면 좋을까……. 나는 웨인을 좋아하지만, 니님도 똑같이 좋아해요."

예상 밖의 받아치기에 니님은 눈을 동그랗게 떴다.

"……나는 그럴 마음 없는데."

"그런 게 아니라…… 그래요, 말하자면 동경이에요. 나는 웨인과 니님의 관계를 계속 동경했어요."

한쪽은 왕족, 한쪽은 차별받는 민족. 원래라면 양립할 일 없는 두 사람이 서로 등을 맡길 정도로 신뢰하는 그 모습. 학생 시절부터 두 사람의 정체를 알고 있었던 로웰미나에게 그 광경은 몹시도 기이하고 또 귀중하게 보였다.

"나를 끼워 줬으면 좋겠다고 몇 번이나 생각했어요. 둘이 아니라, 나도 넣어서 셋으로 해 줬으면 좋겠다고. 하지만 이번 건으로 나는 아직 끼기에 부족하다는 걸 알았어요. 그러니까 지금은 이걸로 됐어요."

거짓 없는 로웰미나의 본심이었다. 두 사람을 소중하게 생각하기 때문에 아직 자신은 걸맞지 않다고 느낀 것이다.

"니님, 나는 반드시 여제로서 군림할 거예요. 그리고 당신들과 나란히 설 수 있다고 확신한 그때야말로, 세 번째가 될 생각이에요."

둘만의 결의 표명. 하지만 그것이 농담이 아니라 진심이라는 것은 명백했다.

그래서 니님은 작게 고개를 끄덕이고 미소 지었다.

"그렇다면 내가 더 할 말은 없어. 친구로서 응원만 할게."

"충분하고도 남아요."

그리고 두 사람은 시간이 허락하는 한 대화를 나누었다. 언젠가 반드시 재회할 것을 확신하면서.

"……보좌관님? 왜 그러십니까?"

관리의 부름에 생각에 빠져 있던 니님은 퍼뜩 정신을 차렸다.

"실례했습니다, 아직 졸음기가 남아 있었나 봅니다. 서류는 확실히 받았습니다. 그럼 저는 이걸 전하께 가져가야 해서 이만."

"잘 부탁드립니다."

관리에게 배웅을 받으며 니님은 집무실을 향해 걸어갔다.

제도로 귀환한 로웰미나가 가장 먼저 한 일은 가신들을 상대로 물밑 교섭을 벌이는 것이었다.

반란 계획의 증거와 증인은 손에 넣었다. 그러나 이것을 그대로 폭로하면 계획에 참가했던 자들의 폭발을 초래할 수도 있다.

그래서 신뢰할 수 있는 가신에게 접촉해 사정을 밝히고 계획

참가자들을 무너뜨리기 위한 준비를 해 놓는 것이다.

서둘러야 한다. 그러나 초조해서도 안 된다. 절묘한 균형 감각을 유지하면서 로웰미나는 착착 가신들을 한편으로 만들어 갔다.

"순조롭네요, 로웰미나 전하."

기뻐하는 피시에게 로웰미나는 고개를 끄덕이면서도 이렇게 말했다.

"하지만 차츰 정보가 유출되고 있어요. 머지않아 제국 전체에 혼란이 퍼지겠지요. 그렇게 되기 전에 이쪽의 준비를 만반으로 갖춰야 해요."

"옛."

송구해하는 피시를 바라보면서 로웰미나는 생각했다.

피시의 말대로 순조롭게 진행되고 있다. 하지만 그것은 자신의 힘만은 아니었다.

뇌리에 떠오르는 것은 웨인과 헤어질 때의 일이었다.

"이렇게까지 손을 쓰지 않았어도, 웨인이라면 다른 수단이 있었던 것 아닌가요?"

그리너헤의 마음을 꺾어 로웰미나에게 귀순시킨다는 작전은 성공했다.

그러나 끝나고 보니 로웰미나는 수단이 이것뿐이었으리라고는 생각할 수 없었다.

"예를 들면 그래요…… 그리너헤는 반란 계획의 스파이로서 제가 심은 자이고, 게라르트의 죽음은 공작원에 의한 살해. 이런 형태라면 자기 자식의 명예가 상하지 않으니 그리너헤를 그대로 설득시킬 수 있었던 건 아닐까요? 아니면 단순히 그리너헤를 유인해 심문한다든지."

로웰미나의 그런 의문에 웨인은 아무렇지도 않게 대답했다.

"나도 그런 쪽은 생각했지만. 그렇게 해서 마음을 꺾어 놓는 편이 로와가 그리너헤를 제어하기 쉽잖아?"

예상 밖의 대답이었다.

확실히 지금의 그리너헤는 로웰미나에게 충실하다. 거스르려는 마음은 당분간 싹트지도 않으리라. 하지만 그것은 로웰미나에게는 유리한 일이어도 웨인에게 이익을 가져오는 일은 아니다.

그렇게 생각했을 때 웨인을 보자, 그는 작게 웃고 있었다.

"옛날에 약속했잖아. ——도망칠 수 없을 정도로 휘말리게 하면, 조금은 협력하겠다고."

"앗……."

로웰미나는 무심결에 등줄기를 떨었다.

"뭐, 내가 할 수 있는 건 여기까지야. 앞으론 스스로 힘내라고? 미래의 황제님."

"……물론이에요."

일찍이 나누었던 사소한, 하지만 자신에게는 소중한 대화의 기억.

그것을 기억하고 있었던 사람은, 소중하게 여기고 있었던 사람은 자신 혼자만이 아니었다.

그것이 무엇보다도 로웰미나는 기뻤다.

'해내 보이고말고요.'

친우가 이만큼 밥상을 차려준 것이다. 답해 보이는 것이 바로 우정이리라.

'……그리고 그날 일 중에 신경 쓰이는 게 하나 더 있는데.'

고민하는 로웰미나에게 웨인은 말했다. 싸워야 할 것은 인민에게 깃든 사상이라고.

이제 와서 생각하면 그것은 즉흥적인 게 아니라 이전부터 그가 생각했던 일인 것처럼 느껴진다.

그리고 협력을 요청했을 때 웨인은 자신에게도 해야 할 일이 있다고 말했다.

사상과 문화 중에서 그가 도전할 만한 것이라면, 로웰미나에게는 하나밖에 생각이 닿지 않았다.

'플람인을 향한 차별 사상…….'

이것은 단지 추측에 지나지 않는다. 헤어지기 직전 티타임 때 니님에게도 속을 떠보았지만 니님도 알고 있는 기색은 없었다.

하지만 웨인이라면 실행할 수 있지 않을까 생각했다.

한 명의 소녀가 누구에게도 거리낌 없이 살아갈 수 있도록. 단지 그것만을 위해 대륙에 뿌리내린 무시무시한 짐승을 죽일 계획을 짜는 일을.

'만약 이 생각이 맞고, 내가 휘말리는 일이 생긴다면.'

함께 맞서 보이겠다.

이번에 그자가 자신에게 그렇게 해 준 것처럼.

그리고 그러기 위해서도 지금은 자신의 싸움에 집중해야만 한다.

"피시, 다음 일정은 어떻게 되지요?"

"예, 오후부터 대신과의 회합이──."

어스월드 황제가 병사한 지 대략 반 년.

황녀 로웰미나가 제국에 대한 일제 봉기 계획의 정보를 가지고 왔다.

로웰미나의 꼼꼼한 물밑 교섭이 효과가 있어 반란은 미연에 방지했지만, 파벌 싸움에 고심하고 있었던 세 황자들은 자신들이 함정에 걸렸던 것을 알고 파벌 내의 단속과 숙청에 쫓기게 되었다.

결과적으로 황자 파벌의 구심력은 크게 저하되고, 떠나간 인재 중 많은 사람이 로웰미나 아래로 모였다. 이리하여 로웰미나 어스월드는 한 파벌의 장이 되어 역사의 무대에 모습을 드러내기 시작했다.

"아── …… 힘들었다."

집무실 책상에 몸을 기대며 웨인은 크게 한숨을 쉬었다.

"설마 혼담에서 시작해서 가이런 주에까지 나가게 될 줄이야……."

"결국 로와에게 꽤나 휘둘려 버렸네."

대답하는 니님도 쓴웃음을 짓는다.

이번 소동에서 최종적인 승리자를 정한다면 틀림없이 로웰미나가 되리라. 우여곡절은 있었지만 로웰미나는 자신의 바람을 달성했다고 할 수 있으니까.

"뭐 그래도 괜찮잖아. 원만하게 수습됐으니까."

"말이야 원만하게 수습됐다지만 돌이켜보면 거의 공짜로 일한 거라고, 나는! 군사 연습 비용은 제국 측에 전가했지만 사절단 접대 비용을 생각하면 완전히 적자라고! 적자!"

"하지만 나나키가 앤트가덜 저택에서 증거 말고도 중요 서류를 훔쳐 냈잖아. 그걸 이용해 후작과 거래해서 거울염 직물도 유통해 주게 됐고."

"그걸 집어넣어도 플러스 마이너스 제로야! 심지어 완전히 로와 진영에 들어간 앤트가덜령과 거래하면 나트라가 로와 파로 여겨질 것 같고……."

"이제 와서 늦었다고 생각하는데."

"안 늦었어! 우리 나트라는 중립! 제국의 파벌 싸움에는 노 터치!"

웨인이 끈질기게 체념하지 못하고 있자 니님은 아무렇지 않은 말투로 말했다.

"차라리 로와랑 결혼해서 확실하게 참가해 버리면 안 됐던 거야? 그렇게 해서 파벌 싸움에 이기면 꿈꾸던 유유자적한 생활을 보낼 수 있었을지도 모르는데."

"로와 쪽에서 결혼은 없던 걸로 하자는 이야기가 됐잖아."

"그건 로와의 생각이지. 웨인의 의견은 어떤데."

웨인은 어깨를 으쓱했다.

"냉정하게 생각해 봐. 승산이 있을지도 알 수 없고, 만약 이긴다 해도 로와가 내 은거 생활을 인정해 줄 것 같아?"

"그야…… 안 되겠지."

"그치? 잇따라 난제에 휘말려서 지금 생활보다 더 바빠질 게 뻔해. 그런 건 온 힘을 다해 사양할 거야."

"……이거랑 나란히 서려면 고생하겠네, 로와."

작게 한숨을 내쉬는 니님 옆에서 "아무튼." 하고 웨인이 말했다.

"앞으로도 제국 정세를 지켜볼 필요는 있지만 사절단은 돌아갔으니 조금씩 상태를 평소대로 돌려놔야지."

"그러네. 그럼 바로."

텅, 하고 니님은 서류의 산을 웨인 앞에 놓았다.

"……이게 뭐야."

"웨인이 가이런 주에 가 있는 동안 쌓인 결재 대기 서류야."

"……."

"그 밖에도 사절단에 대응하는 동안 뒤로 미뤄 두었던 각 부서의 진정도 있어. 유력자와의 면회 일정도 반 개월 정도 밀려 있

©Falmaro

으니까 그렇게 알고 있어."

"…………."

"아, 그리고 이번에 로와와의 혼담이 취소돼서 이번에야말로 자기 딸을 웨인의 비로 만들겠다고 벼르는 귀족들이 꽤나 많이 나선 것 같아. 결혼하고 싶지 않다면 열심히 피하도록 해."

니님은 생긋 웃었다.

"자, 그럼 평소대로 업무를 시작할까."

"나라 팔아 치우고 튀고 싶다아아아아아아아아아!"

웨인의 통곡이 끝없이 멀리 울려 퍼졌다.

후기

여러분 오랜만입니다, 토바 토오루입니다.

이번에 『천재 왕자의 적자국가 재생술 2~그래, 매국하자~』를 구입해 주셔서 진심으로 감사드립니다.

이번 테마는 바로 정략결혼입니다. 후기부터 읽으시는 분도 계실 거라 생각해 내용 누설은 피하겠지만, 정략결혼이라는 왕후귀족이 피해갈 수 없는 문제를 앞에 두고 웨인이 여전히 아등바등하는 모습을 즐겨 주시면 좋겠습니다.

그런데 이 후기를 쓰고 있는 시기는 완전히 한여름인데, 올해 여름은 필설로 형용하기 힘든 더위네요…….

자전거로 바람을 가르며 달리면 조금이나마 시원한 바람을 느낄 수 있는 법인데, 올해는 그것조차 열풍이라 마치 드라이어 바람을 맞고 있는 것 같습니다…….

2권 작중의 계절은 가을 무렵인데, 현실에서도 어서 지내기 편한 계절이 찾아오면 좋겠다고 매일 기도하고 있습니다.

그럼 여기서부터는 언제나처럼 감사를.

일러스트레이터 파루마로 님. 이번에도 멋진 일러스트를 그려 주셔서 감사합니다.

여자아이가 귀여운 것은 물론이고 웨인의 다채로운 표정에 무심코 뿜고 말았습니다. 이 녀석은 천재 왕자가 아니라 얼굴 개그 왕자라고 부르는 게 어울릴지도 모르겠습니다…….

담당 편집자 오하라 님. 이번에도 폐를 끼쳤습니다. 특히 아슬아슬할 때까지 원고를 수정해 주셔서 감사합니다. 그 덕분에 만족스러울 만큼 내용을 다듬을 수 있었습니다.

그리고 독자 여러분께도 감사를. 독자 여러분 덕에 1권이 많은 호평을 받았습니다. 집필 작업은 고독하고 때로 자신이 나아가는 길이 옳은지 불안해지기도 하지만, 그럴 때 여러분의 감상이 정말 버팀목이 됩니다. 앞으로도 응원해 주시길 부탁드립니다.

그리고 이 천재 왕자 시리즈 말씀입니다만, 다행스럽게도 3권도 출판할 수 있을 듯합니다.

이번에는 아마 대륙 서쪽 이야기가 되지 않을까 생각합니다. 이어지는 웨인 일행의 이야기를 아무쪼록 기대해 주십시오.

그럼 또 다음 권에서 만나 뵙지요.

천재 왕자의 적자국가 재생술 ～그래, 매국하자～ 2

2021년 08월 25일 제1판 인쇄
2021년 09월 01일 제1판 발행

지음 토바 토오루 | **일러스트** 파루마로

옮김 박수진

발행 영상출판미디어(주)
등록번호 제 2002-000003호
주소 21311 인천광역시 부평구 평천로 132 (청천동)
전화 032-505-2973(代) | **FAX** 032-505-2982

ISBN 979-11-380-0486-2
ISBN 979-11-380-0188-5 (세트)

구매 시 파손된 도서는 구매처에서 교환하실 수 있습니다.
기타 불편사항, 문의사항이 있으신 독자님께서는 노블엔진 홈페이지 [http://novelengine.com] 에서
Q&A 게시판을 이용해 주시기 바랍니다.

노블엔진(NOVEL ENGINE)은 영상출판미디어(주)의 라이트노벨 및 관련서적 브랜드입니다.